花下喝茶为读书

——雨云读书手记

雨云 著

山西出版传媒集团
北岳文艺出版社
BEIYUE LITERATURE & ART PUBLISHING HOUSE

图书在版编目（CIP）数据

花下喝茶为读书：雨云读书手记 / 雨云著. — 太原：北岳文艺出版社，2017.3
（2025.4 重印）
ISBN 978 - 7 - 5378 - 4998 - 2

Ⅰ. ①花… Ⅱ. ①雨… Ⅲ. ①随笔—作品集—中国—当代 Ⅳ. ①I267.1

中国版本图书馆CIP数据核字（2016）第311006号

书名：花下喝茶为读书
著者：雨　云
策　　划：张世景
责任编辑：高海霞
书籍设计：琥珀视觉
印装监制：巩　璠

出版发行：山西出版传媒集团・北岳文艺出版社
地址：山西省太原市并州南路57号　邮编：030012
电话：0351 - 5628696（太原发行部）　010 - 57427866（北京发行部）
0351 - 5628680（总编办公室）　传真：0351 - 5628680
网址：http://www.bywy.com　E - mail：bywycbs@163.com
经销商：新华书店
印刷装订：三河市天润建兴印务有限公司

开本：660mm × 960mm　1/16
字数：252千字　印张：19.75
版次：2017年3月第1版
印次：2025年4月第4次印刷
书号：ISBN 978 - 7 - 5378 - 4998 - 2
定价：49.80元

目录

序一

有一种读书的方式是感悟

——雨云著《邂逅一本书》序

李正西

武汉大学文学院王德震教授极力向我推荐雨云，说是“我重视雨云，希望她有成就”。她希望我为雨云的读书随笔《邂逅一本书》写一篇序言。她知道我研究散文，并且知道我衡文要求甚严，不是随意评论的学者。

看过雨云的读书随笔《邂逅一本书》，我觉得王德震教授的推荐是负责任的推荐。雨云的读书，是“阅而有感，感而有发，轻描淡写，而新意迭出”。感悟读书的心灵愉悦与快乐，是她进入读书境界的真诚表白。

所谓感悟读书，就是对一部让人爱不释手、“词藻警人，余香满口”的书能否领略其中趣味的读书；就是能够感悟“念在嘴里倒像有几千斤重的一个橄榄”（曹雪芹语）的“味之者无极，闻之者动心”的“味外味”的读书。

奇妙的是，这两个方面都在雨云的读书中得到十分精彩的体现。所以我觉得雨云的读书是完全痴迷其中的读书，是完全能够体会读书“味外味”的读书。

痴迷其中，领略趣味，感悟深刻，正是雨云读书的途径。她总是感悟其中，透出其里，读出人生况味、历史况味、社会况味。无论是读现代的书，还是读外国的书，她都能够以沉潜深入的心情，细细体会其中意味。例如，她读有关描绘庄子与骷髅对话的书，就慨叹地说出心中的疑惑，感悟生和死的辩证法（《读庄子，享南面王之乐》）。她读《茶经》，也是投入其中，玩味装帧《茶经》的乐趣，品茶性，向往简单、自然、舒适的人生体验（《读〈茶经〉，品茶性》）。读傅佩荣的《朱熹错了》一书，引发的是对人的认识局限性的思考，对历史和现实的学者“不苛责，也不盲目崇拜”的思考，感悟人生况味和历史的沧桑，也有“读书不肯为人忙”的意味。读鲁迅的《花边文学》，则为鲁迅的深邃和深刻所折服。她为鲁迅关于女人命运的议论所感动，从中读出鲁迅作为“性情中人”，为女人说话的情怀。而读张资平的小说《苔莉》《最后的错误》《迷雾》，认识张资平的文学之路和他的一生也像这本错页的书一样跌宕起伏，最后以悲剧收场（《张资平错页的书和错页的人生》）如此等等。我们还可以在她读《小票据，大历史》《钱钟书和他的时代》《读丁东、谢泳对话》、领略钟叔河的小文章大滋味中，读到她饱带感情的感悟的许多篇章。

而在外国名家那里，雨云读尼采著《查拉图斯特拉如是说》，在尼采的智慧语言中体会人生，便觉得尼采“借查拉图斯特拉之对生命最深层次的思考”，受益多多（《在尼采的智慧语言中体会人生》）。读（法）菲利普·拉古－拉巴特著《海德格尔、艺术与政治》，她既肯定了海德格尔的哲学语言“存在是存在者的存在”的精彩，同时又以“了解之同情”评述了海德格尔参加纳粹行为的不可原谅。

这就在一个很高的层次获得了读书的乐趣。

其次，感悟书中的“味外味”，是雨云读书的另一个途径。这就是将自己人生体验、生活体验、社会体验融入其中获得的感悟，因而更具有启发意义。她读（美）布莱恩·泰勒著《希特勒夫人》，从中看到特别人物变态人生的另一面。她读阿尔维托·曼古埃尔所著《恋爱中的博尔赫斯》，感叹命运总是开着玩笑，同样也注定博尔赫斯与快乐无缘。她读大江健三郎的《读书人》，带给我们丰富的知识，更多的是对生命的思考。她说她读昆德拉的小说就像读禅宗的公案。从读卡夫卡的书中获得对孤独的认识与理解，等等，这些方面都显示出她书中“味外味”的思考。

此外，关于男人和女人对爱情的理解，谈在《查泰莱夫人的情人》中“稀释的爱”，“曾经的刻骨铭心，曾经的两情相悦，如今，剩下的只是一份加了水的爱。可又有多少女人能清醒如康妮，意识到这点呢？”这是多么深沉的感慨。读《熊秉明美术随笔》，说是“让我记住了罗丹身后的一个女人——迦蜜儿·克劳岱尔”。这其中隐藏着雨云深沉的感慨。她说是阅读法国雅歌塔·克里斯多夫的处女作《恶童日记》，除了震惊还是震惊。这是因为战争让现实残酷，让幼小的生命残酷。救赎不是一件容易的事情，需要非凡的勇气。同样是战争，同样是生命，读美国作家杰恩·葛斯坦的《天堂的声音》让她激动不已，说是“《天堂的声音》让我懂得，只要我们张开双眼和心扉，无论身处怎样的窘境，我们都能收到生命的礼物”。所有这些，都在雨云敏感多思的感悟中获得了更深的理解。

同样，她对三毛、池莉、亦舒、王旭峰的作品的阅读，也在生活的深层次的理解上特别是对女性心理、生理以及生活格调的追求上有了更深刻的感悟。同时，她也在与书友的交流中获得了更多阅读的快乐。如在阅读燕影的文字中享受快乐，在阅读秋沉的新书《以尼玛传说》，为秋沉对历史对人性的思索与悲悯所感动。

所有这些，说明雨云开辟了一个眼光独到的感悟读书的新天地。

当然，雨云的这本随笔也有她自身的弱点，那就是缺乏理性的思考，知识准备不足。有些写法的随意性造成了不够严谨的毛病，也有不顾汉语规范的情况。

但无论如何，雨云的感悟式的读书是可以给我们许多启发的。

2014 年 4 月底至 5 月写于北京北苑家园

李正西，学者、作家、文学理论家、文学评论家。中国古代散文学会理事，安徽省作家协会会员，安徽文艺评论家协会理事。主要著作：《中国散文艺术论》《梁实秋诗歌创作论》《道德经评注》《楚辞·天问注》《菜根谭评注》《围炉夜话评注》《儒趣》《千古祭文赏评》《教我如何不想她》《沧浪集》《支遁评传》《支遁诗文译释》《东晋般若学“六家七宗”综论》等。在海内外多家报刊分别开设过“文坛风景线”“禅悟随笔”“中国当代作家”等专栏。

序二

读雨云

博友雨云，祖籍湖北，出生于九江；我供职武汉，我母亲为九江人；我的年龄略长于她的母亲，我们因此多有一些亲近。

走访雨云的博客，总感觉清新之气扑面而来。她读书勤奋，书无论古今中外，都广为涉猎。因此她广见博闻，思维活泼。读书有所感悟，便随手记录，发为博文，让我们分享她的心得。有博友说："让雨云去读书，我们来读雨云。"读雨云，分享她的心得，这也是读书的一种捷径。

近日雨云辑博文为集，名为《花下喝茶为读书》，我成了她的第一读者，她让我为她的书作序。我八十岁了，患有脑血栓、脑血管粥样硬化、脑囊肿、极高危高血压性心脏病……因为长年心肌缺血、脑缺血，双下肢麻痹，几近瘫痪。所以总感觉困乏，经常以卧床休息，或是靠在沙发上，枕着颈椎枕，将双脚搁在茶几上看看电视度日。

2008 年，我曾写作博文《老年痴呆进行时》。老年痴呆，近年更甚，阅读能力很差，停博多年了。只好辜负雨云的信任，将她的托付推给了文艺评论家、博友李正西先生。

李正西先生不负所托，细读了雨云的作品，在深刻的认识与理解的基础上，写成《有一种读书的方式是感悟》。文章升华了雨云的作品，无论对读者还是作者都能起到指导作用。我、雨云、将来众多的读者都谢谢他的指导和推介！

“感悟式读书”是李先生的创意。应该强调的是：这只是读书的一种方式。读书有浏览、精读、研究的区别。浏览、涉猎，有所感悟，可以不求甚解，旨在摄取字里行间的重要信息，知道该书能解决什么问题，可供哪些人阅读，从而获得感悟……精读应该理解作者的思想、写作意图，逐字逐句地深入钻研，对重要的语句和章节所表达的思想内容做到透彻理解。至于研究，那是在精读的基础上，对作者、作品所反应的历史环境和思想内容……进行深入细致的分析研究。那是研究者和作者灵魂的碰撞，心灵的邂逅，往往能写成一本专著。

古今中外，书籍浩如烟海，而人的精力有限，谁也不可能读完所有的书。为了获取更多的知识和信息，有必要学会“感悟式的读书”，读大量的书，所以我欣赏雨云的读书方式。但我也希望雨云能更深入地读些好书，不只是停留在感悟式的读书阶段。

甲午春夏之交辰雨于珞珈山

第一辑　竹窗书影摇

读庄子，享南面王之乐

房子是坐北朝南的。早晨起来，太阳就在阳台露了脸。午后，不光是阳台，连房间也洒满了阳光。坐在阳光里，闻着太阳的味道，懒懒的，温暖而幸福。

朋友送的好茶，特级铁观音，还未泡，热壶里就溢出茶香。涤过茶尘，养过茶杯，特有的清香就溢满了整间屋。和着阳光，飘荡着。喝着喝着就醉了。正所谓：莫道醉人唯美酒，茶香入心也醉人。

翻书，阳光下的书也变得迷离起来。时光，也就在书的似读非读中流逝。

手中的这本小书叫《嘻哈庄子》[1]，绘图类中国幽默读本，图画多于文字。看见这样一个故事：

庄子夜行，一个骷髅向他扑过来，庄子挥马鞭把他击倒，说："可怜的骷髅，你是因为战争而死的吗？你是因为丑事自杀的吗？你是冻饿而死的吗？还是寿终正寝的呢？"说完就将骷髅当枕头，在野地里睡下了。

庄子梦中见骷髅走来，对他说："你说的话令我感动，特来告诉你死的乐趣。死，上无君王，下无臣民，无事务缠身，也再无怕死的烦恼，做君王也尝不到这番乐趣。"庄子不信，说："我可以让阎王爷便给你复生，与你的妻、儿、朋友团聚，你愿意吗？"骷髅皱着眉头说："别，千万别！我怎么能放弃王者的乐趣再去承担人间的劳碌？"

---

[1] 王定天编，任兆祥绘：《嘻哈庄子》，四川文艺出版社2001年7月出版。

我们都知道，庄子是个主张“逍遥”的哲学家，他主张精神上的逍遥自在。在人的形体上，也试图用这个例子，来消灭形体的依赖，达到超越生死的自由自在境界。不能说庄子不爱惜生命，他只是希望人们解除一切的束缚，顺从自然的法则，达到生死皆自由的最高境界。

据说，庄子的妻子颜玉死的时候，他很随意地坐在地板上，两腿往前伸着，中间放一个瓦盆，左右两手各执一根木棍，有节奏地敲击着瓦盆，边敲边唱：吁嗟吾妻，已归天真。吁嗟庄周，犹然为人。别人问庄子为何，庄子说：人死了，是回到了大自然中去，是获得了新的生命。这种生命没有忧愁，不要操心，是一种自由自在的生命，我应该为她高兴，为她庆贺。

这个例子几乎是“庄子梦骷髅”一事的补充，再一次展示了庄子的生死观，生死皆逍遥。可惜，我们活着的人是不能体会死的乐趣的，死了的人也不能告诉我们死的乐趣，我们不能比较活着和死到底哪个乐趣多些，更不能选择。

朋友来的时候曾问我：“平时都做些什么？”我说：“没什么，就是看看书。”他问：“看什么？”我随口答道：“小说。”他叹息道：“我买了很多小说都没时间看，真羡慕你呀！”我笑，不知道说什么好。他的位置是他奋斗得来的，是别人倾慕的，他却羡慕我这无为的生活。想想，人是最矛盾无奈的物体。如果能，他会放弃奋斗之后来之不易的生活吗？不能。

文章中骷髅也只告诉了庄子死的乐趣，没有回答庄子到底遇上了什么灾难，是怎么死的。无论哪种情况，死一定不是骷髅生之所愿。所以，骷髅死的乐趣虽然很诱惑人，我们不妨还是学学庄周，把生死都看淡一些。不惧怕死，也不惧怕生，发现生的乐趣，好好地活着。就像现在，在温暖的日子里，坐在阳光下，喝茶、读书，也是王者的乐趣不能比的。如果有一天真的去了，再去享受死的乐趣也不迟。

2006-01-15

读《茶经》，品茶性

闲来无事，下载了陆羽的《茶经》，电子书。《茶经》字数不多，七千余字。细读慢研之际，突然想，何不干脆打印出来，读着方便呢？念头一出，自己先就笑了。因为我想到了我喜欢的线装书，就像突然邂逅久违的心上人，心情愉悦。

于是，整理字体，页面设置，A4 纸，两栏排版，打印。

线装是我国明代兴起的一种新型书籍装帧形式，也是我国古代最完美的一种书籍装帧形式。在它之前还有绳串联、竹简、帛书、石经（石碑）、拓印（卷轴）、经折装、旋风装和蝴蝶装[1]、包背装[2]等等。

线装书的一般加工流程为：折页、配页、撞齐、订纸捻、配封皮、三面裁切、打眼、穿线、包书角等。我这个后人加业余操手，就只能简单为之了：折页、撞齐、打眼、穿线、重压（压实压平）。我装订的第一本线装书就这样完成了，《茶经》在茶文化发展史上的神圣地位也在我的操作中更显得庄重了。

《茶经》是世界上第一部茶学专著，是陆羽对人类的一大贡献。

陆羽，字鸿渐，号季疵，又名疾，别号桑苎翁，自号竟陵子，生于唐玄宗开元年间，复州竟陵郡[3]人。陆羽对茶怀有一种特殊的感情，经常与朋友谈茶、品茶。陆羽的一生都在研究茶事，种植、栽培、烹煮，

---

［1］ 蝴蝶装：始于唐代后期，盛于宋朝的书籍装帧形式。

［2］ 包背装：元代、明代的书籍装帧形式。

［3］ 复州竟陵郡：今湖北天门。

脚步遍及全国各大茶区。他逢山驻马采茶，遇泉下鞍品水，考察、整理、著述、刻印，仅《茶经》一书，就用时二十七年。也因为此，中国茶事在一代茶圣的影响下，渐渐盛行，千年不衰。

《茶经》一书分上、中、下三卷，共十个部分，主要内容是茶之源、茶之具、茶之造、茶之器、茶之煮、茶之饮、茶之事、茶之出、茶之略、茶之图等。

饮茶思源，阅《茶经》，摘录，知之：

茶者，南方之嘉木也。树如瓜芦，叶如栀子，花如白蔷薇。

凡采茶，在二月、三月、四月之间。其日，有雨不采，晴有云不采；晴，采之、蒸之、捣之、焙之、穿之、封之、茶之干矣。

茶叶，野者上，园者次。阳崖阴林，紫者上，绿者次；笋者上，芽者次；叶卷上，叶舒次。

饮茶，早取为茶，晚取为茗。

其水，用山水上，江水中，井水下。其山水拣乳泉、石池漫流者上。

其煮器，若松间石上可坐，则具列（茶之器）废。若瞰泉临涧，则水方、涤方、漉水囊（茶之器）废。

知茶如此，茶之幸也。

非常简洁的一段文字，就告诉了我们这么多的茶知识。什么时间采茶，怎么造茶，什么茶好，什么水好，什么环境品茶，哪些可以简略，既让人们懂得了茶，又不拘泥于形式，真是一本好茶书。

鲁迅先生在《喝茶》中说，喝茶，喝好茶，要用盖碗，还须在静坐无为的时候，当他正写着《吃教》的中途，拉来一喝，那好味道竟又不知不觉地滑过去，像喝着粗茶一样了。

说到碗，《茶经》告诉我们，首推越州[1]，并与邢州[2]比较详尽：

> 若邢瓷类银，越瓷类玉，邢不如越一也；若邢瓷类雪，则越瓷类冰，邢不如越二也；邢瓷白而茶色丹，越瓷青而茶色绿，邢不如越三也。

我正静坐无为，该喝茶了。暑期浔阳之行，有一大收获，就是带回些好茶。一是庐山的云雾，二是杭州的龙井，三是四川的竹叶青，皆是没有经过发酵的绿茶，有着自然的山野气息。最难得的是大姐送的竹叶青。

竹叶青，产于四川峨眉山。外形扁条，两头尖细，形似竹叶。我面前的这筒竹叶青，装在黑白两色的纸制筒里，黑色部分如中国的水墨画，水印“竹叶青”三字，或大或小，水墨字遍布。两色交接，白色处写有老子《道德经》中的名句：“静胜躁，寒胜热。清静为天下正。”最有意思的是，在质量等级标示处除标有“特级”二字外，又在括弧处标有“静心”二字。这“静心”二字显然与特级无关，与喝茶人的心境有关。这茶，是要静心才能喝的。也或者说，这茶，喝了使人静心。茶性，人性，需性情相投。就像煮茶的水，也如陆羽说的，须挹山之清流，乳泉、石池漫流者，才能得出好茶。

茶，可以创造一个人的完整世界，就像现在，泡一杯竹叶青，看茶叶翻腾，然后平稳下来，一点点竖起来，悬浮着，又一点点沉于杯底。一切都静悄悄的。简单、自然、舒适，在《茶经》抒写的氛围中，只此就好！

2008-10-07

---

[1] 越州：今浙江绍兴。

[2] 邢州：今河北邢台。

朱熹错了吗

旧历年，收到东方出版社出版的傅佩荣先生的著作《朱熹错了》[1]。一直想说说翻阅这本书的感觉，但却不知从何开始。最早知道朱熹，从他的“存天理，灭人欲”始。后来关注朱熹，是因为我的出生地江西与生活地福建都与朱熹有着很深的渊源。

史料记载，绍兴二十一年（1151 年），二十二岁的朱熹出任泉州府同安县[2]主簿。任职期间，朱熹曾数次登临嘉禾里[3]金榜山，临海远眺，还作诗《金榜山》，作文《金榜山记》，对金榜山情有独钟。现在去厦禾路的金榜山，都能读到镌刻于石头上的朱熹诗文。朱熹诗文中咏及的一人不能不提，就是曾隐居金榜山石室的陈黯。陈黯何许人也？据《陈氏宗谱》记载，陈黯乃婺源县令陈元通之子[4]，而徽州府婺源县（今属江西省婺源县）是朱熹的祖籍，可见朱熹是有故乡情结的人。

我还倾向于另一个原因，朱熹有志于学习陈黯，过著书立说的隐居生活。绍兴二十七年（1157 年），朱熹就自同安弃官，致力于学术研究，历时二十余年。淳熙五年（1178 年），四十九岁的朱熹才出任南康（今

［1］ 傅佩荣：《朱熹错了》，东方出版社2013年11月出版。

［2］ 泉州府同安县：今属厦门同安区。

［3］ 嘉禾里：厦门旧称。

［4］ 陈黯乃婺源县令陈元通之子：此处有争议，《陈氏宗谱》的说法，查无实据。清道光《厦门志》称陈黯之父为陈赟；2005年出土的陈元通夫妇墓志铭载明，陈元通有二子，长曰肇，次曰皋，亦证明陈黯不是陈元通之子。如是这样，朱熹极力推崇陈黯的故乡情结就存在疑问了。

属江西省星子县）知军，淳熙八年（1181 年），改除提举浙东常平盐公事。光宗即位后，又知漳州、潭州。宁宗即位，除焕章阁待制兼待讲。因此，朱熹的一生，自举进士至死，五十年经历了高宗、孝宗、光宗、宁宗四朝，仕于外者共九年，立于朝者四十日，为宁宗讲《大学》，其余四十年都过着讲学著书的生活。

朱熹的一生，不光学术上继承二程（指程颢、程颐），独立发挥，自成体系，还推动了书院教育走上正轨。淳熙十二年（1185 年），朱熹动员衡州官府重修石鼓书院，提出把书院办成德行道义之实的教育机构，撰写了名垂千秋的《石鼓书院记》。淳熙五年（1178 年），朱熹出任“知南康军”，尽管他重新入仕，却未忘自己的学者身份，在庐山唐代李渤隐居旧址，建立了白鹿洞书院，进行讲学，并制定一整套学规。绍熙四年（1193 年）朱熹任职于湖南，不顾政务缠身，又主持修复了另一著名书院——岳麓书院，使之与白鹿洞书院一样，成为朱熹讲学授徒、传播理学的场所。可以说，书院在南宋的盛行，几乎取代官学，这种盛况是与朱熹的提倡直接有关的。读一读福建教育出版社出版的丁东、谢泳所著《教育放言录》，就知道后来的教育体制改革、书院的消失，是多么可惜的事情。

不得不说，作为著名的国学研究者，傅佩荣[1]先生选择了一个比较吸引眼球的研究点。朱熹是什么人？是继孔子、孟子以来最杰出的、弘扬儒学的大师，世称朱子。他错了？错了什么？光这一个“错”字，就让人好奇，就想一睹为快。

《朱熹错了》副题为“评朱注四书”。四书依朱熹的编排顺序为《大学》《中庸》《论语》《孟子》四本儒家经典。六百多年来，中国的读书人学习儒家，也深受朱熹思想的影响。傅佩荣先生的《朱熹错了》，针对的主要问题就是朱熹表面在注解四书，其实是朱熹用四书来注解自己

---

［1］ 傅佩荣：当代著名《论语》研究专家，祖籍上海。台湾辅仁大学哲学系毕业，台湾大学哲学研究所硕士，美国耶鲁大学哲学博士，专攻宗教哲学。现任台湾大学哲学系、所教授。曾在央视《百家讲坛》主讲《孟子的智慧》。

的思想。

首先，作者没有否认朱注四书在推广及发扬儒家学说方面的贡献；其次，作者对朱注四书的排列顺序提出异议，认为《大学》《中庸》置于《论语》之前有违常理。所以，《朱熹错了》依作者的思量依次针对《论语》《孟子》《大学》《中庸》的朱注，进行了省思与分辨，指出朱注哪一句不合理，哪一句没根据，哪一句弄错了。更是将重心放在了《论语》上，占用了百分之五十的书量，从五十二个方面指出朱注思想对《论语》注解的失误。比如第一辑第一篇《时机的重要》，对《论语》首篇《学而》首章首句“子曰：‘学而时习之，不亦说乎！’”的辨析，针对朱注中的“学”“时”“习”进行了引经据典的讨论。

对于学术史上的“六经注我，我注六经”的阐释经典，我是不太懂，但我知道世间的事本就不是简单的错与对，一部戏剧尚有“一千个读者就有一千个哈姆雷特”之说，何况学术思想的探讨与推广。我就不喜欢朱熹的“存天理，灭人欲”，相信很多人都不喜欢。孔子总是圣人吧，他不是也说出了“唯女子与小人难养也”这么偏颇该打的话吗？朱熹对“四书”的解释阐发了他个人的学术观点。朱熹对儒学的最大贡献就是活学活用，创立了集儒家思想之大成的理学。

傅佩荣先生的《朱熹错了》对朱注四书中存在的问题进行系统的分析，辨明朱注与原文之间的歧义，帮助读者了解四书的原意，也是在阐述他的学术研究学术观点。但他自己有没有局限呢，也很难说。因为每个人都有自己的局限。学习就是思考的过程，就是要有自己的辩证。不苛责，也不盲目崇拜。谁知道六百年后，后人又是如何释读《论语》的呢？陈寅恪说过这么一句话：“读书不肯为人忙。”那才是真正学者的生活。学术，说到底是学者自己的事。

2014-01-02

小票据，大历史

2009年3月初，参加《厦门晚报》的读书沙龙活动，由研究厦门地方史的黄绍坚老师主讲，讲的是20世纪30年代厦门的日常生活。曾经在《厦门晚报》读到过这部分的介绍，在厦门网搜索，果然有，刊登在2008年8月29日的“文化周刊”版面。讲座中，黄绍坚展示了许多报上没有刊登出的三四十年代的票据，还说起这些票据的来源，很有意思。

2006年，厦门华侨银行发现了一间密室，请清洁工去弄开密室的铁门。铁门是20世纪30年代英国制造，非常牢固。几个清洁工弄了两个星期才弄开一个小洞，要求加价。华侨银行答应那个铁门归几个清洁工所有。本来以为密室会藏有珠宝之类的物品，后来打开一个人能钻进去的洞，才发现里面只有十个大麻袋，装满了各种各样的票据。开始，华侨银行打电话给图书馆和博物馆，表示免费赠送，结果两家都表示：太脏了，不要。华侨银行就决定送给清洁工按垃圾称重卖。这个信息被一些研究厦门历史的收藏家知道了，厦门的陈亚元买了一袋，还有一些20世纪40年代的票据，其他的陆续流散到了全国各地。据说，最远的现在已经到了新疆。票据时间从20世纪30年代到20世纪40年代，内容涉及米、电、电话、捐款、工资、制衣、洗衣，生活的方方面面。票据上还印有当时的单位称号，对一些厦门有争议的地名是非常有力的证据，对研究厦门的历史也很有价值。

这让我想起正在阅读的岳南著作《南渡北归》[1]，想起历史上另一次类似的故事，只是结局不太一样。

岳南的《南渡北归》号称首部全景再现中国最后一批大师群体命运剧烈变迁的史诗巨著，分为《南渡》《北归》《离别》三部分。全书一百二十万字，注释四十万字，还有五百多幅珍贵照片。2011 年 1 月出版，到我的手上已经是 2012 年第 9 次印刷了。在 2013 年立春日的《厦门晚报》读书会上，我推荐书友们阅读这套书。这套书每一部的封面都写着这样一句话：大师远去再无大师。读《南渡北归》，不由得人不佩服抗战时期，冯友兰、梅贻琦、梁思成、金岳霖、闻一多、林徽因等大批知识分子跋涉西南、艰难办学的精神。且在艰苦的条件下，依然硕果累累。

在《南渡北归》第一部《南渡》，第十三章《三千里地山河》“三百年来一大师”中，介绍了陈寅恪加入中央研究院史语所并出任第一组，即历史组研究员兼主任。1929 年春末，清宫流出的八千麻袋，约六万公斤的内阁档案被当作废纸卖掉，被藏书家罗振玉、李盛铎先后获得。当时陈寅恪与李盛铎多次谈判，终于以史语所的名义买下这些“废纸”，运到北海静心斋供陈寅恪主持的一组整理研究。这些“废纸”成为史语所成立以来的第一笔宝贵史料和学术研究资源，从此史语所“声光顿起”，一鸣惊人。加上安阳殷墟发掘成果的扩大，到 1948 年，史语所虽然在研究院十三个研究所中排行第九，但人数已是其他所的一倍至九倍，被那些兄弟们称为“大所”。那一袋袋的“废纸”功不可没。

那段时间，傅斯年统率史语所，借北大授课之机发现读书种子和有希望的学术研究苗子加以培养，拉入史语所。放置在北海静心斋数量惊人的内阁档案，傅斯年认为非陈寅恪主持整理不可。于是，陈寅恪除了在清华授课，大部分时间都在北海静心斋带领史语所历史组的徐中舒、劳榦、李光涛等人整理内阁档案。他们拟列了一个庞大的出版计划，要

［1］ 岳南：《南渡北归》，湖南文艺出版社2011年1月出版。

将珍贵的史料公之于世，取名为《明清史料》。

我在网上百度《明清史料》，得台湾百科关于《明清史料》的资料，正是由史语所、陈寅恪他们整理编辑的资料。资料显示如下：

《明清史料》由中国档案汇编，明清档案史料集刊之一。1930年南京国民政府中央研究院历史语言研究所开始编辑刊行。以干支为编号，甲、乙、丙、丁四编于1949年以前出版。戊、己、庚、辛、壬、癸六编于1959年—1975年陆续在台湾省编印出版。线装，每编10册，每册100页。该集刊公布了从明隆庆元年（1567年）至清乾隆三十一年（1766年）近二百年间形成的一万零三百余件官方档案史料，其中包括明天启、崇祯、清顺治、康熙等朝的诏书、诰命、谕、题本、奏稿、塘报、揭帖、图、单，以及内阁各项档案、外交文书等。其内容大多是关于明末辽东战争、农民战争，清初社会各阶层的抗清斗争以及有关郑成功的史料。其中尤以明末辽东战争、农民战争两种资料为其他史书所讳避或载而不详，为研究明清之际的历史，提供不少珍贵原始资料。

2013-03-02

张资平错页的书和错页的人生

当当网活动购得华夏出版社出版的张资平代表作——小说集《苔莉》[1]。张资平是20世纪30年代红极一时的“恋爱小说家”，广东梅县人，早年曾官费留学日本。20世纪20年代初开始文学活动，曾与郭沫若、郁达夫等发起筹建了现代文学史上最重要的文学社之一——创造社。上海人曾以手捧张资平的情爱小说和张爱玲的反映市民生活的散文为时髦。

周末，我泡杯玫瑰花茶，一口气读完了《苔莉》。可以肯定地说，我已经很久没有这样认真地读一本小说了。《苔莉》非常好读，不仅仅是因为小说描写的是多角情爱，更多的是小说中展示的人物矛盾的心理、多变的命运，才是这本书吸引我的根本原因。

读张资平的小说，其中的小说中的主角不管是男人还是女人，都有着纠结的情爱。对的时间遇不上对的人，错的时间却遇上对的人，或是错的时间遇上错的人，于是人物的命运变得多舛。不得不说，张资平很善于描写情爱中人物的纠结心理，能用非常通俗的语言展现人物真实的心理活动，打动读者。

小说《苔莉》中的苔莉，她的命运在整本书人物中算不上最糟糕的。苔莉和克欧的表兄白国淳结婚，育有一个孩子霞儿。但苔莉没想到，白国淳在乡下有妻妾，还有别的女人，她只能算他的第三姨太太。

[1] 张资平：《苔莉》，华夏出版社2011年6月出版。

克欧在表兄和苔莉之间纠结，一方面不忍背叛表兄，将表兄的真实情况告诉苔莉，躲着苔莉；一方面又不忍苔莉受欺骗，可怜着苔莉，不知不觉爱上苔莉，想亲近苔莉。苔莉渐渐地猜到国淳的真实情况，把精力投到抚养霞儿身上，还受克欧的影响，开始读小说，还在克欧和几个友人组织、研究的纯文艺紫苏社月刊《紫苏》上发表小说，得到社会上多数人的认可。苔莉成了紫苏社的新进女作家，她在小胡和克欧间选择了克欧，托付终身。苔莉定了情，克欧却因为苔莉和国淳的关系处在矛盾中，认为社会的理通不过，加上同乡的说媒，悄悄地与家乡的刘小姐订婚，欲将苔莉母女送回乡下送还国淳。最后，因为小胡写信告密，他们的事情败露，国淳告诉了克欧一些他不知道的私密，让他放弃苔莉，不值得。第二天他们私奔了，在开往南洋的海上双双自杀。小说前面的描写中，似是因为他们半年多的纵欲，使他们失了健康，得了痨病，没有活下去的资本。现在看来，实在是作者的良苦用心，是想给两个相爱但又被社会批评的两个人一个结局。这个结局虽然残酷，但终于他们是在一起了。在一起才是最重要的。读之，让人潸然泪下。

张资平的小说，因多写三角四角恋爱，鲁迅曾讥讽性地概括张资平小说学的全部精华是一个“△”，非常形象。张资平的小说看着似乎很热闹，其实都是人生，飞蛾扑火般的青春欲望，原来有这么多无奈的辛酸。

小说集《苔莉》中另一篇印象深刻的中篇小说是《最后的幸福》，这个恋爱角是大大超出了鲁迅的概括。主人公美瑛一生纠结的男人先后有阿根、黄广勋、表兄士雄、松卿，还不包括她从十六岁由害羞到二十三岁焦虑嫁不出去阶段，由媒婆提到的南洋商人、中学教员、农民等。她的一生在犹豫、徘徊中度过，总是找不对人。阿根是同村长大的，但比她小很多。黄广勋小她一岁，是个中学生，但成为大学生后成了她的妹夫。她在年长的表兄和心仪自己的松卿间比较来比较去，最后还是母亲做主，嫁了多金的表兄。结婚第一晚就受到了绝望的打击：洞房里加设了一个鸦片烟炕，士雄的朋友在烟炕上挤成一堆轮流烧鸦片烟膏，后来又玩起了麻雀，而美瑛只能寂寞地坐在室隅的暗影里望着他们，被有钱人取笑，从此再无幸福可言。最后，孩子死了，她也死了。美瑛唯一的欣慰是阿根一直爱着她，从没有改变。

《最后的幸福》看得我也跟着纠结，美瑛想要的似乎总在错过，或是所托非人，一误再误，就剩下悲惨的结局了。仿佛知道我的看法似的，我定购的这本小说集装订时竟然错了页，从第 154 页一下跳到了第 187 页，错开了美瑛和广勋缠绵的那一段。结局美瑛写信要广勋来接孩子，让我一头雾水。翻到前面也没找到因果。后来读小说《红雾》，读到丽君不听父母的话，偷偷和梅苓同居，突然又从第 218 页跳回到第 155 页，跳回到小说《最后的幸福》，补上美瑛和广勋的那些情爱故事，我才明白美瑛的孩子是怎么来的。一个女人要经历多少苦，才能遇上她的真爱？而不是人们看到的那些性欲？怪不得我忽略了这本书的错页，因为中间的曲折是一而再再而三，一幕幕上演。最后，只有结局才是最主要的。《最后的幸福》结束了，插曲也结束了，《红雾》继续。丽君开始了她的寂寞生活，最后走向的也是她的结局。离了婚的丈夫死了，三个孩儿死了，最后她也死了，后悔得自杀的。

读张资平的小说，其中的人物尤其是女性，带有明显的时代特色。追求着性解放，她们想恋爱自由，想婚姻自由，却又被陈腐的伦理道德和金钱势力所束缚。人物的悲剧，有着这样那样时代的烙印。张资平对他们倾注了关心与同情，甚至悲悯。可叹的是，张资平文学之路和他的一生，也像这本错页的书、书中的人物一样，是跌宕的，最后以悲剧收场。

查阅有关张资平的资料，也许是从 1930 年鲁迅著文《张资平的“小说学”》开始，张资平渐渐被左翼所鄙弃，到 1933 年《申报 · 自由谈》中止刊登张资平的连载小说，出现“腰斩张资平”事件，张资平才淡出文坛。当时，张资平已经出版有二十余部中长篇小说，还出版有短篇小说集和翻译小说，是深有影响广有声誉的新小说家。

《申报 · 自由谈》1933 年 4 月 22 日栏中，以编辑室的名义刊出中止连载启事："本刊登载张资平先生之长篇创作《时代与爱的歧路》也已数月，近来时接读者来信，表示倦意。本刊为尊重读者意见起见，自明日起将《时代与爱的歧路》停止刊载。"对此事，上海的多家报刊都有报道，也引发一些争议和猜测。尤其是5月9日出版的《社会新闻》，以《张资平挤出〈自由谈〉》为题发表的文章，颇有意味。文章以颇带情绪的口吻，涉及鲁迅、郁达夫、曹聚仁等作者：

> 今日的《自由谈》，是一块有为而为的地盘，是"乌鸦""阿Q"的播音台，当然用不着"三角四角恋爱"的张资平混迹其间，以至不得不清一清。然而有人要问：为什么那个色欲狂的"迷羊"——郁达夫却能例外？他不是与张资平一样发源于创造吗？一样唱着"妹妹我爱你"吗？我可以告诉你，这的确是例外。因为郁达夫虽则是个色欲狂，但他能流入"左联"，认识"民权保障"的大人物，与今日《自由谈》的后台老板鲁老夫子是同志，成为"乌鸦""阿Q"的伙伴了。

原来文场也似战场，硝烟弥漫。如今，我们是理不清那个年代的纠结了，但张资平的人生还在坎坷错页中。1942年毛泽东《在延安文艺座谈会上的讲话》中说："文艺是为帝国主义者的，周作人、张资平这批人就是这样，这叫做汉奸文艺。"从此，"汉奸文人"的帽子就戴在了张资平头上。1947年5月，张资平因"汉奸罪"被国民党司法机关逮捕，后经交保获释。

关于日伪时期的任职，1948年3月张资平曾两次给胡适写信，并附上他的辩明书，请求胡适为他辩白，请求胡适将他的《我之辩明》转送给陈立夫。张资平的信和《我之辩明》的内容，归纳有四点：一是申辩未曾担任汪精卫伪政府的地质调查所所长，绑票式的挂名农矿部的技正；二是担任中央研究院博物委员会委员，是为了保存、整理岩矿标本；三是姚中仁蒙蔽国民党上海市党部主任方治，以"汉奸"罪检举他，是图谋霸占他在上海江苏路的住房；四是请求胡适为他申辩，以解决多年失业的痛苦。

1948 年 4 月国民党上海法院判处张资平有期徒刑一年零三个月。张资平不服，提出上诉。1949 年 1 月，国民党上海最高法院特种刑事庭裁决：撤销原判，发还上海高等法院更为审理。张资平不久出狱。1955 年 6 月，张资平又因潘汉年的“反革命事件”，被上海市公安局逮捕，审查他的“汉奸文人”罪行。1958 年 9 月，上海市中级人民法院判处张资平有期徒刑二十年。1959 年 7 月送安徽省公安厅，12 月 2 日张资平病死于劳改农场。张资平错页的人生有了结局。

关于张资平是不是“汉奸文人”，张资平有《我之辩明》，后学研究者也给予了一些较客观的评议，辨析他的命运。并且张资平的小说除了撰写大量的恋爱题材，还写有一些反对日本侵略者的题材，是个有现实担当的作家。1930 年出版的《天孙之女》揭露了日本帝国主义屠杀中国人民的罪行，控诉了日本帝国主义蹂躏日本女性的罪行。此书 1930 年 7 月出版，9 月再版。1931 年 2 月三版，8 月四版。1932 年 6 月五版，总共印行 11000 册，还被翻译到日本。此后还有 1933 年的短篇小说《红海棠》，描写 1932 年 12 月 8 日上海闸北被日机轰炸的悲惨情形，揭露了日本侵略者野蛮的罪行。1936 年，张资平还曾就《东方杂志》关于中日问题发表意见，张资平对“中日有提携的必要和可能吗？”的观点刊登在 1937 年 1 月 1 日出版的《东方杂志》三十四卷一号上，文中指出日本侵略中国会有三个阶段：第一步，先略取“满洲”以控制内蒙古；第二步，略取内蒙古以控制华北；第三步，占据华北，以黄河为境，俯窥长江流域。

曾有人造访晚年落魄的张资平，询问他早年“创造社”的种种，他以“年来记忆力衰退”为由，不作回答。对于他自己早年风靡一时的小说，他则以漠然的表情表示“已过去了”，作为回答。

我不是一个历史研究者，在阅读张资平的作品搜索他的资料的时候，感觉我们看人的角度总爱倾斜，向着一些设定的目标倾斜，然后打上想打的烙印。我只想说，当社会越来越进步，当历史的浓雾一点点拨开时，给那些躺下的人一点点尊严、一点点怜悯和同情，就足够了。张资平的小说对中国新文学创作的影响和发展，有着不可磨灭的贡献，所以才有后来的“中国现代言情小说开山祖师”之称，这也算是给地下的张资平的一点点欣慰吧。

2013-12-17

更加真实的闻一多

2007年10月约见谢泳教授，他赠我一本书，是前两年出版的《血色闻一多》。对于我这样的多数中国人来说，闻一多是个革命者，是个民主“斗士”。我们最早知晓闻一多是在中学课本里，那慷慨激昂的《最后一次演讲》，多么令人激动啊。阅读谢泳的《血色闻一多》，我感慨太多，试着从诗人、学者、才艺等几个方面还原本色的闻一多，生活中的闻一多，把他从“革命者”的形象中解放出来，讲述一个更加真实的闻一多。

一

对于大多数人来说，闻一多的一生都是为了争取民主的自由而奋斗。我们最早知道闻一多，是在中学课本里，慷慨激昂的《最后一次演讲》，更是升华了闻一多的革命者形象。谢泳的《血色闻一多》运用大量的资料和图片较详尽地介绍了闻一多怎样从一个诗人、知识分子到介入政治的变化过程。两个方面的比较，层层解惑，是这本书的看点。第一是少年和青年清华时代的闻一多，第二是中年西南联大时期的闻一多。掩书，我想，我们一直误读了闻一多，把他当作一个“斗士”来敬仰，但那只是后来的闻一多。早年的闻一多，是对政治没有多少兴趣的闻一多，大抵是平静安定的，过着诗人与学者的生活。

二

（一） 早年的闻一多

闻一多，湖北浠水人[1]，1899 年 11 月 24 日出生在一个典型的乡绅人家。字友三，亦字友山，本名家骅，后改名多，又改名一多。闻一多 1912 年考入北京清华学校，喜读中国古代诗集、诗话、史书、笔记等。

学生时代的闻一多学习非常刻苦。1918 年 5 月 12 日闻一多写给驷弟[2]的家书中汇报了在校学习的情况，可见他的刻苦程度："父亲手谕问兄《汉书》已阅多少，兄自去腊起，实已改阅《史记》。札记亦随阅随做，并未拘前后，每次字数亦不拘定。近稍温阅《左传》，但札记仍用《史记》材料。此外自修功课，去岁寒假前已阅毕黎（莼斋）选《续古文辞类纂》，本学期正阅姚选本[3]未毕。"[4]

闻一多在清华升入高等科后，尽管功课繁重，他仍制定了一个两年的读诗计划。他在日记中写道："近决志学诗，读诗自清、明以上，溯魏、汉、先秦。读《别裁》毕，读《明诗综》，次《元诗选》《宋诗选》，次《全唐诗》，次《八代诗选》，期于二年内读毕。"[5]

学校每年放两个月暑假，他必回家度假，一到家就钻进书房闭门读书。放两个月假，就读两个月书。他的书房名"二月庐"。书房桌子上、凳子上、茶几上到处堆的都是书。

湖北的七八月，奇热无比，不做事都汗流浃背，闻一多仍看书不

---

［1］ 浠水：今湖北蕲水县巴河镇望天湖畔闻家铺。

［2］ 驷弟：闻一多的嫡堂弟，名亦齐，字舒天，大排行第十五。清华1925级毕业生。留学美国，学医。

［3］ 姚选本：姚鼐（姬传）编选的《古文辞类纂》。

［4］ 闻一多：《最后一次演讲》，内蒙古人民出版社，第353页。

［5］ 闻立雕，杜春华：《闻一多图传》，湖北人民出版社，第17页。

止，有时连吃饭睡觉都忘记了。一听说家里来了客人，吓得赶紧趿拉着鞋东躲西藏，嘴里还不断地埋怨怎么又来打搅人看书！傍晚，光线不足，他就跑到院子里看书。

有一次，闻一多站在天井里借黄昏时的微光看书，一条蜈蚣从他脚面往上爬，别人看见了向他喊叫，他像根本没听见一样。别人跑过来替他把蜈蚣掸到地上踩死，他反而责怪人家打搅他看书。后来，结婚时要举行婚礼，到处不见他的人影，原来他还在“二月庐”里看书。为此，家里人管他叫“书痴”“书呆子”。

闻一多留学美国，刚到芝加哥美术学院，开学尚有一个多月，他每天没事就拿出《十八家诗钞》等中国书来看，边看边做笔记，不过半个月左右，“蝇头细字，累纸盈寸矣。”第一学期结束前，七门功课除人体写生为“上”外，其余都是“超”。第二学期，功课虽然开始繁难，成绩却是“清一色的超了”。

1923 年 6 月，因各门成绩均佳，闻一多获得了美国教育界给学生的最高褒奖——优等名誉奖。闻一多在给父母兄弟的家书中也多次提到留美的学习状况：“男每日早入学，晚回寓，尚有时间究文学。”[1]

从闻一多早年的文章中，也很难看出他是一个易于冲动的青年，而是一个很多方面都表现出较多理性的人，是一个懂得改良和尊重秩序的人。梁实秋这样描述在清华的闻一多：“他不善演说，因为他易于激动，在情绪紧张的时候满脸涨得通红，反倒说不出话。学校里闹三次赶校长的风潮，一多都是站在反抗当局的一面，但是他没有出面做领导人。”[2]

五四运动爆发后，闻一多的父母担心他留在学校的安全。1919 年 5 月 17 日闻一多给父母的家书中这样安慰父母：“本年又拟稍有著作，校中图书馆可以参览，亦一便也。男每年辄有此意，非有他故，无非欲多读书，多做事，且得与朋友共处，稍得切磋之益也。”[3]

---

[1] 闻一多：《最后一次演讲》，内蒙古人民出版社，第363页。

[2] 谢泳：《血色闻一多》，同心出版社2005年3月出版，第11页。

[3] 闻一多：《最后一次演讲》，内蒙古人民出版社，第356页。

1923年中秋前留学美国的闻一多写给驷弟的家书中说："实秋已被邀入创造社。我意此时我辈不宜加入何派以自示褊狭也。沫若等天才与精神固多可佩服，然其攻击文学研究会至于体无完肤，殊蹈文人相轻之恶习，此我所最不满意于彼辈者也。"[1]

在闻一多早年的教授生涯中，他也是和大多数教授一样，都保持了很高的理性，在每一次的学潮中基本都是规劝学生，劝他们好好读书，主张学生不要罢课，且对学生的过激行为多有批评。闻一多也不同意学校开除闹学潮的学生，认为是"挥泪斩马谡"，不得已而为之。早在青岛大学任教的两年[2]，学校就发生过三次学潮，三次闻一多都站在学校当局一边，因而成为被攻击的主要对象之一。

抗战初期，同学们有的上前线或者参加支前工作去了，留下的人心也不太安定。闻一多劝告他们救国可以有不同做法，直接参加抗战固然很必要，学习本领、积蓄力量，为将来的抗战和建国献身也很必要。

（二） 诗人闻一多

闻一多的一生，其主要贡献应该说是他的诗歌和学术研究。

闻一多十四岁（1912年）进入清华读书，也是因为数学不及格，一待就是十年。在清华，学生时代的闻一多以美术和诗歌知名，是一个对校园文化活动非常热心的积极分子，是著名的学生刊物《清华周刊》的编辑。像多数青年人一样，年轻的闻一多也很想出人头地。二十一岁时，他曾在日记中写下过这样的话："自兹铲拔野心，降志雌伏，优游世圃，宽厚岁时，未必不能出人头地。"[3] 那时，闻一多最想成为的大概就是一名诗人了。

1920年9月，闻一多在《清华周刊》发表了他的第一首新诗《西

[1] 闻一多：《最后一次演讲》，内蒙古人民出版社，第394页。

[2] 此处指1930年11月到1932年6月。

[3] 谢泳：《血色闻一多》，同心出版社2005年3月出版，第51页。

岸》[1]，后来又陆续发表了几首，还编了一本自己的诗集《真我集》。

1922年3月28日闻一多给驷弟的家书中写道："到校后，作诗、抄诗、阅同学所作诗，又同他们讲诗，忙得个不亦乐乎，所以也没有工夫写信给你。我的《红烛》（我的诗集）已满四五十首，计划暑假当可得六十首。同学多劝我付印问世者，我亦甚有此意。现拟于出洋之前将全稿托梁君治华[2]编订，托时君昭瀛[3]经理印刷。我于此道亦稍有把握，不致太落人后。我劝你亦多用功，我定能助你。相传李太白醉而见月于水中，因入水捉月，遂溺死。此事虽不甚可靠，然确为作诗好材料。我现在正作此诗名曰《李白之死》[4]。"[5]1922年8月1日闻一多去美国留学。虽然学的是美术专业，但闻一多念念不忘的还是他的文学趣味，也决定归国后在文学界做生涯。因此，留美的闻一多最想做的一件事就是尽快出版自己的诗集。闻一多在给五哥、驷弟的家书中说："《红烛》已寄与梁君，请经理付印。到美后增加新作七十首左右。全集屡经删削，尚余百零三首。以首数言，除汪静之底《蕙底风》，无有多于此者。……《红烛》中我本想多用几张插图。但目下因经济的关系一张也不能用了。连封面上亦不能用画了。只好等出第二本集子时，再好好地印出一本书来罢。"[6]

在梁实秋父亲的帮助下，《红烛》终于印刷出版了，了却了闻一多一生中的一件大事，他在给父母的家书中这样说："我埋伏了许久，从来在校外的杂志上姓名没有见过一回，忽然就要独立地印出单行本来，这实在是有点离奇，也太大胆一点。但是幸而我的把握拿稳了。"又说，

---

［1］ 闻一多，胡瑜芩选编：《闻一多作品精选》，长江文艺出版社，第26页。

［2］ 梁君治华：即梁实秋。

［3］ 时君昭瀛：即时昭瀛，清华1922级毕业生。

［4］ 闻一多：《最后一次演讲》，内蒙古人民出版社，第80页。

［5］ 闻一多：《最后一次演讲》，内蒙古人民出版社，第359页。

［6］ 此信写于1922年12月27日，闻一多：《最后一次演讲》，内蒙古人民出版社，第372页。

“我觉得名誉一天天地堆上我身来了，从此我更要努力。”[1]

闻一多的更大希望也只是以后能在诗坛有大作为，因为他已经小有名声了。

闻一多不仅写诗，而且从一开始就很注意论诗评诗，注意研究、琢磨如何调辞遣句，如何运用韵律等等。他在《清华周刊》发表过《敬告落伍的诗家》《评本学年〈周刊〉里的新诗》，还与梁实秋合作过《〈冬夜〉〈草儿〉评论》（以清华文学社的名义出版的）那样长篇评论文章，草拟出了《〈女神〉之时代精神》《〈女神〉之地方色彩》两篇长文的初稿。梁实秋在《送一多游美》诗的序中对他评价很高，说他是：清华现在唯一之诗人。

1926年，北京西京畿道三十四号，闻一多的家成了诗人们的沙龙。经常来的有徐志摩、朱湘、刘梦苇、孙大雨等一批诗歌爱好者。他们谈诗、诵诗、评诗、论诗，一同切磋、交流、讨论。闻一多的《死水》《罪过》《闻一多先生的书桌》，朱湘的《采莲曲》、刘梦苇的《轨道行》及徐志摩的许多诗，都曾在这里朗诵过、评论过。针对当时新诗创作的新观点、新的想法[2]——格律诗论逐渐萌芽，这些人被朱自清称之为格律诗派。

1926年4月1日《晨报·副刊》在徐志摩的主持下出了一个新诗的专刊，名叫《诗镌》。创刊号刊头的飞马图案是闻一多画的，象征新诗将要腾飞。《诗镌》的发刊实际上等于是给了闻一多等一块宣传、倡导格律诗的阵地。《诗镌》一共出了十一期，不仅刊登了闻一多、朱湘、饶梦侃等人一批具有格律特点的诗，而且发表了饶梦侃的《新诗与音节》、闻一多的《诗的格律》两篇论述格律诗的文章。闻一多在《诗的格律》中从各个不同角度阐明了写诗为什么必须要有格律。

1928年1月闻一多的第二本诗集《死水》出版了。这一集所收的

---

[1] 此信写于1923年3月，闻一多：《最后一次演讲》，内蒙古人民出版社，第379页。

[2] 指不讲究字句的长短、均齐，用词用语的音节、音韵等等。

诗都是从《红烛》以后的诗作中精选出来的，艺术性和思想性比《红烛》更上一层楼。调辞遣句，圆熟精练，堪称格律诗的代表作，内容更加贴近生活，贴近现实，爱国主义思想更加鲜明。《死水》确立了闻一多在中国新诗界不可动摇的地位。其中的《洗衣歌》[1]《死水》[2] 等许多首可谓传世佳作，具有很强的生命力。

（三） 学者闻一多

闻一多在清华接受的是美式教育，却不喜欢美国，在美国留学只待了三年[3]，他倾心于他的诗人生活和在中国所能感受到的东方艺术的妙处。他对梁实秋说："只要回家，便是如郭、郁诸人在上海打流也可以。君子固贫非病，越穷越浪漫。"回国后，虽然生活时有变动，换了好几所学校，但在抗战爆发前的十几年的生活，闻一多一直过着学者和诗人的生活，基本是一个书斋型的知识分子。

1928 年，故乡的武汉大学聘请闻一多任中文系教授兼文学院院长，是闻一多从诗人到学者的转折点。虽然早在清华读书的后期他就决定今生要做文学教师，讲授和研究中国古代文学，但实际上留美回国以后并没有机会当文学教师，倒是在中国诗坛上的成就相当大，成了著名诗人。

闻一多到武汉大学之后，开始有机会全力以赴研究和讲授中国古代文学了。在武大两年，闻一多的主要学术成果是《庄子》和《杜少陵年谱会笺》，二者他都下了很大的功夫。《庄子》比较详细地叙述了庄子的行踪和文学成就，郭沫若说该文是对庄子的"最高礼赞"。

1930 年 6 月闻一多辞去武大的工作，然后接受聘请来到了刚刚筹建的青岛大学，任文学院院长兼中文系主任。在青岛大学的两年，闻一多开了"中国文学史""唐诗""名著选读""英诗入门"等课，同时对

[1] 闻一多，胡瑜芩选编：《闻一多作品精选》，卡江文艺出版社，第176页。
[2] 闻一多，胡瑜芩选编：《闻一多作品精选》，卡江文艺出版社，第155页。
[3] 按规定是留学五年。

《楚辞》《诗经》等中国古代文学下了很大功夫，进行了深入的研究，而且取得了很大的成果。他除继承清代文人运用音韵训诂的治学方法外，又借鉴西方科学的研究方法，充分运用弗洛伊德的分析方法来解剖、诠释《诗经》，对《诗经》研究做出了重大贡献。梁实秋说他“指示出一个崭新的研究方法”，并说他用这种方法研究《诗经》写出的文章，是“划时代的作品”。

1932 年暑假后，闻一多最终回到热爱的清华，任教于中国文学系，住在新南院七十二号，别墅式高级教师宿舍区。

闻一多在清华待了五年，这是他一生中最安定的一段时间。闻一多是非中文本科毕业，在清华当教授期间教的是古典文学，教授过有《诗经》《楚辞》《乐府》《唐诗》《国学要籍》《中国古代神话》等。每周除了几堂课外，全部精力都投进了书山学海之中。他一生的主要学术成就多出自清华时代，可见这是最适合闻一多的生活道路。

1933 年 9 月 29 日闻一多在给饶孟侃的信中说：“在这向内走的路上，我却得着一个大安慰，因为我证实了自己在这向内走的路上，很有发展的希望。”[1]

闻一多这里说的“向内”就是钻进书斋，埋头读书做学问。这段时间虽然不太长，但闻一多治学成果累累，发表了《高唐神女传说之分析》《诗新台鸿字说》等多篇非常有价值的论文。此外《楚辞校补》也是这个时期开始下手的。其实，在学术研究方面，闻一多还拟订了一个相当庞大的计划，要编一部诗经字典，注明每个字的古音古义古形体及其由来；还要搞楚辞校议、全唐诗校勘记、全唐诗补编、全唐诗人小传订补、全唐诗人生卒年考、杜诗新注及杜甫传等等。

在清华，闻一多还是个名士气很重的人，给大家的印象很深。他非常注意营造一种特定的氛围，帮助同学们更深入地了解和领会作品。有一次讲楚辞，他的一位学生形象地回忆说：

[1] 闻立雕，杜春华：《闻一多图传》，湖北人民出版社，第103页。

记得是初夏的黄昏，——七点钟，电灯已经亮了，闻先生高梳着他那浓厚的黑发，架着银边的眼镜，穿着黑色的长衫，抱着他那数年来钻研所得的大叠大叠的手抄稿本，像一位道士一样地昂然走进教室里来。当学生们乱七八糟地起立致敬又复坐下以后，他也坐下了；但并不即刻讲，却慢条斯理地掏出自己的纸烟匣，打开来，对着学生露出他那洁白的牙齿作蔼然地一笑，问道：‘哪位吸？’学生们笑了，自然并没有谁坦直地接受这 Gentleman 风味的礼让。于是，闻先生自己擦火柴吸了一支，透过烟雾在电灯下更浇重了他道士般神秘的面容。于是，像念‘坐场诗’一样，他搭着极其迂缓的腔调，念道：‘痛——饮——酒——熟——读——离——骚——方得为真——名——士！’这样地，他便开讲起来。显然，他像中国的许多旧名士一样，在夜间比在上午讲得精彩，这也就是他为什么不惮烦地向注册课交涉把上午的功课移到黄昏以后的理由。有时，讲到兴致盎然时，他会把时间延长下去，直到‘月出皎兮’的时候，这才在‘凉露霏霏沾衣’中回他的新南院住宅。[1]

七七事变后，清华大学、北京大学与南开大学合组为“国立长沙临时大学”，安置在离长沙百余里的南岳衡山脚下，生活条件极差，但是闻一多依然把精力投入到教学和学术研究上。著名学者钱穆当时曾与闻一多同住一室，他在《师友杂忆》中说：“室中一长桌，入夜，一多自燃一灯置其座位前。时一多方勤读《诗经》《楚辞》，遇新见解，分撰成篇，一人在灯下默坐撰写。”[2]

闻一多完全沉浸在他的学术研究里，对实际政治深为厌恶。有一天梁实秋和罗隆基去看他，他对罗隆基正颜厉色地说：“历来二禄之阶不外二途，一曰正途，一曰逆取。胁肩谄笑，阿世取容，卖身投靠扶摇

[1] 谢泳：《血色闻一多》，同心出版社2005年3月出版，第93页。

[2] 闻立雕，杜春华：《闻一多图传》，湖北人民出版社，第113页。

直上者为之正取；危言耸听，哗众取宠，比周谩侮，希图幸进者谓之逆取。足下盖逆取者也。”[1]

闻一多是最早参加“新月”的活动人之一，“新月”谈政治，闻一多却没有“新月”同仁们对于社会的关注，非常低调。20世纪30年代初期新月社和《新月》杂志对国民党政府的批评达到了最大程度，新月时期的几次主要论战，闻一多都是一个旁观者。以胡适的《人权与约法》开始的一场保卫人权的斗争，许多朋友，甚至于他最好的朋友最理性的梁实秋也都写了文章参与论战，作为《新月》编辑的闻一多却也没有卷入，甚至没有写过什么关于政治问题的言论，潜心于他的学术，对于政治根本就没有兴趣，朋友们去战，去战好了。

（四） 才艺闻一多

戏剧方面：闻一多多才多艺，在戏剧方面最早显示出其才华。学校里一些爱好戏剧的同学成立了一个专门演戏的组织，最初叫“游艺社”，后来改名“新剧社”。闻一多先是任副社长，后来任编演部总经理。据当年与闻一多同班的浦薛凤回忆：“伊又喜欢编写剧本，最初几年，高中两科八年，每年辄写演短剧比赛；吾级多次之短幕戏剧均由他一手创作，演出之后，总能名列前茅。”[2] 闻一多戏剧方面有文字记载正式获奖的就有两次：一是《革命军》[3]，一是《蓬莱会》[4]。

闻一多留学美国时，在纽约和赵太侔、熊佛西、余上沅等一批热心戏剧的朋友，排演用英语演出的中国戏。第一场演出《牛郎织女》[5]，效果不错。第二场剧是《杨贵妃》[6]，也引起轰动。

---

［1］ 谢泳：《血色闻一多》，同心出版社2005年3月出版，第83页。

［2］ 闻立雕，杜春华：《闻一多图传》，湖北人民出版社，第26页。

［3］ 1913年11月学校举行全校戏剧比赛，荣获全校第二名。

［4］ 1916年庆祝双十国庆节，全校竞赛，获得了“最优”奖。

［5］ 洪深编剧。

［6］ 编剧：余上沅，翻译：闻一多等，服装和布景：闻一多。

美术方面：闻一多在家乡时就特别爱好美术，到清华之后经过美籍图画教师的点化，炭画和水彩画都很有长进。中等科时，他的水彩画被人称赞为“善露阳光，有灿烂晴日之景象”。1915 年 6 月，清华三育成绩评比，闻一多的图画被评为本级第一。有的作品还被选送到巴拿马博览会去参展。

清华高等科没有美术课，闻一多就和几位爱好者于 1919 年 9 月组织起了“美术社”，其成员后来扩大到包括梁思成、高士其等几十人。毕业时，绘画这个课余爱好还成了闻一多留美时唯一的选项。

1922 年 10 月 15 日闻一多在芝城写与五哥、驷弟的家书中说：“概言之，我进此专门学校后，益发对于自己的美术底天才有把握了，只要给我相当的时间，我定能对于此途有点成就。”[1]

闻一多在美国留学第二学年就到了珂泉的科罗拉多大学，梁实秋入英语系，闻一多入艺术系。毕业时学校举行成绩展览，他的作品名列前茅。地方报纸赞扬说：“中国青年美术家占展览会中重要部分。”

闻一多的美术天才不是天生的，他绘画也和读书一样专心、投入。梁实秋说他不动笔则已，一动笔则全神贯注，不眠不食如中疯魔，不完成不罢休。还说：“他头发养得很长，披散在颈后，黑领结，那一件画室披衣，东一块红，西一块绿，水渍油痕，到处皆是，揩鼻涕，抹桌子，擦手，御雨，全是它。一个十足的画家。”[2]

篆刻方面：1927 年政局不稳，闻一多“失业”了，闲居在潘光旦家，以写诗、绘画、刻印、游西湖消磨时间，后来出版的《死水》差不多一半是这个时期的作品。绘画，主要是为徐志摩、梁实秋、潘光旦等朋友的书画画封面和插图。篆刻是新练出来的手艺。留美时他上过雕刻课，干起来兴趣越来越浓。

1927 年 8 月 25 日闻一多给老朋友饶梦侃写信说：“说来真是笑话。绘画本是我的原配夫人，海外归来，逡巡两载，发妻背世，诗升正室。

［1］ 闻一多：《最后一次演讲》，内蒙古人民出版社，第365页。

［2］ 闻立雕，杜春华：《闻一多图传》，湖北人民出版社，第58页。

最近又置了一个妙龄姬人——篆刻是也。似玉精神，如花面貌，亮能宠擅专房，遂使诗夫人顿兴弃扇之悲。”[1]

（五）生活闻一多

生活上，闻一多是一个家庭观念极重的人，对家庭有非常强的责任感。

留美之前，闻一多遵父母之命完成了自己的婚姻，从此时时不忘肩负的家庭责任。在美国，他急于出版自己的诗集《红烛》，除了早日在文坛上立足，另一个原因就是想通过出版诗集能在经济上有所收益，对家中行应尽的义务。他对梁实秋说：“世上最美妙的音乐享受，莫过于在午间醒来，静听妻室儿女在自己身旁之轻轻的停匀的鼾息声。”

闻一多很爱自己的家人，常常写信询问父母妻子儿女情况。关心他们的身体，关心他们的学习，关心他们的生活状况。碰上家信稀少，他的心就沉沉的，带着失望。

给父母：“久未得乡音，家中近均吉否？念念。——久不尝中国茶，思念至极。此处虽可买，然绝无茶味也。——家信太难得见。此事有解决方法否？必需我自己多写信回来诱钓，那我写信亦不少矣，何报酬之稀哉？不多谈。”[2]

给驷弟：“月余未接家信，八哥亦然，不知何故？念甚念甚。”[3]

抗战之后，闻一多平静的生活被打破，他和清华同仁先后在长沙、南岳、昆明授课，一路之上，闻一多都惦记着家里，不忘给妻子汇报在外的生活状况，还有收入情况。

1937 年冬天，闻一多在给妻子的一封信中说：“薪水本可以领到七

---

[1] 闻立雕，杜春华：《闻一多图传》，湖北人民出版社，第90页。

[2] 写于1923年5月7日的家书。见闻一多：《最后一次演讲》，内蒙古人民出版社，第385页。

[3] 写于1923年11月5日的家书。闻一多：《最后一次演讲》，内蒙古人民出版社，第395页。

成，合得实数二百八十元。但九、十两月扣救国公债四十元，所以只能得二百四十元。”同时也盼望知道家中的情况，对妻子说，“现在这样久了，自己没有一封信来，也没有叫鹤、雕随便画几个字来。我也常想到，四十岁的人，何以这样心软。但是出门的人盼望家信，你能说是过分吗？”“到此（指蒙自），果有你们的信四封之多，三千余里之辛苦，得此犒赏，于愿足矣！你说以后每星期写一信来，更使我喜出望外。希望你不失信。如果你每星期真有一封信来，我发誓也每星期回你一封。”[1]

给鹤雕两儿：“今天上课回来，看见桌上一封家信，已经喜欢得很。拆开一看，文字比以前更通顺，字迹也整齐，我更高兴。今天非多吃一碗饭不可！你们的信稿究竟有人改过没有？像这样进步下去，如何是好！写信可以代替作文，以后每星期来一次信。信中少说空话，多报消息。家中或乡间任何琐事，都是写信的资料。这样写法，我每次接到你们一封信，不就等于回家一次吗？”[2]

进入20世纪40年代，随着物价暴涨，大学教授的生活水平急剧下降，闻一多全家的生活渐渐陷入困顿。八个孩子，加上妻子和佣人赵妈，都要靠闻一多的收入来养活，艰难可想而知。为了节省开支，家中食用的面粉不得不靠买来小麦自磨自筛。闻一多还主动戒茶，纸烟也不得不改成自制的旱烟叶卷。就是这样还是月月向学校透支或向友人借债，家中的东西也几乎全都分批寄卖，甚至连闻一多从北平带去的几部线装书也不得不忍痛卖给了清华大学的图书馆。

为了摆脱这样凄凉的处境，闻一多不得不一再增加劳动强度。兼课、写文章、做报告，昼夜不停，后来又从事篆刻养家糊口。对此，梁实秋这样感叹：“文人不得已而鬻印，亦可慨已！然而一多的脊背弯了，

[1] 写于1938年的家书。闻一多：《最后一次演讲》，内蒙古人民出版社，第411页、第416页。

[2] 写于1938年5月的家书。闻一多：《最后一次演讲》，内蒙古人民出版社，第418页。

手指破了，内心闷积上股怨气，再加上各种各样的环境的因素，以至于成了‘千古文章未尽才’。”[1]

三

这样的闻一多实在可敬可佩可爱，真性情人也！

对于闻一多后期的转变，或许有许多原因，我们在谢泳的《血色闻一多》里也能找到一些较为详尽的解释。即便是在闻一多参加民主运动最积极的时候，他还对吴晗表示，一旦民主实现了，他就要回到书斋里去，做他的学问。闻一多始终是中国的一介书生，是一名真正的自由的知识分子，他的被杀我们除了愤怒，还有痛惜，这实在是中国文坛的一大损失。

2008-03-06

[1] 谢泳：《血色闻一多》，同心出版社2005年3月出版，第143页。

钱钟书和他的时代

读谢泳教授的毛边书《靠不住的历史》[1]，有几篇谈到钱钟书先生，分别是：《钱钟书与拉斯基》《钱钟书与周氏兄弟》《〈宋诗选注·序〉修改之谜》《钱钟书文字中的“性”比喻》《方鸿渐给唐晓芙的信与〈大话西游〉中的经典台词》。

作为一个普通的读者，我们更多知晓的是身为《围城》作者的钱钟书，其他的知之甚少，更不清楚他的学术巨作《管锥编》。钱钟书为什么避谈鲁迅？《宋诗选注》序言修改中为什么不顾时间差异引用毛泽东的话？为什么 1949 年之后钱钟书就没再出版一本新书？不得不说，这些研究很吸引读者的眼光。

近日，正好又读到谢泳主编的《钱钟书和他的时代》[2]。此书没有前序也没有后记，由上海辞书出版社出版。据谢泳介绍，这是厦门大学纪念“钱学”研究三十年学术研讨会的文集，从中可以看出当代“钱学”研究的大致方向。《靠不住的历史》有四篇在此合编在一起，出现在标题为《钱钟书研究四题》里，让读者有机会再一次集中阅读谢泳的研究成果。

对于钱钟书，柯灵有精辟的概括：“他博及群书，古今中外，文史哲无所不窥，无所不精。睿智使他进得去，出得来，提得起，放得下，

[1] 谢泳：《靠不住的历史》，广西师范大学出版社2009年1月出版，2004年8月中国工人出版社谢泳著《杂书过眼录》。

[2] 谢泳：《钱钟书和他的时代》，上海辞书出版社2009年7月出版。

升堂入室，揽天下珍奇入我襟袍，神而化之，不蹈故常，绝傍前人，熔铸为卓然一家的‘钱学’。渊博使他站得高，望得远，看得透，撇得开，灵心慧眼，明辨深思，热爱人生而超然物外，洞达世情而不染一尘，水晶般的透明与坚实，形成他立身处世的独特风格。”

可是在那个特殊的年代，就是渊博与睿智的钱钟书也没能享受到自由与学术的旨趣。那是个什么样的时代呢？在《读〈写在人生边上〉札记》(作者：高恒文)我们读到《〈钱钟书手稿集〉序》中的一段话：“他开始把中文的读书笔记和日记混在一起。1952年知识分子第一次受‘思想改造’时，他风闻学生可检查‘老先生’的日记。日记属私人私事，不宜和学术性的笔记混在一起。他用小剪子把日记部分剪掉毁了。”

黄裳的《嗲馀集》[1]第一篇为《掌上烟云》，里面也谈到他的日记遭遇：“几十本日记，在若干次抄家中已经被‘秘密检查’者通通抄去了。后来日记发还，日记里画满了红道道，还有大量的‘批注’，指示着追查的线索和应予摘要的处所。”

杨绛的长篇小说《洗澡》[2]的背景也是那些“脱裤子、割尾巴”运动的年代，写出了形形色色知识分子的特殊经历，被洗脑，被思想改造到统一。

这样我们多少理解了些钱钟书，如果不能像黄裳那样“强颜欢笑”随意扮演被派定的角色，只有选择沉默，保持内在性灵和思维的完整性。

大隐隐于市。偏偏，钱钟书又是个名人，是个善于运用讽刺手法的作家，隐不了。不得已，他玩他的聪明，旧作《宋诗选注》重印的序言加写了毛泽东写给陈毅的一段话，出现了1957年的序言使用了1977年才出现的史料的现象。据谢泳分析，钱钟书的这种引用更多是当时中国知识分子自我保护的普遍心理状态，是很有道理的。

在《钱钟书和他的时代》里，研究者们怀着对钱钟书的崇敬，从专

[1] 黄裳著：《嗲馀集》，花城出版社2008年5月出版。

[2] 杨绛著：《洗澡》，人民文学出版社2004年1月出版。

业的不同角度阐述钱钟书及他的学术贡献，及对人生的态度。如《钱钟书与〈红楼梦〉》（作者：王人恩）、《钱钟书先生怎么看〈心史〉真伪问题》（作者：陈福康）、《〈围城〉中的学位制度考察》（作者：杨宁）等。特别是在《心史》的真伪问题上，钱钟书不以自己的喜好为据，小心翼翼地回避，不轻易定论而诱误后学，显示了一代大师谨慎的学术态度，实在让人敬佩。

掩书，抚摸着《钱钟书和他的时代》的奶白封面。封面上是钱钟书和杨绛的爱女钱瑗绘制的钱钟书画像。钱钟书两眼炯炯地透视着这个世界，慨叹：人生这本书真大！

钟叔河《书前书后》的一处误识

在转身前的定安路晓风书屋地下室，淘了十几本小书，其中一本是钟叔河先生的《书前书后》[1]。《书前书后》的版本较多，我淘的这本是海南出版社 1996 年 5 月第 2 次印刷版，小三十二开，青色封面，简洁大方。

我非常喜欢《书前书后》，有段时间装在随身包里，有空就拿出来翻一翻。有一天翻到第 31 页《〈儿童杂事诗图〉笺释十则》，其中第二则谈的是《立夏》："新装杠秤好秤人／却喜今年重几斤／吃过一株健脚笋／更加蹦跳有精神。"

对健脚笋，原注是这样解释：……是日（立夏日）以淡笋纳柴火中烧熟，去壳食尽一株，名曰健脚笋。接着，在第 32—33 页的文中，钟叔河用"淡笋是生长药材'淡竹叶'的淡竹所发出的笋。"作统领句，引出了约四百字的段落文介绍淡笋。先引《越谚》卷："淡竹，春夏之间生淡笋……"又引壬寅年（1902 年）4 月 20 日记："江南笋甚少，淡笋无大者，长只五六寸，百钱得六七枝，切片同咸菜炒食甚好……"接着引用 1964 年 7 月 14 日香港《新晚报》一文《闲话毛笋》，对毛笋之外的淡笋进行描述，再次强调了淡笋是淡竹的笋，单薄了一点，以至于南人请北人吃饭，北人误以为淡笋是竹，煮竹不烂，闹出笑话。

[1] 钟叔河：《书前书后》，海南出版社1992年10月出版。

明代《食物本草》[1] 这样解释淡笋："为禾本科植物淡竹的苗。"正应了钟叔河的详解。对于淡竹发出的淡笋，我是不陌生的，甚至是非常熟悉的。童年生活在江西，住在山里，春夏之交，常常去竹林拔竹笋。拔竹笋最好的时间，是一场雨后一两天，淡笋"蹭蹭"地就蹿出来了。书包，或是竹篮，很快就装满了。拔回家的竹笋，剥了皮，放开水里煮一下，去了涩味，炒肉炒辣椒，都非常可口。有时也像上文说的，同咸菜一起炒了吃，有些酸味更好。竹笋拔得多了，吃不完，通常煮熟后捞起，放簸箕里或水泥地上晒干，就成了笋干。只是淡笋太细了，一篮子新鲜的竹笋剥了皮，再晒干后也不过一两把。

淡笋干我非常爱吃，配上家乡的咸腊肉，更是美味得不得了。今年暑期带了一些母亲从庐山脚下拔来的淡笋晒成的笋干来厦门，送给同事尝尝。同事说，这么细呀，大概她是第一次看到这样的笋干。有时在超市，也能看到新鲜的淡笋，四五寸长，装在封闭的咸水袋里，常让我想起小时候蹲在竹林里拔竹笋的日子。

我比较陌生的是文中钟叔河统领句中提到的"生长药材'淡竹叶'"，还有"淡竹叶"和"淡竹"的从属关系。在好奇心的促使下，我去搜索"淡竹叶"的资料，这才发现，钟叔河那句"淡笋是生长药材'淡竹叶'的淡竹所发出的笋"完全是误识，"淡竹叶"和"淡竹"是两种不同的植物。

淡竹叶出自《本草纲目》，曰：淡竹叶，处处原野有之。春生苗高数寸，细茎绿叶，俨如竹米落地所生细竹之茎叶，其根一窠数十须，须上结子，与麦门冬一样，但坚硬尔。随时采之。八九月抽茎，结小长惠。淡竹叶又名竹麦冬、长竹叶、山鸡米。

对于淡竹，百度资料显示：中型竹，主干高 6～18 米，直径约 25 毫米或更大。梢端微弯，中部节间长 30～40 厘米 ，新竿蓝绿色，密被

[1] 卢和著，汪颖补：《食物本草》。明代《食物本草》的作者历来颇有争议，成书年限也难以确定。后人考证为明初卢和原撰，经汪颖编类增补。作家出版社2013年1月出版有《食物本草》线装四卷本。

白粉；老竿绿色或黄绿色，节下有白粉环。竿环及箨环均稍隆起，箨鞘淡红褐色或淡绿色，有紫褐色斑点，无箨耳及遂毛。箨舌紫色；箨叶带状披针形，绿色。每小枝 2～3 叶，叶片披针形，长 8～16 厘米，宽 1.2～2.4 厘米。叶背基部有细毛，叶舌紫色。笋期 4 月中旬至 5 月下旬。

苗高数寸的药材淡竹叶是怎么也不可能与数十米高的淡竹发生从属关系的，更不可能有笋发出了。

另外，在百度资料中，有人认为“淡竹叶是淡竹的叶”，这也属同一种误识。在《中医中药秘方网》，我查询到竹叶和淡竹叶的功效差异资料如下：竹叶和淡竹叶性味相近，都是味甘、淡，性寒，都有清热除烦、利尿的功效，但二者并非同种植物，功用略有差异。竹叶为禾本科植物淡竹的叶，随时采收，一般多用鲜品，以清心胃之热见长，并且有生津的功效，多用于热病烦热口渴，以及心火上炎引起的口舌生疮。淡竹叶为禾本科植物淡竹叶的叶，夏季采收，晾干应用，以清热利尿见长，多用于小便不利，灼热涩痛。现在一般药店中大都不备鲜竹叶，平时处方所写竹叶，大都配淡竹叶，如需用鲜竹叶，必须临时采摘。

淡竹叶不是淡竹的叶，淡竹不是淡竹叶的淡竹，淡笋当然也就不是“淡竹叶的淡竹”长出的笋了。如果将钟叔河先生的那句话改为“淡笋是淡竹所发出的笋”是绝对没问题的，偏偏钟叔河想告诉大家多一点知识，在淡竹前加上了定语“生长药材‘淡竹叶’”，将两种不同的植物牵连在一起，就有了《书前书后》这一处误识。

2011-12-30

钟叔河先生的风度

我一直相信缘分，和由此产生的美好。

2011 年 10 月初，和厦大谢泳教授碰面，他送我一份第 102 期的《包商时报》，有读书随笔栏目，并嘱我以后有书评也可按上面的邮箱试试。平时阅读，我就爱读些书话文章，觉得那些与书有关的人和事极美。可惜我是个对自己要求不高的人，书读得不算多，书评也是偶尔写写，竟辜负了谢泳的期望。但我记住了《包商时报》的编辑冯传友，并开始关注冯传友名“阴山老饕”的新浪博客。这一看不打紧，喜欢得不得了。

冯传友的博客文字不多，晒的基本是他淘的书，买的书，还有朋友寄赠的书。有时浏览新浪博客，推荐博文，忍不住就去偷窥冯传友展示的书影，不说话，暗暗想：一个痴爱书的人编辑读书随笔栏目，这样的报纸就有书卷味，就一定会好看。比如第 102 期《包商书声》栏目，就有沈昌文的《有思想的出版家》、靳飞的《张中行私下的话》、桑农的《最近的几本枕边书》、张恒善的《不在茶边即酒边》、李启宇的《心有多远就能够走多远》，都是精彩的书话好文。

虽然不能和冯传友对书的迷恋相比，但平时我也淘一点书。正好那段时间定安路的晓风书屋要转身改行，书友们互相转告，我就抽空去地下室淘了十几本小书，其中一本是钟叔河的《书前书后》。钟叔河一直是我敬重且佩服的老师，他是国内最早主张编辑大型系列图书《周作人作品集》和《曾国藩全集》的编辑。在中国现代史上，周作人和曾国藩都是有争议的人物。

在以后的阅读中，我发现《书前书后》的一处失误，就斗胆作文《钟叔河〈书前书后〉的一处误识》，于12月初发给《包商时报》的编辑冯传友。当时我将“钟叔河”误写为“钟书河”。第二天即收到冯传友编辑的回复：采用与否待审读后告，暂勿寄往他处。三个月后不见冯传友的用稿告知，我也就不指望了，心安地想：《包商时报》的读书随笔已经做出了些名声，作者遍布天南地北，稿源丰富，且不乏大家，我这样的无名小卒怎可登大雅之堂？

时间移至2012年的4月初，文友们相聚，《厦门晚报》的读书版编辑萧春雷要去西藏一个月，需备用稿，问大家手头有现成的没有。我就将《误识》[1]一文按要求删改了一些发过去。萧春雷很喜欢，做了一点改动，很快就以《淡笋、淡竹与淡竹叶》为题、原题为副标题刊发在4月6日的《厦门晚报》上。至此，我根本就不去想《误识》一文在《包商时报》发表的可能了，更没有想到去纠正被我笔误的“钟书河”了[2]。

转眼就到了2013年的7月22日，我正在新浪博客后台管理浏览博文，意外收到冯传友编辑的纸条，嘱我速给手机号，寄快递要用。去冯传友的博客，看到7月6日贴出的六月号《包商时报 · 书声》版目录及节选，正有我的《钟叔河〈书前书后〉的一处误识》。24日下午即收到冯传友EMS快递来的第一百二十四期《包商时报》，《误识》全文刊出，只标题将我笔误的“钟书河”改为“钟叔河”。

更让我没想到的是冯传友的编者按，读之感动不已。原来因为我的拙文，冯传友和钟叔河老先生还有一番通信。我为冯传友的认真编辑、为钟老先生的风度感动，而我在纠错的同时却惭愧地将老先生的名字写错，老先生也不计较，指出来以明他的责任。

放假在家，研习古代文学的女儿Sherry得知我的事，笑着说：这

[1]《误识》：《钟叔河〈书前书后〉的一处误识》一文标题的简称。

[2]《厦门晚报》的刊发稿已订正我的笔误。

下脸丢大发了。我回应她：向老先生学习，知错能改，善莫大焉。我知道，发现钟叔河先生这一处误识，源于我对淡笋、淡竹太熟悉了，而对药材淡竹叶太陌生了，是钟叔河给了我学习的机会。

冯传友的编者按如下，存档于此，并附上《包商时报·书声》刊载的图片，也是对我自己的鼓励。谢谢编辑冯传友，谢谢钟叔河老先生的厚爱。

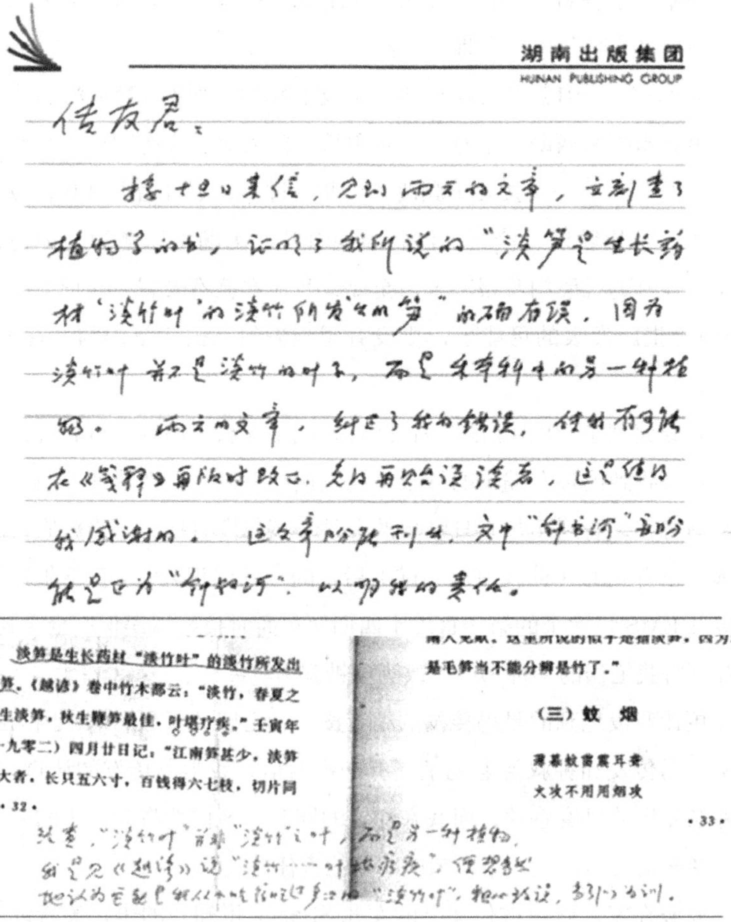
湖南出版集团
HUNAN PUBLISHING GROUP

传友君：

接十三日来信，见到雨云的文章，立刻查了植物学的书，证明了我所说的"淡笋是生长药材'淡竹叶'的淡竹所发出的笋"的确有误，因为淡竹叶并不是淡竹的叶子，而是禾本科中的另一种植物。雨云的文章，纠正了我的错误，使我有可能在《笺释》再版时改正，免得再贻误读者，这是值得我感谢的。这文章如能刊出，文中"钟书河"可否能更正为"钟叔河"，以明我的责任。

淡笋是生长药材"淡竹叶"的淡竹所发出的笋。《越谚》卷中竹木部云："淡竹，春夏之间生淡笋，秋生鞭笋最佳，叶堪疗疾。"壬寅年（一九零二）四月廿日记："江南笋甚少，淡笋无大者，长只五六寸，百钱得六七枝，切片同

·32·

是毛笋当不能分辨是竹了。"

（三）蚊 烟

薄暮蚊雷震耳聋
火攻不用用烟攻

·33·

我查，"淡竹叶"并非"淡竹"之叶，而是另一种植物。我是见《越谚》说"淡竹……叶堪疗疾"，便想当然地认为它就是[illegible]"淡竹叶"，想当然致误，当引以为训。

收到雨云这篇《钟叔河〈书前书后〉的一处误识》时（原文误为"钟书河"），我正整理书房，寒斋所藏文中提到的钟叔河先生

的两部书，均不在手边，无法查实，遂致函钟叔河先生，并把雨文复印一并寄去。我是15日寄信的，叔河先生在17日即复函，表示对作者的感谢。并明确提出“这文章盼能刊出”。这种闻过则喜的高尚精神，和某所谓的大师声言谁对他的文章提出批评，谁就是盗版集团的相较，真乃天壤之别，不可同日而语。作为编者，同时作为一个习文者，我要在此向钟叔河先生致敬！

叔河先生在来信中说：“接十五日来信，见到雨云的文章，立刻查了植物学的书，证明了我所说的“淡笋是生长药材‘淡竹叶’的淡竹所发出的笋”的确有误，因为淡竹叶并不是淡竹的叶子，而是禾本科中的另一种植物。雨云的文章，纠正了我的错误，使我有可能在《笺释》再版时改正，免得再贻误读者，这是值得我感谢的。这文章盼能刊出，文中“钟书河”亦盼能是正为‘钟叔河’，以明我的责任。”叔河先生在复信时一并寄来的还有他在书中所做的批注复印件，注曰：“经查，‘淡竹叶’并非‘淡竹’之叶，而是另一种植物，我是见〈越谚〉说‘淡竹……叶堪疗疾’，便想当然地认为它就是我从小吃药吃过多次的‘淡竹叶’，粗心致误，当引以为训。”

2013-07-27

钟叔河小文大滋味

很早就开始关注清华出版社出版的“下午茶”系列，旧历年拿到钟叔河先生的《念楼小抄》[1]，看着浅黄色雅致的封面，竟产生惊艳的感觉。这本书读了很久，从 2013 年读到 2014 年。不是内容不吸引我，是书的品质太好了，无论是装帧还是文字，都是极品。记得在当当网购这本书时，读一些评论，看到一句：“书中空白的地方太多了，遗憾！”当时即笑了，书不在厚薄，文不在长短，不知评者有没有阅读这本书？

《念楼小抄》分七个部分，收录了钟叔河十几年来发表在报纸专栏上的随笔，分别是《长沙晚报 · 橘洲》二十四则、《文汇报 · 笔会》十五则、《文汇读书周报 · 茶话》九则、《深圳商报 · 广场》十四则、《新京报 · 书友》五十三则、《深圳特区报 · 书香》十四则、《南方都市报 · 大家》十四则。每则少者不过几百字，多以一段史料白话文引发一番感慨、议论，但以小见大，平实、耐读，更精彩。

于是，有《念楼小抄》的日子里，随身包里就是它了。闲时读上一则两则，才觉得这是书，真正的书，静心养心。如果要精确地概括出阅读《念楼小抄》的感觉，我想，《念楼小抄》第 209 页《读〈冷庐杂识〉》的一段话正合适。这段话是钟叔河谈看古人笔记消闲的好处，他是这么说的：一则内容五花八门，尽管任意挑选；二则文字简短，看来不费功夫；三则随便翻开哪页都可看，不想看了又随时可以放下。

[1] 钟叔河：《念楼小抄》，清华大学出版社2013年6月出版。

阅读中，和一位外地认识不久的书友联系，跟他说我正在阅读钟叔河的《念楼小抄》，并感叹道：真是小文大滋味！

读《念楼小抄》，爱极钟叔河那些读书的文字，有相见恨晚的感觉。如在第 54 页《青灯》一文中，钟叔河先翻译了《东坡续集》卷五《与毛维瞻》一首，然后把东坡描绘的读书生活与宋濂、顾炎武、陆放翁的相比较，展露出一幅“夜深人静时”“竹屋纸窗下”“青荧灯光照着摊开的书卷”的美好画面，实在是亲切又温暖。

《念楼小抄》亦古亦今，或借古道今，也是深刻无比。如在第 166 页《那两年我靠谁》一文中，先介绍《古今谭概·专愚》中一个弱智“啃老”的人，因算命先生算出父亲寿高八十，他也会活到六十二岁，但父亲比他大二十岁，父亲死后还有两年无人养活自己，于是大哭：“还有两年，那两年我靠谁啊！”钟叔河说，这儿子虽弱却不蠢，懂得算计，如果及早训练他学会独立生活，也许就不会如此号啕了。由此谈到社会上的一些特权阶层，如果教子不当，娇惯成饭来张口衣来伸手的少爷小姐，临终怕也是放心不下了。其实，就是普通的家庭，也有一些“啃老”的故事，养了一代，还要养着下一代，实在让人感慨。

而在《念楼小抄》第 25 页《庄子化蝴蝶》一文，钟叔河则先引用《庄子·齐物论》一节，说庄周梦蝶之事，猜测庄周如此时复活，肯定不会用手机和电脑，但其思想和写作的能力，肯定还是比我们强得多。然后话题一转，谈到台湾某人自认为白话文比文言文好，而自有白话文以来，某人又自认为写的文章是最好的。钟叔河笑问道：“庄子在梦中变为蝴蝶，此人当然也会做梦，不知他变成了什么？想必总会变成在进化树上比蝴蝶等级更高的某种哺乳动物吧。”钟叔河是个谦虚的人，看不得别人的张狂，忍不住时当然要诙谐幽默一把，读者也可会心一笑。

钟叔河的谦虚我是深有体会且敬佩的。2011 年底我在定安路的晓风书屋地下室淘得钟叔河的《书前书后》，发现书中的一处失误，作文《钟叔河〈书前书后〉的一处误识》，投稿于《包商时报·书声》栏目。编辑冯传友将这一信息告知钟叔河，老先生随即查阅资料，并希望编辑发表拙作，以明他的责任。拙作刊发于 2013 年 6 月 25 日的《包商时报》。山东书友孙永庆阅读后，著文《与本身的状态颇有差异》，刊于《文学自由谈》杂志 2013 年第 5 期，为此我们还有了一些互动，也得以一睹孙永庆先生的佳作。孙永庆从媒体上吵得沸沸扬扬的贾平凹和李建军关于《秦腔》[1] 的论争谈起，说到钟叔河对季羡林《漫谈皇帝》的指错，季羡林的诚恳认错，然后谈到指错的钟叔河也被读者雨云逮着了，并引用了钟叔河对事件的回复：“雨云的文章，纠正了我的错误，使我有可能在《笺释》再版时改正，免得再贻误读者，这是值得我感谢的。这文章盼能刊出。”孙永庆总结道：“作家不仅听取评论家和读者的意见，还要解剖自我，超越自我，才能成为文学大家。”

我不是评论家，甚至连合格的读者也不是，仅仅因为喜欢读点闲书，仅仅因为钟叔河文中谈到的淡竹是我家乡的熟物，才发现“淡竹”与“淡竹叶”是两种植物，指出《书前书后》那一处小小的失误，却得到著作等身的出版家、作家钟叔河那么大的鼓励与支持，非常感动。我期待《书前书后》的又一次再版，这也是一位学者的风度给一个普通读者带来的深远影响。

2014-01-08

[1] 贾平凹：《秦腔》，人民文学出版社2008年1月出版。

百年寻梦忆归人

阅读《家在清华》[1] 完全是一个偶然。

厦门很有一些读书人。《厦门晚报》有个读书沙龙，有相对固定的活动场所，每周日晚举办一次主题讲座，每月还有关于一本书的讨论。《家在清华》是6月29日晚厦大谢泳教授推荐并主讲的。因为谢泳是国内第一个系统地对清华大学进行学术研究的人，他的研究挖掘了自由主义知识分子在中国的传统。很多国外的研究，包括台湾、香港的研究，甚至研究北大的人，都在引用谢泳对清华大学的研究成果和观点。又因为和谢泳偶尔有一点联系，就非常想去听听，学习学习。这也是我第一次参加《厦门晚报》的读书沙龙活动，后来成为读书沙龙小组成员，就经常去了。又蒙编辑萧春雷老师的厚爱，成为《厦门晚报》读书版的作者之一，这是后话。

在听谢泳教授讲述前，我花了一周时间阅读《家在清华》。《家在清华》约三十万字，由史际平、杨嘉实、陶中源编著，是一本回忆录，描述了二十一位清华大学教授的生活，这些教授早年都曾留学欧美。

说到留学，中国百年出国潮的序幕是由一个叫容闳的人拉开的。从此，中国的知识分子抱着强国富民的历史使命留洋海外，并像容闳一样带着“以西方之学术，灌输于中国，使中国日趋于文明之境”的强国梦回到祖国，为祖国服务。

［1］ 史际平、杨嘉实、陶中源：《家在清华》，山东画报出版社2008年4月出版。

阅读《家在清华》，始终能感受到早期的这些知识分子强烈的爱国热情，甚至是在遭受迫害、不公平待遇的情况下，也只有一个愿望：只要祖国强盛了，个人无所谓。国家利益高于一切，甚至牺牲个人的自由。他们留学，他们选专业，想的是国家缺什么，国家需要哪方面的技术和人才，而不是自己喜欢什么，哪一行出来挣大钱，实在让人敬佩和感动。

读完《家在清华》，对于这些清华教授，敬佩之余更有深深的唉叹同情。他们经历了1951年的“三反”运动、1955年的“肃反”运动、1957年的“大鸣大放”、1958年的“大跃进”、1966年的“文化大革命”。可以说，在他们生命最黄金的年代，最能为国家贡献知识才华的时候，什么都不能做，被迫着进行思想改造。住牛棚、养鸡养猪、烧锅炉、种水稻、担粪，白天接受“批判”，晚上写“交代”“检查”，不“深刻”还过不了关，有的还被迫害致死。

在《家在清华》中，我注意到一个地名被反复提起，那就是江西鲤鱼洲。我查了下资料，鲤鱼洲在南昌远郊版塘跃龙桥下。洲形似鲤，多虬松怪石，古时此处建有文昌阁。据说每逢三月，有鲤鱼群来潮，故名鲤鱼洲。鲤鱼洲原本是一所劳改农场的所在地，因为血吸虫泛滥，劳改农场迁出了。但在“文革”期间，清华和北大却相继在鲤鱼洲建立了五七干校，其实也是农场。选址的细节现在我们无从考查，不管出于什么考虑，想想实在“恐惧”。“文革”后期，清华的教职工，几乎全部下放到鲤鱼洲，许多人因此患上了血吸虫病，甚至肝硬化等。

《家在清华》中第279页有一帧照片，是常放的父亲1970年在鲤鱼洲农场的照片。照片上的常教授因糖尿病没有得到及时医治，体重一下减轻了四十多斤，骨瘦如柴。他站在栅栏里，看着栅栏里他养的猪微笑。那猪，倒是肥头大耳的。这样的一帧照片，看着让人心酸。虽然作者常放对常教授的乐观作了较详尽的描述，我还是感到命运的悲哀，一个时代的悲哀。

在谢泳一个来小时的讲述中，他没有借助任何纸质材料，很清晰地从作者眼里的旧清华新清华谈起，再谈到三代清华教授的国学比较、清华对中国现代化的贡献，最后谈到清华的院系调整、清华的文学成果。这样，谢泳系统地由一本书讲述了清华的一些源流，比如学校如何建立，为什么清华培养出的人会是自由主义理念的实践者等等。

最后是沙龙讨论，有人首先表达了对书的失望，认为《家在清华》的文字功底太差了。也有人表达了对书中清华教授的失望，认为这不是他们希望的接受过西方文明教育、有民主思想的自由知识分子人物。甚至怀疑，这些教授和西南联大时期的那些教授有联系吗？还有的人认为这些清华教授没有担负起社会的责任，在运动中唯唯诺诺，把人民和自由远远地抛在了脑后。大家各抒己见，有看法，也有争论，谢泳也一一表达了自己的见解。

说到担负的责任，我个人认为这要看一个人所处的大环境，不能苛求。就像谢泳说的，在国家制度高度统一，外在压力过于强大的情况下，很多知识分子选择了屈从，包括刘文典、冯友兰，基本上都是沉默的。特别是刘文典，中华人民共和国成立前是敢和蒋介石拍桌子的人，也选择了沉默。这一点我想我是可以理解的，就像我前面说的，甚至是同情的。知识分子首先是一个人，何况有些知识分子在新中国的建设中已经很自觉地把自己融入那个时代。有时，他们甚至怀疑的是自己，错在了哪里，比如说梁思成最后思考的问题。再一个，即使是后来社会问题发展到了非常严重的地步，这些教授意识到了，但是他们如何拯救呢？在那个年代，“噩梦”中的清华园遭受着抄家、审查、游街、批斗，自杀在清华园里也成了家常便饭。一些普通的生活用品、电器、跟美国留学经历有关的普通文件，都有可能成为“里通外国”的罪证。

在读《家在清华》的时候，我对同事说，这些教授太可怜了，碰上了那样的年代。同事深有同感。她的外公曾就读于国民党时期的高校，是国家高级工程技术人员，运动中洗脱不了“罪责”，最后跳河自杀。她曾问她的外婆：外公为什么要自杀，就忍着呗，活到现在不就好了？她的外婆说：哪个不想活呀，也要活得下去呀，你知道他们怎么整人吗？用两块铁板夹着人批斗，谁受得了呀！

那实在是一个倒退的年代。在那个疯狂的年代，它摧毁的不仅仅是一代知识分子的信仰，而信仰的重建需要几代人坚持不懈的努力。像梁思成，大多数人了解的是他在中国建筑史上的风采，可在《家在清华》林洙写的《梁思成最后的岁月》里，我们感觉不到，确实无法想象这是一位接受了西方文明教育、追求民主自由的知识分子。在思想改造的年代，梁思成关心的是猪肉的价钱，最需要的是什么是“教育革命”的答案，最想解决的是怎样在建筑领域防止资本主义复辟。

历史是割不断的，否认或切断历史，人类就不能进步，而忘记了历史，必将遭受历史重演的惩罚。让我们一起来怀念这些清华教授吧，他们是马约翰、梁思成、施嘉炀、李酉山、陈士骅、王明贞、陶葆楷、章名涛、赵访熊、李丕济、史国衡、张维、夏震寰、孙绍先、陈樑生、华章、常迥、杨式德、高联佩、童诗白、王补宣。

2008-07-06

读丁东、谢泳对话

立春日。一天两泡茶，安静自己，也养壶。

读《厦门晚报》，看到一篇文章，叫《养一把壶》，叙述了作者怎样将一把不起眼的壶，在一年多的时光里，养出温润，养出温馨，养出爱。我的这一把宜兴紫砂壶，来的时间也不长。渐渐地，习惯了一边品茗，一边抚摸着清水泥调砂的壶身。特别是这样的，有些冷的日子，温热的壶身传递着温暖，从手心到身体，再到心里，有种安稳的感觉。方觉“岁月静好，现世安稳”是最美好的祝愿。

这两日阅读谢泳教授相赠的两本书,《文化十日谈》[1] 和《教育放言录》[2]。收到书已经有段时间了，一直没认真读，因为安静不下来。越是好书，越不想草草地翻阅了事。就像品茗，要等着好时间，好心情，慢慢地来，才不辜负茶的好品质。说实话，对于浅陋的我来说，谢泳书里提到的许多人和事，我都是陌生的，因而也从中学到很多知识。两本书都是以丁东、谢泳两位学者的对话形式录入的，内容涉及教育、学术、历史、人物、读书、出版、文学、艺术乃至社会万象，对社会研究者和教育研究者来说，一定启发更多。

《文化十日谈》着重于知识分子的命运、历史研究的意义、出版阅读的现状、文学艺术的真谛的探讨。如在《士林风骨》里，两位学者介绍了一些我们不熟悉的甚至被现实遗忘的人物。如：科学界的“陈寅

[1] 丁东、谢泳：《文化十日谈》，福建教育出版社2008年10月出版。

[2] 丁东、谢泳：《教育放言录》，福建教育出版社2008年10月出版。

恪”——束星北，早期防疫国士伍连德，硬骨头章乃器，农学家董时进等等。

这些天才、奇才专业上无可挑剔，是学术的楷模，命运却多是不堪的。束星北的学术造诣在苏联物理学界之上，被打成右派，以至“千古文章未尽才”。伍连德在1910年东三省的鼠疫中临危受命，成功地阻止了鼠疫的流行，开创了中国现代卫生防疫事业，被长期遗忘。董时进从专业出发，敢于发出不同的声音，因反对土地改革上书毛泽东，20世纪50年代遭到围攻。

《教育放言录》主要对往昔、今日的中国教育现象进行探讨，有梳理，也有批评。如对当前中国大学的校园文化，教授们使用的教材，大学生的学历、学位，社会学术、学风等等都有所谈论。

丁东、谢泳两位学者近两百个话题吸引我一直读下去。两个人先引出一个话题，由此发散开来，通过现象思索根源，或由此及彼，甚至对现行的制度弊病提出可借鉴改良的历史经验。有时几个话题互为参照，有时看法一左一右，有时点而不攻，留下大量的空白，让读者去思索。

如在《教育放言录》中，对于目前教育中出现的英语“一刀切”现象进行了观察思索，《从陈丹青辞职说起》《从泄题事件说到英语考试》《外语能力与学术诚实》里都有涉及，这是绕不开的话题。确实，现在大学选拔人才外语是硬指标，专业反而成了软指标，陈丹青看中学生的专业才华，可是因为外语不过关就是招不进来，招进来了也拿不到学位。不仅如此，现在多数非英语专业的大学生，要继续深造，想考研或考博，就必须一半的时间和精力用在外语上，甚至连专业课也放弃不顾。如果可以选择，学生用这一半的时间来阅读古汉语，提高我们的中国古典文化修养，就不会出现博士、研究生中文不过关、文章写不通、错别字连篇的现象了。

记得初见谢泳的时候，跟他谈到我的情况。我说要补补中文底子，在进修中文，就是年龄大了，英语课花费了大量的时间，实在可惜，本来可以把专业课读得更好些。谢泳一语惊人：还是俗气了，如果真的是因为爱好，你完全可以进修喜欢的课，英语放在一边。让我很是汗颜。后来我们也聊到了进修。谢泳至今还是大专文凭，以他的能力博士也早可以拿到了，可他为什么不呢？这就是谢泳不同于常人的地方。文凭不代表能力，何况现在很多进修都变了味道。就像两位学者在《选拔第一，培养第二》里谈到的，除了发放各级文凭的学校，还有考各种资格证书的培训班，每一种教育机构，背后都隐藏着利益机制。办学的一方着眼于营利，求学的一方着眼于文凭和证书。

有人说，读谢泳的书有一个好处：能有不断的思想和线索发现。现在读丁东与谢泳的这两本对话录，于浑浑然中也有了呐喊的冲动，有话想说。

这两本书还有一个看点，就是书中穿插了一些老村的绘画，如在《盛年退休与近亲繁殖》中谈到中国大学师生三代同堂、四代同堂现象，插了幅漫画：武大郎站在凳子上当教授，下面的学徒越来越低。在《善待民办大学》里谈到按现行的办学标准，孔子办学也不合格，插了幅这样的漫画：大学门口，悬挂着的招幡，上书“关于不许孔丘进大学讲学的决定，第一孔丘没文凭，第二孔丘没学术专著，第三私自授徒不是守法公民……”在言语精彩痛快之余，让人忍俊不禁，拍案叫绝。

2009-02-03

人在故乡为异客

我读谢泳始于谢泳来厦大任教之后，是比较晚的了。数一数，也读了十本以上。读谢泳的书就一个感觉：内容太丰富了。一篇小小的千字文就包含很多信息，比如《杂书过眼录》，百本书的分量也不夸张。难怪有朋友说，读谢泳，能在平实的文字里受到很多启发。我更赞叹他的著述方式，把史料摆在你面前，你去看，你去悟，史料说话。

我手上这本《西南联大与中国现代知识分子》[1]是谢泳写于十多年前的书，再版。此书集中探索了20世纪30年代西南联大的创立，自由主义知识分子群的形成与衰落，与之相关人物后来的命运等等。初版时只有3000册，是国内较早从学术角度研究西南联大的著述。我想，如果我早一点读谢泳的书，去年参加《厦门晚报》的读书沙龙，听谢泳主讲史际平、杨嘉实、陶中源编著的《家在清华》时，就能明白地厘清一些思路了。关于清华的源流，关于自由知识分子在中国的传统，关于自由的精神，现在的我应该有了更多的理解。

时至今日，西南联大已成为“自由之意志和独立之精神”的标志。它的成功，是教授治校、思想自由、学术自由、兼容并包的价值体现。战争，也没有隔断。可惜，1949年之后，随着大学的改制，学院的调整，“反右”运动的到来，传统的教育文化被政治生生割断。深受西方思想影响的自由知识分子群体彻底衰落，或转型，或沉默，或被打倒。做研

[1] 谢泳：《西南联大与中国现代知识分子》，福建教育出版社2009年5月出版。

究的谢泳，心情一定和那个年代的知识分子一样沉重，甚至更甚。他才会在《杂书过眼录》第 56 页《几本关于财政学的书》一文中写道：“有时候看这些前辈学者的回忆录，心中特别悲凉，中国后来的道路，可以说有一个特点，就是谁说的对就不听谁的。”隔了十几年，我们再来读《西南联大与中国现代知识分子》这本书，会不会想得更多、看得更远、走得更好呢？不管怎样，它的再版总是一件好事。

想起不久前刚刚读完的刘保昌著《聂绀弩传》[1]，读这本书是因为三月份《厦门晚报》的读书小组活动中，听文友们讲到聂绀弩被告密的事，后来网上也是传得沸沸扬扬。在那个年代，正常的人性被扭曲，有的人自觉自愿地加入到变形中。只有想不到的，没有做不到的。《聂绀弩传》算是一种小组活动后的延伸阅读吧。

其实，在那个动乱的年代，受苦的不仅仅是一代知识分子。上月读完杨显惠的《定西孤儿院纪事》[2]，我才知道什么是饥饿。这本书花了我很长时间，读读停停，心里堵得慌。最后一篇《守望殷家沟》，更是读得我泪雨滂沱。

《守望殷家沟》里写到一个母亲，丈夫死了不到两个月，五个女儿就饿死了四个，剩下一个二女儿和一个儿子。二女儿因为饿得受不了，钻进糜子地里捋糜子吃，被队长发现了。队长让母亲管管皮包骨头、走路摇摆的二女儿，而且停了三口人的食堂饭（其实只是汤），一停就是四五天。眼看着一家三口都要饿死了。母亲为了保住家里的儿娃子、顶门人，把二女儿骗到窟泉底下挖柴，再没往上拉。这个母亲因此获罪十年，被反绑着，赤着脚，一个村一个村地被游斗。这真的是受苦人的绝境，人间地狱。

在《西南联大与中国现代知识分子》中，谢泳还介绍了两个学术集团：魁阁和大普集，它们的存在说明中国现代意义上的学术集团是有过春天的，中国知识分子与西方文化有过相遇即融合的境地。这让我想到

［1］ 刘保昌：《聂绀弩传》，湖北辞书出版社2008年1月出版。

［2］ 杨显惠：《定西孤儿院纪事》，花城出版社2007年3月出版。

了《丽莉·布瑞斯珂的中国眼睛》[1] 中谈到的中国文学团体新月派和英国布鲁姆斯伯里圈两个文学团体的交往。

帕特丽卡·劳伦斯著的《丽莉·布瑞斯珂的中国眼睛》是一位喜欢读书的朋友介绍的，这也是一本好书，我希望更多的人能了解阅读。

丽莉·布瑞斯珂是英国作家伍尔芙的小说《到灯塔去》中的人物，有一双中国眼睛，“总爱斜睨着双眼，白皙的脸上略带皱纹”。帕特丽卡·劳伦斯借这一双虚构的中国眼睛，带领我们回到 1911 年到 1949 年间的中国，开始一番东方美学之旅。这段研究始于中国作家兼画家凌叔华与伍尔芙的外甥朱利安·贝尔的一箱情书，最后发展为一项关于文化与文学的探讨。

这是一本非常精美的书，也是我送给自己的新年礼物。外是紫红布烫银字封面，内有凌叔华的友谊画卷，大量的信札、书籍、相册插图等资料。在长达六百多页三十三万字的叙述中，以平行的角度，讲述了中国新月派与英国布鲁姆斯伯里圈两个文学团体的交往与相互影响。真是一场世界性现代主义文艺的“邂逅”。而彼时的世界，到处都在革命，恨不得拔除一切旧的樊篱。两个团体不谈政治的艺术取向，都遭到了强烈批评。

徐志摩可以说是新月派与布鲁姆斯伯里圈的重要纽带，此书对他作了极高评价。他在他的文化之旅中说：我的眼是康桥教我睁的，我的求知欲是康桥给我拨动的，我的自我的意识是康桥给我胚胎的。所以才有了徐志摩那首深情款款的《再别康桥》。凌叔华在朱利安去世后，开始了与伍尔芙姐妹俩的通信，并最终进入布鲁姆斯伯里圈，开始另一场中西文化的对话。

凌叔华对旧日中国无比怀念，她在给友人的信中说：“像整肃、红卫兵、党的路线和中国美景上的那些整人的大字报之类的东西，全都是用武力强行引进的，中国人民一点儿都不喜欢这些东西。”这让我想起

[1] 〔美〕帕特丽卡·劳伦斯著：《丽莉·布瑞斯珂的中国眼睛》，万江波、韦晓保、陈荣枝译，上海书店出版社2008年6月出版。

谢泳书中提到的杨振宁等西南联大知识分子20世纪70年代初回国，对“文革”形势的失察判断，有一种人在故乡为异客的感觉。

2010-05-09

谢泳只是想说话而已

拿到谢泳教授的《厦门集》[1]有些惊喜，因为这又是一本毛边书。还记得阅读谢泳的毛边书《靠不住的历史》时的感觉，一把小刀，看两页，轻轻地裁开另两页。这样的读法很有些书卷味，静静的，是我喜欢的。

说到读书，这个世界是越来越没有耐心，浮躁了的，为了文化读书的人也是越来越少了。难怪谢泳会在书里说："我个人的趣味是向后的，对新东西很难发生兴趣，而对旧东西却极有感情。在文化上，我好像是凡旧的都好，就连过去一些企业比如上海永安公司编的杂志，我感觉都非常有文化。"

我们忘了根，把老祖宗的文化味道丢到哪里去了？

读谢泳的书，总能被他的一些细节感动。比如他搜集资料的时候，碰上朋友需要的资料，他也能热心收来并赠送给需要的人。有些资料甚至是非常难得的。他说老辈学者都有这样的习惯，他要学一学，这也是一个研究者的素质。

《厦门集》收纳了谢泳近年来的研究成果，算是对来厦三年的纪念。他谦虚地说：很薄。可我知道，书的价值不是以厚薄来衡量的。在这本书中谢泳对以前研究的疑点有一些补充，对当下的文化热点也有些时评。如对西南联大的进一步研究，对《文学杂志》的介绍和清华学派文

---

[1] 谢泳：《厦门集》，知识出版社2010年6月出版。

学方面的肯定，对山西政治文化的探讨等等。而在《储安平死因小考》中从十年前余允中的一封信谈起，从多种说法中偏向了“江苏避难说”。

记得阅读谢泳的《储安平与〈观察〉》[1]一书时，读到储安平被“红卫兵打死说”所披露的惨状，我心里是默认的。那个年代有多少人被批斗，被莫名其妙地“消失”掉呀！如果真是谢泳考证的“江苏避难说”，该为这位执着的自由主义知识分子庆幸，他终于摆脱了阴暗潮湿的环境，摆脱了与菇菌同“炕”的命运，获得最后一点做人的尊严。

谢泳在《厦门集》最后一篇《自己的经历》中，用较大篇幅从他的出身、读书谈起，再谈到做编辑、做研究。中国高层“右派”——自由主义知识分子的思想一直是谢泳比较关注的，他说：“我所做的这些研究工作，不是为学术而学术，是中国知识分子的痛苦经历让我走近他们。……我只是想说话而已。”

在《关于谢韬先生的一条史料》一文中，关于谢韬在胡风事件中的遭遇，如何受到牵连，言行如何被告密，谢泳则是通过 1955 年新华社主编的《内部参考》刊载的一则消息，来分析梳理谢韬的命运。

刚刚过去的 8 月 25 日，谢韬先生因病在北京去世。近几年，谢韬发起和推动关于恢复历史真相的民间写作。研究历史的真相永远具有现实的意义，尤其是对那些历史转移之际给历史留下记忆的人，如储安平。这一点，谢泳他们不只是想说说话，而是一直走在最前面。

2010-09-10

[1] 谢泳：《储安平与〈观察〉》中国社会出版社2005年9月出版。

做人和做学问同样重要

谢泳教授在我的散文集《温暖的味道 · 序》中，讲到 2007 年南下教书与我认识的因缘，是因为我们共同的朋友帅好。记得当时帅好嘱托我去看望谢泳，还特意提醒我，去了跟谢泳要一本《逝去的年代》，保准喜欢。这是我第一次知道《逝去的年代》。

等我联系上谢泳，到和他见面，正好是帅好嘱托我后的两个月。见面前，我搜索谢泳的资料，网上阅读《逝去的年代》的部分内容。我震惊于谢泳的研究。等见了面，我说到《逝去的年代》，没想到谢泳非常谦和，说那本书早，比较粗糙。

时间一晃，谢泳南下厦大任教已经六年了。这六年里，谢泳的书一本本地出，我也陆陆续续地读。从他送我的第一本《血色闻一多》，到 4 月 28 日《逝去的年代》[1]《独立评论文选》[2] 的读者签售会，我读了他的十几本书，也终于等到了《逝去的年代》的再版。

4 月 28 日下午，华新路 13 号"不在"书店，是主题"士人何为"的谢泳新书签售会，由《厦门日报》记者南宋以对话的形式主持。在现场，谢泳首先表达了对厦门一如既往的好感，表扬厦门读书人多，氛围好，接着开始介绍他的出生地榆次，谈来厦的因缘。谢泳幽默地说，是因为厦门钱多才答应周宁院长的邀请。而且因为怕煮熟的鸭子飞了，5 月份就早早地来厦大报到了，引发了读者阵阵笑声。

---

[1] 谢泳：《逝去的年代》修订本，福建教育出版社2013年2月出版。

[2] 谢泳：《独立评论文选》，福建教育出版社2012年11月出版。

接下来谢泳开始谈他的自由知识分子研究，开始的不被认同，因为20世纪90年代初大家不太谈民国时代，谈了也不能客观评价。《逝去的年代》并不是谢泳最早的书，第一本出版的书是1996年上海人民出版社出版的《旧人旧事》。《旧人旧事》的命运不是很好，上架不久就下架了，就是因为里面谈到了民国时代的人和事。书虽下架了，影响还在。人们从《旧人旧事》中受到启发，觉得这样写人的散文是个办法，后来就有大量的写民国的书出来。

谈到1999年出版的《逝去的年代》，谢泳就谈到了主编贺雄飞，谈到了同在草原部落黑马文丛系列的孔庆东、摩罗、余杰"三剑客"。现在"三剑客"比较激进的余杰去了美国，信了主。孔庆东还有摩罗，都有了很大的改变，只有谢泳还坚持自由主义的独立思想。

1999年的黑马文丛为了节省开支，印刷都是找比较便宜的厂子，设计在现在看来也有点怪，这可能就是初见谢泳时，他说得粗糙了。但那时，大家都不太出名，觉得书能够出来就是好事。再版后的《逝去的年代》有三个改变：一是比较注重史料；二是现在大家对民国时代知识分子的判断更加准确，揭示真相也能得到认可；三是增加了些新的文章，删除了与《观察》有关的文章，因为有专门出书讨论[1]，也算是本新书了。

关于《独立评论文选》，主持人南宋问谢泳选编时有什么讲究。谢泳回答考虑当然是有的，希望对当下有一些启发，有一些现实的意义。常见的少选，有启发的就多选。比如第一篇选胡适的《宪政问题》，最后一篇又是胡适的《我们能行的宪政与宪法》，都是讲宪政，这当然是有想法的，不是巧合。

接下来的互动还谈到现代书店存在的形式，年轻人写作的方向，读哪些书的问题，谢泳都给了很好的回答。最后一个问题是一位女士提的，是关于"士人何为"的，谢泳反而谦虚地避开了，请南宋回答。南

[1] 有专门出书讨论：指《储安平与〈观察〉》一书。

宋的回答是：一定要保持一定的底线。当时我觉得这样的“士人”标准太低了，不仅仅是坚持底线，而且是要在思想上有所影响。果然有读者站起来发表看法，认为谢泳的坚持就很好地解释了士人何为。他的研究成果已经在影响一大批人，不仅仅是关注民国时代的自由知识分子群体，更是在关注一种精神，让现在的年轻人看到那个年代某个群体的风采。

在《逝去的年代》第29页《过去的教授》中，谢泳就谈到他为什么放弃研究报告文学和当代文学，而开始选择研究储安平和《观察》周刊。他说：“我最初留意《观察》周刊时，就是因为印在《观察》封面下方的‘撰稿人’几乎都是教授，再看他们的言论，无论左右还是中间，都极有个性，都有一股‘士’气。当时我就想，在那个时代生活的知识分子，就其精神状态而言，可能是一个高峰，从此以后，极少有知识分子再能像他们那样生活，那样敢说话，敢主持公道。”

接下来，谢泳又选择了研究西南联大，进一步了解那一批大学教授的精神状态，从故纸堆里重温他们的旧梦。

可是谢泳写人，又不仅仅是重温他们的旧梦，我们常常读到那些教授前后命运的改变，而且以一种非常悲凉的形式，让人欲哭无泪。比如《逝去的年代》第21页写到的《张东荪这个人》，1949年以前，张东荪是“输入西洋哲学，方面最广，影响最大”的人。当许多人为将来忧虑时，张东荪强调文化上的自由主义，即保持学术和思想的自由。《观察》时期，张东荪是写文章最勤的一个，六十岁的人冲劲十足。但1949年后，张东荪成了最固执的人，要保持他的“沉默的自由”，成了被遗忘的哲人。而且在他1973年离世前，由于他的“叛国”牵连，他的次子著名物理学家张宗燧、三子社会学家张宗颖也先后自杀。

有些知识分子在1949年后的转变，有着自身不可推卸的原因。在《逝去的年代》第57页写到的《陈垣的转变》就是一个代表，还有《晚年贺麟》《失望的王芸生》等等。同样是留下来的历史学家，书中陈垣与陈寅恪的对比，引人深思。陈垣是不断地否定自己的过去，达到政治上的进步。陈寅恪是坚持“独立之精神，自由之思想”，为后世留下了丰富的学术遗产。可以肯定的是，重志节的陈寅恪，人们会永远记住。

其实我敬重谢泳做学问，更敬重他的做人。由敬重他的做人，又更敬重他的做学问。当初朋友帅好建议我去厦大探望谢泳，我是有怯意的。后来读到谢泳的文章，是关于20世纪30年代的梁宗岱婚变案，觉得能这样写文章的人，一定心底坦荡，是个好人。后来果然不错，厦门的朋友，只要跟谢泳有过接触的，都说他的好，如沐春风，绝对的正能量。谢泳教授的学生，也爱和他接近，说他没有一点大学者的架子。像“不在”书店签售会，这样面对着听谢泳谈话，也总是感动着，感动他的谦逊。他的书是小书，他的文是小文。3月18日孔夫子旧书网发售再版后的《逝去的年代》，一百五十本毛边书，不到一分钟抢光了。谢泳知道后，也只是淡淡地说：旧书重印。

关于梁宗岱婚变案，胡适在1934年4月18日的日记中对这个官司有记录：“此案我于1932年10月17日代何氏致函宗岱，提议离婚，她只要求五千五百元。宗岱无赖，不理此事，就致诉讼。结果要费七千多元，而宗岱名誉大受损失。”

这个案件的一开始，梁宗岱是不承认他和何瑞琼女士有婚姻关系的，连他的同事后来都看不下去。没有办法了，梁宗岱才说结过婚而未同居。谢泳在文章中评论道：“一般来说，离婚案中对女性过于苛刻的男性，在个人私德方面较有可议处，虽然清官难断家务事，但从梁宗岱离婚案中，可以看出由传统婚姻向现代婚姻转变时所表现出的个人德行，在中国现代文学史上，此类事甚多。胡适、鲁迅、闻一多、郁达夫、田汉、周扬等等，都曾遇过此事，我个人认为以胡适、闻一多处理得最好。”

研究一些人，研究一些事，说到底，也是研究怎么做人，做人的素质。这方面的文字在谢泳的书中随处可见，比如搜索资料时看到朋友需要的资料，他会像老辈学者一样收来并赠送给需要的人。比如《逝去的年代》第36页写到的《常风先生》。常风先生是谢泳敬重的前辈，同样我们也可看到谢泳的思考，他说，常风先生总是平静如水，他的修养极好，每次访他归来，我都在想，年轻的一辈，怎么才能像他们那些老人一样，一切都那么天然质朴，没有一点火气呢？

2013-05-06

没有标签的阅读

拿起一本书，习惯了翻翻前言，看看后记，在那些文字里寻找关于书的推荐或评价。就好像预先在脑子里打下预防针，让头脑对整本书有个准备。记得阅读博尔赫斯的小说，我就是从阅读残雪的《解读博尔赫斯》[1]开始的。博尔赫斯的小说，我比较喜欢的有《圆形废墟》《沙之书》《小圆盘》等，要说体会，谈不上。一位深迷博尔赫斯的朋友说：读博尔赫斯，我才知道自己无知得一塌糊涂。我也是。因此，我试着从残雪的解读中，进入博尔赫斯的心灵魔术花园。这种以别人的文字先入为主的阅读方式长时间占据了我的阅读史，有时看了相关的评论，甚至懒得再去阅读具体的作品了。

舒婷的《真水无香》[2]打破了我的阅读习惯。我翻转了《真水无香》好几遍，才确信书中没有夹带任何关于这本书的文字，单刀直入，然后戛然而止。后来我又碰到了北岛的《青灯》[3]，也是没有张贴任何绚丽的标签，直接掉进作者的文字漩涡，欢喜着。

奥斯卡·王尔德说：艺术并非生活的镜子，而是观者的镜子。阿尔维托·曼古埃尔说：参观者必须独自站在一件孤独的艺术品前，自己感受触及灵魂的东西。

我不得不承认，我习惯的阅读形式是一种非常偷懒的阅读方式。

---

[1] 残雪：《解读博尔赫斯》，人民文学出版社2000年6月出版。

[2] 舒婷：《真水无香》，作家出版社2008年4月出版。

[3] 北岛：《青灯》，江苏文艺出版社2008年1月出版。

拉尔夫·沃尔多·爱默生得了失忆症后，依然坚持孤独的阅读习惯。他甚至欣喜地重新发现自己的文章，快乐地叫道：啊呀，这些东西真好呀！

我想，我放弃了自己享用一本书的初夜权。把手中的书变成了别人记忆里的书，机械地在书中寻找别人的记忆轨迹。

很多时候，我们确实是习惯了给每种事物贴上标签，像马尔克斯的《百年孤独》中的马贡多居民。我们的作者也习惯了找寻一张质地优良的标签推销自己的作品。闻一多 1923 年出版的诗集《红烛》，本来是想让梁实秋写序的。他在给梁实秋的信中说：我想想我们很可怜，竟找不到一位有身价的人物替我们讲几句话，只好自己互相介绍了。最终，《红烛》的出版还是因为郭沫若的推荐。舒婷和北岛也是在有了足够的名气后，才能拒绝标签或者说不需要张贴了，终于把阅读的初夜权还给了读者。

我们不能否认标签一定的作用，我们也阻止不了社会对于标签的认同与狂热，但我们可以把自己和标签分离开来，独自享有文字带来的惊讶、认同、战栗与温暖。

现在，我推荐正在阅读的苏童著《香椿树街的故事》[1]，不知道算不算剥夺了别人享有的初夜权，那就尽量少说。

《香椿树街的故事》也是一本没有任何标签的书，是苏童成为苏童的较早的系列小说之一。全书由二十篇独立的故事组成，又因 20 世纪 70 年代南方小镇香椿树街的背景联系在一起，写活了小镇的少年和各色人等。我每天晚上读两三篇，放下，第二天再读。不是不想读，是不敢多读。小说中的人物，无论是《骑兵》中的左林、《回力牌球鞋》中的陶，还是《西窗》中的红朵、《舒家兄弟》中的舒工舒农、《刺青时代》中的小拐，每一个人物都那么孤独或不正常，带着深深的寂寞或是被侮辱的痕迹，沉甸甸的让人叹息。有时，走出香椿树街那些少年压抑着的

[1] 苏童：《香椿树街的故事》，上海人民出版社2008年1月出版。

残酷青春，总算读到一些看似正常的生活场景故事，来不及温暖，平静的文字又抖出一个意外苍凉的包袱，刺得人疼痛不已。例如《一个礼拜天的早晨》中的突遇车祸的李先生。

在《香椿树街的故事》里，人物的命运总是那么不可预测，又在情理其中。每个人都在文字里瞪着大眼瞅着你，似乎在说：真实的情况藏得更深！

2009－04－28

白纸黑字，留得下来的文字

十月初偶见谢泳教授，他送给我一本鄢烈山主编的书——《白纸黑字 NO. 1》[1]。白色的封面，黑色的字体，唯一的红色是“NO. 1”。我用了一天半的时间阅读这本二十二万字的书，没有漏掉任何一篇。可以说，到了不愿食不愿躺的地步。之后，一直想介绍《白纸黑字 NO. 1》，因为一些杂事，也或者是懒惰吧，一下就拖了两个来月。

记得当时读《白纸黑字 NO. 1》的第一感觉就是惊叹，不停地惊叹：真是一本好书！好文字！好记录！

首先是语言的朴素性。这也是我最喜欢的叙述风格，不急不躁，娓娓道来，如亲人面对面拉家常，自然、亲切，却又一步步叩动心弦。仿佛岁月的一张网，平铺在我的面前，一格格的，过电影似的移动着。移着移着，前面的景物就老了色，成了一帧帧黑白照片，还透着黄渍。心，顿时苍凉一片。

比如杨渡的《祖母的时代》，里面这样介绍传统的祖母：祖母的婚姻是最为传统的指腹为婚。传统的祖母十七岁嫁到杨家，煮饭给三四十人吃，也一直保有传统的习惯，非得等到男人吃完饭，绝不上桌。以至在祖父去世后，成为一家之长的祖母还常是忙忙碌碌，吃些残剩的冷饭冷菜。儿孙辈极为难受，祖母才在三催四请之后，仿佛极害羞地红着脸说：“憨孙，快吃吧，菜都冷了。”便率先开饭，却一直低着头，或为孙

［1］ 鄢烈山：《白纸黑字NO. 1》，敦煌文艺出版社2011年9月出版。

子夹菜。但仅此一次，以后便以洗澡为推托而避开了。

一位传统的勤劳的老祖母形象跃然纸上，像这样地带着岁月回忆的好文章，《白纸黑字》里还有鄢烈山的《我的四个老妈妈》。

其次是叙述的真实性。真实地再现历史的某一段，而不是遮遮掩掩、涂涂抹抹地歌唱。就如鄢烈山在开卷语中说的，“非虚构”是《白纸黑字》的文本要求之一，记录时代、抒写历史是它的旨趣。

如高致贤的《文革日记（摘选）》，以流水账的形式再现了那个疯狂的年代，荒唐的人与荒唐的事。这里选摘几则：

> 1966. 7. 12. 星期二 晴
>
> 今天《贵州日报》载文揭发了省文化局长、省文联主席蹇先艾的罪行的文章……他和汪小川勾勾搭搭，一唱一和，企图以老干部、老作家的名誉，千方百计来腐蚀青年一代……
>
> 1966. 9. 1. 星期四 晴
>
> 上午召开近万人大会，斗争了前中共大方县委财办主任赵明英，会上有三十三个牛鬼蛇神被戴尖尖帽。会后有十九人被红卫兵牵着游街示众……
>
> 1968. 7. 26. 星期五 晴
>
> 今天，县革委、县人武部的发行印制毛主席著作誓师大会在体育场召开，我多么渴望买到《毛泽东选集》五、六卷啊！今天我已开始通读“毛选”第四卷了。
>
> 1970. 4. 21. 星期二 晴
>
> ……满城都在大清查，到处是高音喇叭声播送毛主席关于阶级斗争的指示。革命群众忙忙碌碌，阶级敌人胆战心惊。

这不是我第一次读高致贤的《“文革”日记》，记得早在朋友帅好的“西部生活评论”博客圈就已经读过了，博主的博名是：贵州人老高。当时就觉得这种记录很有意义，再现了一个时代的影像。在《白纸黑字》中，此类文章还有易中天的《那时我们唱红歌》、陈祖芬的《1984年的中国》、金雁的《我的1960》等。

再次是写作的民间性。《白纸黑字》主张自由的个人抒写，“不隐恶”“不虚美”，对当代史立体化。正如笑蜀在《爱荷华，那忧郁的夕阳——聂华苓访问记》中的精确对话：聂华苓突然想起来前两年的大陆之行。“大陆人好像正在富起来？”她回过头问我（指笑蜀）。我点点头：“部分人是这样的。”“但是，好像人心也比以前乱多了。”我又点点头：“大致是这么个情况。”

还需要说什么吗？你懂的。

在周筱赟的《中国有个高耀洁》一文中，我们可以读到一个老人是怎样成为“中国防艾第一人”，怎样成为敢说真话的“斗士”。她的足迹“踏遍中原大地的十余个县市、数十个乡镇、百余个村庄，调查了数以千计的艾滋病感染者，揭开了因大规模商业采供血行为而导致艾滋病疫情蔓延的真相”。那些因贫穷而卖血、因卖血而感染、因感染而更加贫穷的农民和他们的孩子，因为高耀洁受到关注。

但我们的社会对待高耀洁这样一位胸怀大爱，将个人积蓄、稿费、讲课费等都用到艾滋病人和艾滋孤儿身上的老人的行为实在是残忍且可耻：电话打不通；采访她的记者被抓；无偿赠送的2万册《艾滋病与发病防治》被经办者当作废纸成吨卖了；骂她神经病，监视她的行踪，甚至到她家中赖着不走，偷《一万封信》书稿……

《中国有个高耀洁》最后引用了《伽利略传》第十三场的一段对话作为结束，也算是我此文的结束：

伽利略的学生安德烈亚感叹：“没有英雄的国家多么不幸啊！”

刚经宗教裁判所审讯的伽利略回答：“不，需要英雄的国家是不幸的。”

2011-12-10

我们需要一个什么样的社会

《青年中国说》[1] 期待得有些久了。从旧历年一直盼，盼到新历三月，然后又在快递公司待了将近一周时间，只好自己去取。但是拆开书的塑封，觉得这么多天的等待是值得的。这本书是凤凰名博校园行演讲精选集，选录了熊培云、葛剑雄、鄢烈山、章文、章立凡、杨佩昌、邱震海、李亚、马勇、秦晖、朱大可、张铁志、张乐天、邹振东、张羽等的演讲专题，从政治、经济、文化、教育等各方面谈我们现在的社会，涉及方方面面，让我们对现在的社会状态有个全方位的考察与思量。

印象最深的演讲是张铁志、邹振东、张羽谈发现台湾的价值，尤其我生活在厦门，和台湾隔海相望，台湾更是我所关注的。其实身边有很多朋友去过台湾，他们回来后，说得最多的就是台湾的好。什么好呢？不是高楼越建越多，而是原文化保存得好，这就包括的多了，比如对旧建筑的保护，就是很好的例子。不由得人不对台湾心生一些向往。

《发现台湾的价值》从下面几个方面谈论我所关注的台湾：一、议员打完架相约喝酒也是台湾的价值；二、台湾民众高素质是民主化的结果；三、在台湾看不到随时会爆炸的愤怒；四、民主是一个学习的过程；五、台湾媒体迅速庸俗化、商业化、消费主义化；六、大陆学生与台湾学生的异同；七、大陆未来三十年最可怕的是群粹主义。当然，演讲谈得最多的还是台湾的民主与来之不易。演讲从 1949 年国民党的军

［1］ 凤凰博报：《青年中国说》，东方出版社2013年11月出版。

事统治讲起，那时没有任何自由，有的敢说话的作家因此入狱。到了20世纪80年代，公民的权利意识开始增长，加上假奶粉、假酒的出现，诞生了中产阶级的运动。1979年发生的假油致人失明事件，更是使很多的中产阶级的律师、医生站出来，他们意识到不能只相信国家，要帮助弱势群体，要争取消费者权益保护，他们甚至自己对各种食品进行科学检查，向社会公布报告。

读完这些，不得不让人心生敬佩，为那些勇敢站出来担当的人鼓掌。台湾人终于等到了1987年7月15日，蒋经国宣布解除台湾长达三十年的戒严制度，真是了不起。紧接着是开放报禁党禁，再到1991年自由信仰的权力得到法律的保障。台湾终于迎来了言论自由的社会，每个人都有说话的自由，即使你不赞成他的观点。

台湾对都市化的排斥，尤其让我感动，书中列举了罗大佑的歌，反映了不同时代台湾的进程。《鹿港小镇》《未来的主人翁》等，表达了台湾人对乡土的怀念。

我们整天在网络上谈自由谈民主，说到底就是在争取对个人价值的尊重，对个体权利的保护，就是对人的尊重。而这方面，与台湾相比，我们还有许多路要走。

什么样的社会是一个让人期待的社会呢？《青年中国说》第79页章立凡的《碎片化时代的独立思考》有这么一段话，概括得比较好，他说道："一个社会，如果大量的人，大部分的人都去关心政治，而不关心我们的经济，不关心我们的生活，这个社会就不是一个正常的社会。健康的社会是不会有太多的人关心政治，但是如果政治搞不好，确实会有越来越多的人来关心这个问题。"

我喜欢的生活是喝一点茶，读一点书，写一点字，交一点朋友，看来以后我还是尽量少关心一些政治的好……

2014-03-23

1966年，不寻常的记忆

读王小妮的小说集《1966 年》[1]，正值多变的春季。本应春暖花开，却因气候的时冷时热，空气的时清时浊，连着衣都有些无所适从了。

《1966 年》的封面是一大片的黑底，一小块的红写着白色的字体，是书名与作者。非常简洁的装帧，是我喜欢的风格。王小妮的文字风格也是我喜欢的，朴素的文风，不缓不急，叙述着特殊年代里的众生生活。

读完《1966 年》，我抬头看看窗外的天空，还有正在落叶的细叶榄仁，这是南方独有的春色，然后又洗牌似的快速地翻阅《1966 年》，总觉得王小妮的故事还没完，1966 年的故事还在继续。

1966 年到底发生了什么？百度一下“1966 年中国大事记”，再来读王小妮的《1966 年》也许会有更深的体会。

1966 年的中国大事确实有很多，中国导弹核武器试验成功、邢台地震、中国第一批“红旗”高级轿车出厂等等，而不得不提的大事，就是“文化大革命”的爆发，那是地震的地震。许多人的生活一夜之间被改变，人人惶惶不可终日，甚至连睡觉也要睁着眼，生怕不小心说了梦话，说出了不该说的事情，沦为“牛鬼蛇神”。

王小妮的《1966 年》截取了十一个画面，再现了 1966 年的某些人的生活状态，有着一定的共性，也有着一些差异。瞧瞧这些不可想象的

[1] 王小妮：《1966年》，东方出版社2014年1月出版。

生活都是些什么：

说话做事都以语录本上的话为准则，别的书是毒草是看不得摸不得的（《普希金在锅炉里》）；组织的调查无时不在，即使是人没了还要查得细细的，要对每一个人的历史负责任，却不相信曾对组织做过贡献的任何革命人（《钻出白菜窖的人》）；“革命”运动在城市也在乡村，电影院变成批斗场，小姑娘进趟城铰了辫子变成了小媳妇，早晨还要去开会的书记天还没黑就成了批斗对象（《两个姑娘进城看电影》）；收废品的也知道天要变了，跑了。他的老太婆无论怎么邋遢，二十年前用过的名字还是被人翻出来了，还要追查交代手上文的梅花是什么特务组织的暗号。男教师从没见过做伪官吏的叔叔，但校长认为这事永远没有完结（《新土豆进城了》）；铝制品厂不再造铝锅铝壶，整夜赶工“敬制像章”了。厂长仅仅因为用红糖给工人补血提神倒了霉，被推到台子上斗了好几天（《喇叭和像章》）……

多么荒唐的1966年，多么荒唐的一切。每个人都不知道前面有什么在等着自己，这一刻是造反派，下一刻也许就是反动派了。没有人知道，那时的天为什么变成那样，书不能读，课不能上，话不能说，梦也不敢做。低头，低头，再低头，低到没有了尊严，不成为人。活着，竟然变得那么艰难，那么无奈。

我是紧挨着1966年出生的人，对王小妮描写的1966年的生活，还能看到一些熟悉的生活场景，收回一些温暖的记忆。比如《1966年》中第112页的男孩收集冰棍的小木棍搭房子和桥，玩渴了抱着水瓢喝水，我也做过。还有第152页结巴的两个妹妹在墙角练倒立，四只光溜溜的小脚搭在灰墙上，脸涨得跟胡萝卜一样。这个动作我也经常和同学们玩，我们是下课了在教室的墙角练习。

最让我感动的是第六个故事《在烟囱上》。男孩家的小人书都烧了，一本也没有了。五个小学生从后院翻墙过来，要求男孩给他们讲小人书上的故事。后来，男孩和五个小学生成了好朋友，他们分享各自的秘密。男孩的秘密是：他和他妈把小人书全烧了，但是，男孩偷偷留下了小人书皮，一共三百六十三张。这消息让五个小学生兴奋坏了，他们让男孩快交出来。他们簇拥着那些小人书封面，哎呀呀惊叹，忘了的故事全都想起来了，什么地主啊瓷像啊派别啊，都和他们没有关系了。

这是我读王小妮的《1966 年》的另一个收获。幸亏有这些，才让我觉得生活在 1966 年的人们，还有那么一点点乐趣，孩子们还有那么一些扼杀不了的快乐与渴望。

这让我想起前不久刚刚阅读完的、北大资深教授钱理群先生的《我的家庭回忆录》[1]。这本书记录了钱理群生命中的亲人，父母兄弟姐妹，在国家变迁中不同的道路和遭遇。钱理群在代前言《遗忘背后的历史观与伦理观》中说，我们在各个场合谈论 20 世纪国共两党的分分合合的历史，但却很少有人去关注、理解这分分合合的历史对由于各种原因参与其中，或受到牵连的个人与家庭的命运的影响，以及更为深远的心灵的影响。

在国共两党分裂时，钱理群的父亲和三哥选择了国民党，到了海峡那一边。其余的哥哥姐姐大都是中共党员，二姐和二姐夫还有四哥还是老红军、老新四军与地下党员。无论是身在国民党，还是身在共产党，钱理群的亲人都是在为各自的理想而奋斗。

钱理群的父亲钱天鹤 1913 年毕业于清华学堂高等科，公费入美国康乃尔大学农学院深造，攻读植物育种，以农科作为自己攻读的方向，1948 年到台湾，从此与家人天各一方。去了台湾的亲人，在多次的中国政治运动中，被定性为反革命、美蒋特务，是必须从思想上与行动上要与之彻底划清界限的。仅仅因为家里的墙上还摆着远在台湾的父亲画像，钱理群一直从事革命的四哥受到了严厉批评，钱理群的入团也遭到了拒绝。他的好友接收组织的任务天天去家里说服他，动员他和父亲划清界限。与反动父亲划不清界限成了钱理群永远洗不清的罪名。就是在流放的日子，他偷偷收藏的一张父亲的照片，在以后的“文化大革命”

[1] 钱理群：《我的家庭回忆录》，漓江出版社2014年1月出版。

中被红卫兵从箱底翻出来，促成了他“反革命孝子贤孙”的罪名。

如果对父亲还有一丝不忍割裂的痛苦，那么对时任国民党驻旧金山领事的三哥，钱理群身边的亲人，甚至包括母亲，几乎是一致表现出冷漠与拒绝。就是到了中美关系解冻的1974年，三哥钱临三托人来看望母亲，全家依然一片惊慌，最后也不肯在带来的录音机里留下半句祝福的话。读之，心痛不已。是什么样的政治斗争、体制限制，可以置正常的人伦之情于不顾？

更让人心酸的是钱理群的母亲，她是杭州著名乡绅、维新派人物项兰生之长女，从小习读英语，是典型的书香门第闺秀。但从钱理群懂事起，母亲留给他的唯一印象就是终日织作无他语，也无笑容。父亲去台湾后，开始家里过年的饭桌上还有他的碗筷，墙上还有他的相片。到后来压力越来越大，都取消了。从此，钱理群的母亲不再跟子女谈及他们的父亲及与父亲相关的任何历史，甚至忍心拒绝远在美国的三儿子的任何帮助，包括留言。她的沉默在她生命最后断断续续的咳喘中有了最后的答案，她说：“这几十……年来……总算……没有……连累……你们。”读之，灵魂受到一击的岂止是钱理群，对那段历史有过经历或感触的人，哪个不潸然泪下？

《亲情永恒》是《我的家庭回忆录》中的第二辑的辑名，也是辑中的一篇文字，是《钱临三纪念集》的前言。“生不团圆，死各一方”，钱理群用这八个字概括他们钱氏家族的不幸。但又自豪与庆幸的是，他们用另一种方式找回了彼此，找回了亲情。事隔半个世纪的隔绝，人为的隔离，《钱天鹤文集》的搜集与整理，使作为儿子的钱理群终于贴近了父亲拥有了父亲，一位被誉为“中国现代农学界的先驱”的科技专家。

在《我的家庭回忆录》第168页中钱理群描写1980年三哥来北大看他，描写三哥微微前倾的身体、急促的步履，他说：“我发现了钱家兄弟姐妹特有的姿势与神态！真的，就在这一瞬间，我感到了前面走着的这个小老头成了我们钱家不可缺少的一个成员，我又有了自己的三哥！”感动，除了感动还是感动。当钱理群因所在学校不能解决住宿问题，又是三哥伸出了援助之手，真正的亲情是不会因曾经的隔绝而冷漠的。

《我的家庭回忆录》中还讲述了钱理群的大哥钱宁大嫂龚维瑶、二姐钱树榕二姐夫丁毅、大姐和四哥走过的道路和最后的命运。他们都是中国知识分子的精英，自觉地把个人的命运与国家的命运联系在一起，有的却在政治运动中受到不公平的待遇。

比如清华教授钱宁，国内外知名的泥沙专家，留学期间和同学们秘密串联，无视美国联邦调查局特工人员的威逼利诱，坚持回到中国报效祖国。在 1966 年的政治风暴中，钱宁却成为水科院第一个“反动学术权威”，大字报铺天盖地。揪斗钱宁的真正原因，就是当年的积极回国是“别有用心”。而钱理群的四哥，一个坚定的传奇的革命者，晚年在 20 世纪初的住房事件中，面对某政府部门没有任何理由占据祖产的土地，强令拆迁，生平第一次动用私人关系求助，表现出的无奈和愤怒。当初他们可都是在“反集权专制，反独裁，争取民主与自由”的旗帜下召集来的、三四十年代最优秀的知识分子。

突然想起在台湾享受“学而优则仕”，现为台湾首任文化部长的龙应台，三十年前曾在她的作品《野火集》中，针对台北的现状说过的一段话，她说：“台北实在够糟了！给我们一片青翠的草地，给我们一点新鲜的空气，给我们一个清静的小区，给我们的孩子一个干净的厕所、一个宽广的公园、一座儿童图书馆，但是不要，不要给我们一个会遮住阳光的大铜像。”

1966 年，我们遮住的何止是阳光啊！

2014-04-20

第二辑　时有落花至

在尼采的智慧语言中体会人生

读尼采，不能不读他的《查拉图斯特拉如是说》[1]。

漓江出版社出版的这本《查拉图斯特拉如是说》装帧设计得非常好，很有味道。纸张的触感也很好，很有感觉。这本书我带在身边陆陆续续地翻阅，让我想起曾经阅读过的古罗马哲学家皇帝马可·奥勒留·安东尼著的《沉思录》，也是这样的智慧语言。《沉思录》是一本作者写给自己的书，大多是作者在鞍马劳顿中写成的，是作者对身羁宫廷的自己和自己所处混乱世界的感受。但《沉思录》更具片断性，而《查拉图斯特拉如是说》则有一定的故事性，分门别类，有一定主题。即使是独立成文的，也有一定的内容组合，且以散文诗歌体的形式撰写，可读可唱，极其优美。

读《查拉图斯特拉如是说》随意性极强，任何时间任何地点，只要有一点点空闲，都可以翻阅。这本书分为四卷若干章，前两卷是查拉图斯特拉对听众谈话，第三卷是查拉图斯特拉的自言自语，第四卷则让位于身居高位的代表人物和各种思想。

在《查拉图斯特拉如是说》中，尼采塑造了超人查拉图斯特拉，一个拄着黄金手杖、杖柄上有一条蛇盘绕着太阳的人。查拉图斯特拉三十岁离开家乡，在山里安享他的智慧与孤寂，十年后他的心情有了变化，决定下山去，将他的杯子倒空，将他的智慧馈赠和分送到人群中去。于

[1] 〔德〕尼采：《查拉图斯特拉如是说》，黄明嘉译，漓江出版社2003年12月出版。

是，就有了这本《查拉图斯特拉如是说》。

这本书一开始就非常吸引我，源于查拉图斯特拉下山时和一位老者的对话，非常精彩。

老者问："你曾在孤寂中度日，如同生活在海上。大海将你承载。唉，现在你真要上岸去？又要拖曳自己的身体？"

查拉图斯特拉答道："我爱人们。"

老者说："我为何遁入森林、荒郊？难道不是因为太爱人们么？现在我爱上帝；人，我是不爱了。我以为，人是一个太不完美的东西，爱人们将会葬送我。"

当查拉图斯特拉与老者分手后，内心却说："真不可想象啊！这个老年圣者悠游于林下，竟然没有听到任何关于上帝已死的消息呢！"

这一段对话，实在是太震撼了，也只有尼采才能喊出"上帝死了"这样的话。

尼采另一个引发非议的名言，就是《查拉图斯特拉如是说》中第58页借一位老妪的口说出"你到女人那儿去吗？别忘记带上鞭子"。在这里，女人是玩具是谜是浅薄。尼采对女人的蔑视，由此可见。尼采的极端、偏执也由此可见。

但尼采毕竟是有影响的思想家，他的褊狭并不妨碍他的伟大。尼采说："人是一种应该被超越的东西。"同样，尼采也是应该被超越的。我们在学习他的千年智慧语言的同时，也必须有所思索，有扬有弃。尼采借查拉图斯特拉之对生命最深层次的思考更是让我受益多多。有兴趣的朋友不妨都来读一读，思索思索。

查拉图斯特拉如是说："人之所以伟大，是因为他是一座桥梁，而非目的。人之所以可爱，是因为他是一种过渡，一种毁灭。"（第7页"查拉图斯特拉前言"）

查拉图斯特拉如是说："与上帝和邻人和平共处，这便是良好睡眠想要的东西。还要与邻人的魔鬼和平共处！否则这魔鬼夜间就会在你处徘徊。"（第19页"论道德讲坛"）

查拉图斯特拉如是说："在所有写就的著作里，我只喜爱作者用鲜血写成的。用鲜血写成的著作，你将体验到，鲜血即思想。"（第 31 页"论阅读和写作"）

继续读，还会有更多的智慧与发现，这些语言会启迪我们混沌的人生，让我们活得明白些。

2014-4-8

海德格尔不能被原谅的错误

收到菲利普·拉古－拉巴特著《海德格尔、艺术与政治》[1] 有几天了，一旦翻开就爱不释手。首先这本书很精巧，十万字，不到二百页；其次，题目吸引我，海德格尔、艺术与政治，很微妙。

在阅读这本书之前，我们都知道海德格尔是德国著名的哲学家，师从胡塞尔，创立了自己的哲学——存在主义。海德格尔的名著《存在与时间》，奠定了他一生哲学活动的基础。他的一些名言更是深入人心，常常被人引用。如："生存是在深渊的孤独里""人，诗意的安栖""存在是存在者的存在""思就是在的思""良心唯有经常以沉默形式来讲话"等等，也是我非常喜欢的一些名句。

海德格尔引人争议的事件有一些，但最被人说道的可能是 1933 年 5 月 1 日加入德国纳粹党，再就是 1941 年重印《存在与时间》时，删除了上面给恩师胡塞尔的献词。关于海德格尔加入纳粹党，这正是我手上这本书的作者拉巴特终生研究的问题。

菲利普·拉古－拉巴特：法国当代哲学家、文学批评家、翻译家和作家，以其在德国浪漫主义、解构主义、政治与哲学之关系等领域的研究著称，曾将海德格尔、策兰、尼采、荷尔德林、本雅明等人的著作译为法语。

拉巴特的研究深受海德格尔的影响，步入哲学。没想到，几个月后，得知海德格尔加入过纳粹党。于是，拉巴特和很多人一样，再也没

[1] 〔法〕菲利普·拉古－拉巴特：《海德格尔、艺术与政治》，刘汉全译，漓江出版社2014年2月出版。

有从这件事的打击下恢复过来。拉巴特说："无论我对海德格尔的思想曾经有着怎样的崇敬，我也永远不能在政治上，或在比政治更大的范围内，容忍他的这种加入。"

拉巴特的态度如此明确。在读著名学者谢泳教授的书籍时，他对所研究的自由知识分子，在1949年及以后的转变，自觉或不自觉地，都采取"了解之同情"的态度，拉巴特为什么就不能如汉娜·阿伦特那样，原谅他们中的大部分人，包括海德格尔呢？这些问题，我们在《海德格尔、政治与艺术》中能得到很好的了解与解释。

对于1933年的那些知识分子，"关于希特勒的理论研究"，拉巴特认为汉娜·阿伦特的研究是最言之有理的。她是这么为那些曾站在纳粹党一边的知识分子说话的："我现在可以这么说，他们只是这样一些人：掉入了自己挖好的陷阱之中。随后发生的事儿，他们也不希望看到。……他们从来就只是在几个月里，最多是在几年里，偶操此业。他们没有害过人，也没有告发过人。"

这样的态度是汉娜·阿伦特的权利，只是曾经崇拜海德格尔的拉巴特很不愿意看到，这其中也包括海德格尔。因为在第三帝国垮台之后，揭示了海德格尔的那些东西之后，海德格尔在公开场合是噤若寒蝉的。拉巴特认为海德格尔没有尽到自己的责任，思想的责任。

阅读这部分的时候，我觉得拉巴特有点苛责了，谁都有犯浑的时候。接下来的阅读就让我也无语了，那是一种可怕的寒冷，实在是太残酷了。

在《海德格尔、艺术与政治》第39页，拉巴特引用了海德格尔在1949年的一个研讨会上的一段话，这段话曾出现在1984年出版的沃尔夫冈·希尔马赫著《技术与泰然让之》。这段话是这样的："德国农业现已成为一个机械化的食品产业，就其本质而言，和毒气室与死亡集中营的尸体制造一般无二，和对一些国家的封锁并使之陷入饥荒一般无二，和氢弹的制造一般无二。"

在这里，海德格尔把大规模地对犹太人的杀戮，和军事经济封锁，甚至核武器的使用放在一起。拉巴特强调，灭绝犹太人这种现象在本质上不属于任何其他逻辑，只属于一种思想逻辑，不是一种技术。海德格尔的思想缺失的正是对这一事件的思索，这也是研究海德格尔的拉巴特最不能容忍的。就是我这个不懂政治的人，读了海德格尔的思维逻辑，也是毛骨悚然。

接下来拉巴特对纳粹党灭绝犹太人这一事件进行了进一步分析，揭示了这一事件和历史上其他群体性杀戮事件的不同。因为，历史上的群体杀戮事件常常存在着政治、经济或军事上的利益，手段都是武装斗争或司法和警察的镇压，也都有一种信念或理由使得师出有名。但灭绝犹太人却不同，一是 1933 年的犹太人本身并不是社会冲突的一个因素，不构成任何政治的或宗教的力量，甚至没有表现出一定的社会凝聚力；二是灭绝犹太人的手段不是军事的，也不是警察的，而是工业的。他们像处理工业废料 \ 处理寄生虫一样被处理了，海德格尔提到的毒气室和死亡集中营即是。是不是毛骨悚然呢？

所以在对海德格尔的纳粹党研究中，拉巴特对海德格尔的人生污点认定为错误，而不是疏忽或失足。因为在书中拉巴特还列举了海德格尔的一些事例，说明他是积极投入，并且享受这种权力的。比如 1933 年海德格尔向大学当局递交关于鲍姆盖腾的报告，告发他与某个犹太人过从甚密，不能加入冲锋队和教师队伍，导致这位大学教师被除名；另外，海德格尔还写过一份类似的报告，关于马克思 · 穆勒的报告，那是他最出众的、最忠诚的学生之一，也被他告密了。

拉巴特把奥斯维辛（灭绝犹太人计划）归为超悲剧，是因为表演这些是不可能的，可这又确确实实是西方技艺。“上帝死了”“上帝的沉默”或者是“历史停顿”？拉巴特认为只有著名的哲学家海德格尔可以让我们理解，因为海德格尔对停顿的研究颇深，但是海德格尔虽然在哲学方面做出了巨大的贡献，但他却拒绝从奥斯维辛之中看到一个时代的历史停顿。这让海德格尔不可原谅的错误更加的深入。

2014-04-01

这是爱娃的传记而非“他”的

最近对人物传记有些兴趣，看见爱娃·布劳恩的画传《希特勒夫人》[1] 就有了阅读的冲动，何况这是不一般的人物传记。

《希特勒夫人》由布莱恩·泰勒著。布莱恩·泰勒曾出版过十本描述第二次世界大战时期轴心国历史的插图作品，而他走近爱娃的开始，却源于 20 世纪 60 年代，时年十三岁的他阅读了已故作家威廉·夏伊勒的著作《第三帝国的兴亡》。一个是战胜国的作家，一个是战败国的第一夫人，这本身就有些意思，让人有一探究竟的欲望。

不过，说实话，《希特勒夫人》不好读。我从年前开始读，断断续续读了半个月，读得有些纠结。导致纠结的原因有几个方面：一是希特勒的恋爱取向；二是爱娃成为希特勒的情人后周围人的看法；三是三百多幅图片配上细小的文字，读着有些疲倦。而我最关心的是前面两个问题，一个关系爱娃的幸福，一个关系爱娃的为人。

希特勒为什么选择爱娃，真的是为了掩饰他的同性、双性或无性吗？书中不同的人物有不同的看法，而这些看法来自各人的观察与揣测，也包括作者的揣摩，真实的情况只有希特勒自己知道。爱娃当然也知道，但她太崇拜太爱这个男人了，绝不会宣扬他的缺点。

平时我和朋友们在一起，也会谈论一些特殊人物。我们觉得一方面特别突出的人的另一些方面常常会不尽如人意，甚至有的会是变态的，

［1］〔美〕布莱恩·泰勒：《希特勒夫人》，王笑盈、黄迦乐译，西苑出版社2014年3月出版。

这是存在并可以想象的。这就像人们说的，上帝打开一扇窗，同时也会关上另一扇窗。可我还是宁愿相信，希特勒对爱娃有一些真情真性，所以他才会每天给爱娃打电话，给爱娃的别墅亲自设计安装一流的防空装置，保护爱娃不受盟军炸弹的袭击。别墅地下室还配有独立的发电机，不遗余力地保护爱娃。

书中介绍，差点成为艺术家的希特勒喜欢的是爱娃的教育背景、社会地位和行为举止，因为他们有着许多的相像。更多的时候，爱娃喜欢待在家里锻炼，招待朋友，读读喜欢的书，过着田园般的生活。当然，为了这个全世界最大的独裁者、战争犯，爱娃也牺牲了很多，受了很多委屈。

爱娃的姐妹格蕾特尔和伊尔泽抢救出的爱娃日记，记录了每个普通女孩都可能会有的恋爱情绪：开心或不开心，抱怨或埋怨，长久地等待……爱娃一直甘愿做希特勒身后的女人，影子中的女人，一个私底下的情人，绝不会在公众面前挽着他手臂的女人。爱娃默默忍受着希特勒的诸多限制，甚至待在自己的房间不被允许出门，这都是因为她爱这个奇特的男人。尤其是在柏林失守以后，一次次返回柏林，直至用生命相伴。

如果希特勒不能给爱娃女人的幸福，爱娃因爱的不幸命运就太悲惨了。我宁愿相信《希特勒夫人》第 37 页党卫军将军尤利乌斯 · 肖布的妻子战后的证实，她说，希特勒与爱娃在性方面的关系是很正常的。

关于爱娃成为希特勒的情人后的为人，众多的图片和文字都有了说明，这是一个可爱的女人，有着太多令人感动的事情。

《希特勒夫人》第 262 页最下面的一张图片摄于 1935 年的上萨尔茨堡，图片文字标注着汉斯 · 鲍尔对爱娃的印象。他认为希特勒与爱娃的关系，是他所知道的希特勒最有人性的一件事。爱娃喜欢的是希特勒这个男人，而不是他的政治身份。鲍尔的妻子在霍夫曼照相馆与爱娃初次见面，就告诉自己的丈夫，她很少见到如此可爱的女孩。

爱娃一生都热爱动物，养过几只宠物狗。她安静、甜美、温和，从不张扬，常站在后方没人发觉的位置。除了身边的人知道她是希特勒的情人，就连邻居们都不知道，希特勒的上萨尔茨堡有一个名爱娃·布劳恩的女人，管理着上萨尔茨堡，是希特勒毋庸置疑的女人。要有怎样的低调才能做到这些呢?

爱娃不关心政治，也从未干预过希特勒的决定，她要的只是这个男人的爱，并快乐地享受这个男人带来的好。她喜欢服装，喜欢鞋子，喜欢打扮，喜欢运动，喜欢摄影，喜欢很多她那个年龄的女孩都喜欢的事物。

德国陆军元帅威廉·凯特尔回忆说：爱娃为人和善，不在人前出风头。

最让我感动与敬佩的是柏林地堡中，最后的爱娃，对她的命运表现出的温情、从容与超然。她积极地为两个党卫军士兵做媒，并获得了希特勒让他们举行婚礼的许可，给两个普通士兵最后的生命带去一点温暖。

施佩尔博士战后回忆，他最后一次在柏林拜访希特勒和爱娃期间，爱娃是整个地堡中唯一一个关心他饿不饿的人。他认为爱娃是为她周围人着想的典型。

1945 年 4 月 28 日～29 日，爱娃穿上希特勒最喜爱的黑色高领塔夫绸长裙。希特勒在午夜仪式上迎娶了爱娃，并将爱娃写进了他的遗嘱[1]。希特勒在遗嘱中写道：

> ……在我的生命行将结束之前，我决定娶这个女人为我的妻子，历经多年真正的友谊，她自愿来到这个几乎被围得水泄不通的城市，来分担我的命运。她愿意作为我的妻子与我一同面对死亡。这将弥补我们因我为我的人民工作而使我们失去的一切……

[1] 遗嘱：此处指希特勒第二个也是最后一个遗嘱，写于1945年4月29日，提到了爱娃。

不由人不心生感慨。

坚持爱一个人不容易，爱到一同去死更不容易。十几年的默默追随，爱娃终于修成正果，成为希特勒夫人和元首夫人。这也许就是爱娃给自己定的最后目标。她的一生，随着希特勒的死亡而终结。她的一生，也随着希特勒的死亡而重生。在他们自杀的第二天，世界终于知道，他们要寻找的不是一个失败者的尸体，而是两个人的尸体。希特勒身边有个举行了婚礼的女人，她叫爱娃·布劳恩·希特勒。

《希特勒夫人》是一本画传，记录了爱娃三十三年的生命足迹。这些留下来的照片基本上是热爱摄影的爱娃和朋友所摄，并由爱娃整理收藏，是她实际日常生活最真实的部分。她的不为人知的与希特勒的关系，在这里得到了很好的体现。她不仅捕捉到了希特勒日常最不设防的众多时刻，更是将自己从希特勒十几年的“雪藏”中解救出来，作为历史存在的一部分。这些躲过战争炮火的相册和录像，是她公开的遗嘱，远比希特勒的肯定还要肯定。

作为战胜国的作家，时年六十六岁的布莱恩·泰勒用文字和图片告诉世人，“她”不是“他”的附属品。这本画传是爱娃的传记，而非“他”的传记。爱娃成就了自己的人生，自己的传奇，并且会一直流传下去。

2014-03-10

时间会揭开所有的秘密

四十多万字的《监听大国》[1]，记录了美国中情局六十年的历史，首度揭开中情局情报霸权的惊世骇俗的内幕。作者蒂姆·韦纳是《纽约时报》的首席记者，钻研美国情报二十五年，曾因对五角大楼神秘经费的报道荣获普利策奖，后又因对阿富汗战争的报道再获普利策奖。

据蒂姆·韦纳自己介绍，为了完成《监听大国》这本书，他参阅了五万多份中情局、白宫和国务院的文件档案，两千多份美国情报官员、军人和外交官的口述历史，并自1987年开始，对中情局官员与退休人员，包括十位中情局局长，进行了三百多次访谈。可以说，《监听大国》所叙述的，不是道听途说，是第一本完全根据第一手报告和资料文件，编纂而成的中情局史。

翻阅《监听大国》，对于生活经历简单、一直在学校工作生活的我来说，算是开眼的奇书。也算是对美国这一大国，或国与国之间的政治来往有个较清晰的认识。平时的我对政治风云不是很感兴趣，但对间谍战的影片还是比较喜欢的。觉得进入这个行当的人有智有谋，更要有胆量，不是所有人都有勇气做一个幕后英雄，甚至死后也得不到公开的评价。但《监听大国》改变了我的看法，我开始怀疑我们每天听到的看到的。

在《监听大国》这本书中，蒂姆·韦纳介绍了中情局最初的建立，

[1]〔美〕蒂姆·韦纳：《监听大国》，杜默译，海天出版社2014年3月出版。

到后来的横行世界。可以说，有国家的地方，就有中情局特工的影子。他们为了自己的利益，插手别国的内政，扶持需要的人上台。一旦不和，没有了利益，又发动战争，甚至散布不利的言论，混淆视听，将其打倒。这就像一个本来可以安静度日的家园，总有一个人端着枪站在外面叫嚣着，威胁着，实在是恐怖。更恐怖的是，中情局花了大把的经费，提向白宫的情报大部分是假的，或是为了某种目的某种利益而臆测的。比如"伊拉克拥有大规模杀伤性武器"的假报告，使伊拉克人民陷入战火之中，美国当局也备受世人的质疑，而萨达姆·侯赛因最初也是在美国的扶持下登上总统宝座的。

我们来看看遍布世界角落的中情局，为着世界和平的利益，为着美国国家的安全，除了美国政府的公开外交活动，都有哪些秘密行动在辅助吧。而且这些行动是不会让未经授权的人们知悉，一旦曝光，美国政府也不用承担任何责任的。此类相关的秘密行动有：宣传、经济战；破坏、反破坏、撤退等预防性的直接行动；援助敌国的地下反抗组织、游击队和难民解放团体，并支持西方世界受威胁国家的本土反共行动等等。关于他们的监听，关于他们的这些情报工作，艾森豪威尔总统称之为"极其无聊却又十分必要的差事"。

看看，美国中情局的手伸得好长好长，他们在中美洲以秘密行动的方式，推翻了十一个民主投票选举出来的西方式民主政府，使资源丰富的中美洲内战不断，民不聊生。20世纪50年代，为了给中国政府制造麻烦，他们在美国西部训练西藏叛乱分子，空投到西藏境内与中国人民解放军打游击战，搞暗杀行动，策动叛乱，挟持达赖叛逃等等，中情局成为美国政府控制世界的工具。而这工具，常常以别国的自由、利益为代价。

《监听大国》这本书让我们看到了美国的另一面，在美国面世后即引起轰动，好评如潮。这也让我们看到美国政治制度的透明，这一点又是不能否认的，否则蒂姆·韦纳参阅的五万多份的档案资料是查阅不到的。就是我们现在，过去了近五十年，关于"文革"的大部分资料还没有解档。

喜欢蒂姆·韦纳在扉页上引用的一句话，是让·拉辛《布列塔尼库斯》中的一句话：时间会揭开所有的秘密。

2014-04-03

沉默是礼貌的一种方式

曾经非常迷恋博尔赫斯的深奥，前年在鼓浪屿晓风书屋淘书，看到阿尔维托·曼古埃尔的《恋爱中的博尔赫斯》[1]，触摸着素白封面上凸起的字体，毫不犹豫地就买了。这对以前的我是个例外，因为买常常意味着少读或不读，总觉得以后有的是时间读，放着放着就不知道什么时候会读了。果然，《恋爱中的博尔赫斯》读了一半就放在了一边，直到去年清明一个人回乡，给父亲扫墓，才在火车上续读了另一半。

其实这本随笔集的价值要远远大于"恋爱"与"博尔赫斯"的噱头，《恋爱中的博尔赫斯》只是其中的一篇。这是一本关于阅读，关于读者、作者和文本之间关系的书。作者选用《爱丽丝镜中奇遇记》[2]作为本书的重要典故穿引各个主题，阐释了作者对这个矛盾世界的尊重和深刻认识。面对编辑的净化、媒体的导向、标签的指引，文本阅读需要读者的思考，需要读者的一口气让它重新活过来，用活生生的语言填补作者创造出的空间。这是阅读的希望与快乐。

此书英文版名为《Into The Looking －Glass Wood》，译后记中王海萌的翻译也是《走进镜中森林》，最后在编辑手中变成了《恋爱中的博尔赫斯》。正如曼古埃尔在书中《秘密分享者》一文中所说，无论

[1] ［加］阿尔维托·曼古埃尔：《恋爱中的博尔赫斯》，王海萌译，华东师范大学出版社 2007年4月出版。

[2] ［英］卡洛尔：《爱丽丝镜中奇遇记》，王永年译，21世纪出版社2009年7月出版。

如何，编辑都会试图把文本改成他或她的专业耳朵听来顺耳的东西。

曼古埃尔 1948 年出生于著名的布宜诺斯艾利斯，1984 年入加拿大籍，曾给晚年双目失明的博尔赫斯读书。小说《阿莱夫》是博尔赫斯献给恋人埃斯特拉 · 坎多的故事。曾经，埃斯特拉的长篇小说在精神分析和象征主义之间徘徊，也被布宜诺斯艾利斯的知识界广为评论。结果因为她与翻译家的哥哥帕特瑞西欧合写的小说，有愉悦所有评委的东西，手稿虽然获得了一等奖，但因朋友的出卖，两兄妹被排斥在布宜诺斯艾利斯每一个文学沙龙之外。埃斯特拉认为，她的失败在于她太聪明。

晚年失明的博尔赫斯喜欢回忆，在回忆里描述他未失明时布宜诺斯艾利斯的样子，二十年前他和埃斯特拉 · 坎多走过的街道，城市角落的故事。1944 年，博尔赫斯在一次朋友家的聚会上认识了埃斯特拉·坎多，后来他们经常在朋友家的晚餐上碰面。有一天碰巧他们一起离开，博尔赫斯陪着埃斯特拉 · 坎多走到地铁站，又建议走得更远点。一小时之后，他们坐在了五月大道上的一家咖啡馆里。聊天中，博尔赫斯发现埃斯特拉是他碰到的第一个喜欢萧伯纳的女人，他们有共同的文学趣味。他们的恋爱持续了好几年。他们常常散步或者坐着电车无目的地穿越布宜诺斯艾利斯的南面。不在一起的时候，博尔赫斯给埃斯特拉 · 坎多写信，从没间断。他的信被埃斯特拉 · 坎多收录在《博尔赫斯：一幅逆光照片》里，内容十分感人。博尔赫斯曾在一张明信片中对埃斯特拉 · 坎多说：我知道我们在一起会很快乐，与您分离我已经感觉到身体的剧痛，河流、城市、草丛、环境、日夜都将我与您分隔开。

恋爱中的人是多么相似，睿智的博尔赫斯也不能例外。

可命运总是爱开玩笑，同样也注定博尔赫斯与快乐无缘，就像他笔下的男性以坚忍的决心完成他们的英雄命运。即使在想象里，也无法用魔力招来一个在他醒着的梦里，存在的令人满足、几近完美的女人。

据埃斯特拉 · 坎多讲，他们的分手是因为博尔赫斯的母亲。后来博尔赫斯的母亲为他介绍了埃尔萨。这场持续了五十三天的婚姻因为博尔赫斯的逃离而终结。埃尔萨嫉妒博尔赫斯怀有感情的任何对象，禁止他看望他的母亲，也从不邀请她来他们的公寓。埃尔萨不懂博尔赫斯的任何文学兴趣，也很少读书。她关心的是博尔赫斯的名声带来的服饰等等，而这些都是博尔赫斯极其鄙视的。

曼古埃尔访问博尔赫斯的时候，问及他曾经的恋人埃斯特拉·坎多，并暗示说还会再见到她。与埃斯特拉·坎多的高调宣扬形成对比的是，博尔赫斯以沉默代替回答。因为对博尔赫斯而言，沉默是礼貌的一种方式。

于是，我再次翻出书柜里的《博尔赫斯小说集》[1]。这本书同样购于鼓浪屿晓风书屋，时间是二〇〇七年农历七月初九，台风“圣帕”刚过。我又一次把博尔赫斯送给埃斯特拉·坎多的、他最好的小说之一《阿莱夫》重读了一遍。

失明的博尔赫斯对曼古埃尔坦言：一个不快乐的人想象快乐并不奇怪；我们所有人每天都在这样做。但丁也像我们一样，但有些东西总是让我们瞥见这些快乐文字背后的悲哀。他还曾在 1926 年发表在《报界》的一篇短文中说：我总是说文学永远的目标就是展示我们的命运。

生命的阅读不小心又读到了苍凉。也许每个人都可以对读者说：我将我之灵魂委于你手！只是后来呢？真正的下一次阅读也许是在几千年之后。

1945 年的夏天，博尔赫斯对恋人埃斯特拉·坎多说，他想要写一个关于地方的故事，那将包括“世界上所有的地方”，他还要把这个故事献给她。博尔赫斯做到了。阿莱夫，这个闪烁的小圆球，包纳一切的地方，可能与不可能的事情都在发生。无论过去、现在还是未来，都在一个永恒的时间里同时存在，这是一个无限的小宇宙，什么都不会消失。博尔赫斯创造了一切。

2010-01-22

---

[1] [阿]博尔赫斯：《博尔赫斯小说集》，王永年、陈泉译，浙江文艺出版社2005年12月出版。

大江健三郎邂逅一本自己的书

1994年获诺贝尔文学奖的日本作家大江健三郎不仅仅是位小说家，更是一位读书人。他与书店合作开办了“大江健三郎书店”，亲自挑选书籍。同时，大江健三郎还定期在书店围绕这些书做讲座，他的“读书讲义”就成了我现在正在阅读的《读书人》[1]。

喜欢大江健三郎对书的感情对书的描绘，他说：“我一直生活在一种感觉中，觉得书房里的书与自己的血管相接相连，现在，面对自己书店里的书架，就好像在重新打量着那一切似的，我为此而感到了满足。”

阅读《读书人》，能够真切地感受到读书带给大江健三郎的影响，他的生活、他的写作无不与他发现的书紧密相连，他是和那些书一同生活过来的。

在大江健三郎九岁那年，他邂逅了马克·吐温的小说《哈克贝里·费恩历险记》，其后一直阅读这本书，包括它的英文原版书。除了小说语言的表述之美，打动他的是哈克对屡屡帮助自己的他人财产——奴隶吉姆萌发了友情，下决心即使下地狱也绝不背叛吉姆。在日本战败一团乱气的状况中，大江健三郎坚持把书中哈克说的话“好吧，我去下地狱吧！”当作自己的方针，有底线有原则地生活着。

十六岁那一年，大江健三郎又邂逅了影响他人生的另一本书《法国文艺复兴断章》，作者渡边一夫是东京大学法国文学专业的教授。大江

[1] ［日］大江健三郎：《读书人》，许金龙译，作家出版社2011年1月出版。

健三郎很快确定了他的目标，前往东京大学学习。还是在十六岁，《爱伦·坡诗集》的语感深深迷住了大江健三郎，男性化的文体，《平家物语》武将会话般的语言，温和如平安王朝的女性话语，使这个高中二年级的学生，内心感受到了震撼。他开始对文学语言充满了惊异，他的感觉因为《爱伦·坡诗集》萌醒了。他幻想着有一天用那样的文体、那样的语言写出自己的文章来。

考入东京大学后，大江健三郎邂逅了《艾略特》，阅读了《阿尔弗瑞德·普鲁弗洛克的情歌》，再次犹如电击般感受到了震撼。他第一次考虑，倘若运用这样的文体、这样的风格进行表现的话，他便要表现生活中的自己。他用了大约半年时间持续阅读艾略特的这部诗集。第二年，《奥登诗集》的阅读，使他憧憬的具有美丽魅力的文章之典型，越来越清晰地显现，那就是小说中如何巧妙地让人物的行走伴随着节奏感，与人物的活动连接，与叙事者对事物的感知相连，与友人之间的对话相连。

大江健三郎在阅读中领悟了小说的文体，写出了小说《奇妙的工作》，此后一直从事小说创作。他对人们的看法，对事物的审美意识，全都是以上四本书在支撑着。正如大江健三郎说的：只要发现自己的第一本书，在此基础上，如果能拥有这些书召唤而来的其他书籍就更好了，你甚至可以因此而等候着那些书为你召唤而来的相关人士。某时，那些人便真的会作为师长作为朋友出现在你的面前。

这是多少美丽的邂逅呀！

大江健三郎从一个写作者的角度告诉我们他的读书方式。书中还详细介绍了大江健三郎是怎样借助原版书解读翻译作品的。为了尝试不同的写作方法，甚至两三年时间专门读一个主题的书，如但丁的《神曲》等，对正在学习中的年轻人非常有帮助。

最让我感动的是，大江健三郎在阅读英国诗人布莱克不断变化的悲伤词语中，理解了残疾儿子光的悲伤，理解了与此相连的自己的悲伤。并以所读之书为机缘，以孩子为中心进行相关的写作。他是真的理解了他读的书，理解了写作，并找到了写作的源泉。

在《读书人》中，大江健三郎还谈到怎样阅读一本翻译作品，他建议画线的铅笔至少需要两种颜色，其中一种颜色的铅笔将感佩之处以及兴趣深厚之处画上线条，这是一种肯定的行为。另外一种颜色的铅笔将“不太理解”需要查阅、研究的地方画上线条，重点学习，就很容易掌握一本外文作品了。

谈到读书习惯，夏多布里昂描写的道德家约瑟夫·优贝特的阅读习惯很有意思，他读书的时候，把他不喜欢的书页都撕了去，这样就建成了他自己的个人图书馆，松松的封面下是容易理解的内容。约瑟夫·优贝特的书是越读越薄了，因为他认为书并不是越厚越好，许多都是无关紧要的。就像毛姆读书随笔里分析《白鲸》的作者麦尔维尔，不厌其烦地叙述鲸鱼的历史和鲸鱼的骨骼大小，这些与主题无关的内容，毛姆也认为是麦尔维尔忍不住要把自己感兴趣的东西告诉读者，这就是他的叙述方式。可把自己不喜欢的书页撕去，对于大多数喜欢读书的朋友来说，是无法做到的。他们嗜书如命，是无论如何也不舍得让自己的书变得残缺不完整的。

我也有自己的阅读习惯，就是读书时爱拿支黑色水笔，看到喜欢的词语或句子就画一画，像上学时划重点似的。日后想起读过的书，找出来翻阅以前画过的线条，还是可以很快知道自己对这本书感兴趣并收获到的信息。有一年暑期在九江弟弟家，坐在小侄子瑞瑞的儿童房读书。还在读幼儿园的瑞瑞非常好奇，软软的身子靠过来，突然问我：三姑，你为什么在书上画一条河流？我一愣，画一条河流？可不是吗，我随手在书上画下的起起伏伏的线条，不就是简笔画中的河流吗？瑞瑞的一句话惊醒了我。我们阅读的书，书中感兴趣的句子或词语，正是我们缺少的，我们想要的，渡我们由此到彼的河流。

大江健三郎的《读书人》让我想起很多。这是一本与作者生活有关的细致认真的读书笔记，带给我们的除了丰富的知识，更多的是对生命、对阅读的思考。

合上《读书人》，我的目光温柔地落在我的书柜上，那里有许多我邂逅来的书。有的就是大江健三郎谈到的，由阅读一本书召唤来的其他书籍。它们也与我血管相连，牵引着我，成为我生命中重要的一部分。

2012-05-25

有着亲情味道的友谊

法国作家菲力普·克洛岱尔的小说——《林先生的小孙女》[1]，由译林出版社出版，硬皮小三十二开。小说约五万来字，故事情节简单，人物也简单，语言更是简洁、明快，非常好读。

小说讲述的是：年迈的林先生因战乱离开破碎的家园，搭船来到一个西方国家，栖身于当局安排的收容所。陌生的环境，陌生的人群，陌生的语言，让林先生倍感异乡的灰暗与冷漠。唯一让林先生牵挂的，就是他怀里轻易不离身的小孙女。小孙女吃好睡好是林先生最大的愿望，其他都不要紧了。

孤独的林先生常带小孙女到公园散步，由此结识了孤身的巴克先生。两个人语言不通，却比手画脚地聊得非常开心。生活忽然给了林先生一丝温暖，让他在异国有了伴。但有一天，当局转移了林先生的住处，甚至来不及通知巴克先生。在环境较好的收容所，林先生日夜想念着巴克先生，但他已经被管束监控，失去了自由，连收容所的大门都不能出。至此，林先生的愿望就是逃出去，找到巴克先生。找到巴克先生，就是重新找回友谊，找回人间的温暖。

故事最后，林先生终于设计逃脱了白衣人的监视，逃离了收容所，步行向城市走去。林先生的怀里，小孙女穿着巴克先生送的裙子，漂亮极了。而他自己，为了寻找记忆里的公园，走得疲惫不堪，甚至丢掉一

[1] ［法］菲力普·克洛岱尔：《林先生的小孙女》，尚雯婕译，译林出版社2009年1月出版。

只鞋，被人赶被人骂，像一个城市的流浪人。在他绝望的时候，他的朋友巴克先生也正守在公园里思念着他，等待着他的归来。马路两边，他们终于看到了彼此，林先生不顾车流，在“你好”中奔向巴克先生……

故事叙述中，有一条线索始终把人物紧密相连，反复出现，就是林先生每天给小孙女唱的歌谣。那是林先生从他的祖母那里听来的，祖母又是从祖母的祖母那里听来的。歌谣来自久远的年代，每当村子里有小女孩出生，女人们就为小女孩唱起这歌谣，从村庄诞生起就传承着这个习俗。战乱中，小孙女的爸爸妈妈都被炸死在田里，年老的林先生接下了这个习俗，实际上也意味着人类的繁衍生生不息。这是亲情，是爱的延续。

林先生为小孙女唱的歌谣大意是：

清晨终究会来，
光明一定重回大地，
新的一天终会来到，
总有一天你也将成为母亲。

每次读到林先生哄着小孙女、唱着这首歌谣的时候，我都会鼻子发酸。战争带给人们的伤痛是永远无法弥补的，可活着的人再无奈再无助还要活着。这个活着，不仅仅是生存的问题，而是要活得有自由、有尊严、有爱。所以林先生最后才逃离了有吃有喝有睡、什么都不用操心的收容所，投奔到给了他温暖友谊的巴克先生。

由此我想到了阅读过的，索伦蒂诺整理、林一安翻译的《博尔赫斯七席谈》[1]。

《博尔赫斯七席谈》是我的意外收获，购于鼓浪屿的一家精品杂货店，是我路过偶然淘来的。这本书是索伦蒂诺 20 世纪 70 年代初采访博

[1] ［阿根廷］博尔赫斯、索伦蒂诺：《博尔赫斯七席谈》，林一安译，光明日报出版社2000年1月出版。

尔赫斯的谈话实录，没有丝毫的加工修饰。访谈显示了博尔赫斯渊博的学识，对文学事业的热爱，有时直抒胸臆，有时又言辞尖锐。

这场高水平的谈话，基本上在博尔赫斯当时工作的阿根廷国立图书馆的一间斗室完成。在索伦蒂诺和博尔赫斯第四次谈话中，谈到阿根廷作家阿图罗·坎塞拉的幽默小说。博尔赫斯认为，幽默是从人们的对话中产生的，只有作为一种谈话的艳丽花朵，才将永存世间，把幽默付诸笔端是一种错误。他还认为，思想传递并不是一种不常见的现象，而是连续不断产生的一种东西，比如爱情和友谊建立的基础，博尔赫斯的见解就很独特，让我对生活的一些事茅塞顿开。博尔赫斯在谈话中说："之所以产生爱情和友谊，是因为我们感受到，别人的话语后面，还蕴含着一种亲情。"我想，反之，亦然。理解之后，人生的路上我们就能放下一些不属于我们的东西，轻松前行。

林先生正是在巴克先生有着"亲情"味道的友谊中，体会到了自由、尊严和爱。这是我们每个人都渴望拥有的友谊，小说因此更贴近生活，具有了动人的力量。我想，我是更深刻地理解了林先生最后"逃离"的行为，理解了作者要告诉我们的，因为以此发展而来的友谊必是长久的。这是比任何惊险的故事情节更能让读者接受并感动的、有着亲情味道的友谊。

2012-07-31

小王子的独一无二

靠在沙发上，沙发上有清晰的太阳味，是强烈的太阳光透过窗帘馈赠给我的。我吸一口太阳味，想起前不久读过的《小王子》[1]。在图书馆借《小王子》的时候，管理员还很惊奇地看着我。我只好说，帮别人借的。只有我知道，我是借给自己看的。早就听说《小王子》了，一直没找到。终于相遇了，怎么会放弃呢？

小王子是一颗名 B-612 小行星上，唯一的一个人。小王子在他小小的星球，随时可以看落日，只要他愿意。他有两座活火山，一座死火山，有怎么也拔不完的猴面包树，有一只绵羊，还有一朵高傲的玫瑰花。小王子不明白很多事情，他开始了星际旅行，最后来到了地球上，遇到了“我”……

网上搜索《小王子》，已经有了八个不同的版本，分别是作家出版社 2000 年 3 月出版的《小小王子》，人民文学出版社 2000 年 5 月出版的《世界儿童文学丛书——小王子》，中国友谊出版公司 2000 年 9 月出版的《小王子（彩色插图本）》，浙江文艺出版社 2000 年 12 月出版的《小王子（名著图典）》，辽宁民族出版社 1999 年 9 月出版的《世界十大经典童话——〈柳林风声〉〈小王子〉》，浙江文艺出版社 2000 年 5 月出版的《小王子——法国童话集》，中国文学出版社 2000 年 11 月出版的《小王子》，接力出版社出版的《世界童话经典插图珍藏本小王子 · 灰姑娘》等，真是了不起。

[1] [法] 圣埃克苏佩里：《小王子》，胡雨苏译，中国友谊出版公司2000年9月出版。

我阅读的是中国友谊出版公司的彩色插图本，由胡雨苏翻译，周国平作序。这真是一本好书，讲“我”用一号作品试图在大人中寻找知音，结果我失败了。大人们整天在做一些自以为很重要的事。一直到遇到小王子，他知道“我”画的是什么，而“我”画的任何东西他都能理解。越是了解小王子，越是感到他的孤独。

我不知道，在这样一本短短的关于小王子的忧郁故事里，竟包含了那么多引人思考的问题，像是送给成人们的哲理童话。我们不妨来读读其中的一些句子。如：

“大人们对任何事情，总需要人给解释得一清二楚。”

“遇到拔掉猴面包树苗这种事，迟了一点，那就非造成一场灾难不可。”

“老是说：‘我有正经事要做，我是一个认真的人。’自以为了不起，简直不是人，只是个蘑菇。”

“在人中间，还不是一样寂寞。”

“建立某种联系，在彼此眼里，成了世界上独一无二的。”

“人们想要什么东西，都往商店去买现成的。可是世界上没有可以购买朋友的商店，所以人也就得不到朋友。”

“本质的东西，眼睛是看不见的。只有用心灵去看，才能看得清楚。”

我最喜欢书中关于“独一无二”的解释。在王子的星球上，有一朵驯养的玫瑰花。小王子爱他的花儿。可在地球上，小王子发现他的花儿只是一朵普普通通的花，一座花园里就有几千朵，而且朵朵相同。他很伤心。这时，他遇到了狐狸，狐狸要求小王子驯养它。因为小王子驯养了它，他们之间就有了联系，它就成了小王子独一无二的狐狸，它也就有了期待，有了欣喜，有了别离。由此，小王子也明白了，他的花儿确实是世上独一无二的，虽然它有着一些高傲的坏毛病。

原来独一无二具有如此超凡的含义。在这个暖暖的日子，我是否也会成为你眼中独一无二的云呢？

2004-11-21

昆德拉的《慢》

古希腊哲学家伊壁鸠鲁[1]认为，不痛苦就是快乐。懂得排除痛苦的人，才是幸福的人。我此刻正快乐着，也幸福着，我悠闲地读着捷克作家米兰·昆德拉的《慢》[2]。

昆德拉的作品多以政治和性为主。初识昆德拉始于他的《不能承受的生命之轻》，被他展现的表面轻松、实则沉重的人生所震撼。

读昆德拉的作品，常有思维断层的感觉，不能一下子明了，讲了什么，就像读禅宗的公案。所以读昆德拉的书，如饮茶，适合品，适合慢，否则不知其味，不知所云。

《慢》是上海译文出版社出版的昆德拉作品系列之一，装帧简洁、干净。昆德拉的头像置于封面的右下角，眼睛深陷，眉头微锁，诙谐幽默地谈论着这个世界。《慢》被称为昆德拉"没有一句正经话的小说"。就像小说一幕中表述的，薇拉第一次醒来，责备她的小说家丈夫："你经常跟我说，你要写一部通篇没有一句正经话的小说。一部逗你一乐的大傻话。我担心这个时刻已经到来了……"

小说一开始就说"我"和妻子在法国公路上慢慢开车，后面不断有车拼命超速行驶，引起了"我"关于现代速度的一段思考：这些想超车

[1] ①伊壁鸠鲁：公元前341—公元前270年，古希腊哲学家、无神论者，伊壁鸠鲁学派的创始人。他的学说的主要宗旨就是要达到不受干扰的宁静状态。

[2] ［捷克］米兰·昆德拉：《慢》，马振骋译，上海译文出版社2003年2月出版。

的人早已陷入一种速度的狂热之中，这种狂热的感觉和他的身体无关，是一种由“纯速，速度本身”而得到的快感。这种快感并非真正的快乐。速度上的高潮，是愈快愈好，而快乐是要慢慢体会的。接着昆德拉引用了18世纪维旺·德龙的一本小说《明日不再来》，叙述的是一个年轻男子如何在戏院邂逅到一个贵族妇人。妇人请他同车送她回家，由此而展开一段缠绵的爱情故事。这两个情人间的节奏是慢的，或者说是有情调的。他们先在花园散步，到家门口了，又折回到小亭子中做爱，慢慢地才回到妇人住的古堡密室中继续做爱。

小说《慢》用两条不正经的调式来演奏：一种是滑稽模仿调，反映了聚集在城堡的一群人的面目，他们并不知道自己处境与命运的不正经，或闹或色或笑或谐；另一种是抒情调，回忆小说中人物T夫人和骑士的爱情之夜。他们明知道没有明天，他们不抗议，不疾呼，随缘自适，尽情地享受他们的幽会。这两条线快慢交替，人物也是随意进进出出，最后汇合在城堡，包括作者。读着，感觉像做梦。

这部小说告诉我们快乐的秘诀是什么呢？是慢。喜欢昆德拉对慢速的疑问：慢的乐趣怎么失传了呢？啊，古时候闲荡的人到哪儿去啦？民歌小调中的游手好闲的英雄、这些漫游各地磨坊、在露天过夜的流浪汉，都到哪儿去啦？他们随着乡间小道、草原、林间空地和大自然一起消失了吗？是真的消失了呀！

可是，什么时候我们也把自己忘记了，抛弃了，扔进了超速运行的光怪陆离的现实？“冠者五六人，童子六七人，浴于沂，风乎舞雩，咏而归。”哪儿去了？“采菊东篱下，悠然见南山。”还有吗？我们一味地奔跑，不知道自己在哪儿，找不到自己的位置，也不知道自己需要的是什么。快餐爱情，快餐文化，甚至于快餐性爱，好事来不及品味就匆匆奔向了快乐的顶峰，然后又坠入无底的深渊。痛着，没有过程；苦着，看不到希望。人人有了更多的去处，人人有了更多的玩法，却没有一处是真正属于自己内心的宁静的港湾。孤独地漂浮着，如冥间的幽灵，躲在暗处窃笑着，笑别人，也笑自己。

捷克人用谚语“他们凝望仁慈上帝窗户”来比喻甜蜜悠闲的生活。我没有上帝可以仰望，我仰望天空。除此，我也不知道还能干什么。

没有一句正经话，这是小说的真谛，是否也是我们生活的真谛呢？正经着，就是真实被约束，被背叛，被推翻，被打倒。我们无法知道真正的生活是什么，我们内心渴望的到底又是怎样的生活。达则儒，穷则道；群则儒，独则道。所谓的出道入儒，现在还有人做得到吗？

放下昆德拉的《慢》，我问自己：我心平静，真的能够平静吗？在这个变化飞速的时代，我还能悠闲地生活，慢慢地享受生命的乐趣吗？我不知道，也许我正在努力。

2005-03-25

多些美食美文，少些“裸”奔

台湾作家林文月的《饮膳札记》[1]，介绍了近二十道美食，由陈平原作序。序中还提到洪范版《饮膳札记》，收有一篇林文月的书评，题目是《生活其实可以如此美好》。林文月在文中提道：“近来，我开始整理多年的中馈经验，断续写一些饮膳方面的文章。素材的挑选、烹调的过程等心得的记录，固然是为文的骨髓，但记述之间亦自难免有许多过往的人事记忆涌上心头，笔端遂禁不住会借饮膳以忆往。”这基本概括了《饮膳札记》的文章特色，不单纯是美食，更有许多与美食有关的人和事，值得想念。这也是我喜欢的文章风格，有着生活的温暖的味道。说实话，《饮膳札记》作为美食书宣传有点可惜了，因为文字更纯更美更有味道。

林文月的《饮膳札记》在《口蘑汤》一文中，说口蘑的汁水如果纯取其原味，虽然清香鲜美，但会稍涩，加入适量肉类高汤则可以提升润味。于是，林文月介绍了一些高汤的做法。其中提到“潮州鱼翅”及“佛跳墙”的高汤，用料有全鸡、火腿以及猪蹄，取其浓稠效果。我简化一下，用半只鸡、半只猪蹄瓦罐里炖熬，那效果一样出来了，嫩滑嫩滑的，非常棒。而且吃不完的高汤还可以用保鲜袋装了冰冻，随时取用。

休息日，上午去游泳，回来后坐在阳台上晒太阳、读书、打盹。中

[1] 林文月：《饮膳札记》，广西师范大学出版社2008年5月出版。

午忽然想起，忘记买鲜菇配林文月的高汤了。这么好的高汤忘了买菇子配，有点可惜。在冰箱里东找西找，看见暑期二姐送我的香椿还没吃完，就抓了一小把浸着。这香椿是绿色无污染食品，是二姐夫亲戚家送的，自己摘自己煮自己晒，干干净净。香椿入了汤锅，那香味就迅速弥漫开来。配上高汤的顺滑，别有一番滋味。

今天开始阅读比尔·布莱森著《人在故乡为异客》[1]。布莱森出生在美国，客居英国二十多年，终于带着妻儿重返美国，却发现自己俨然成了客居故土的外乡人。

“保力胶”被叫填泥料，“螺丝栓”被叫“塑料壁虎”，而那些儿时熟悉的汽车旅馆、公路娱乐消失了，免下车汽车电影院也不是原来的味道了。无所不在的监视、免费的巧克力甜圈和堆积于门垫上的垃圾邮件等等，都让这个故乡人瞪大了眼。

不得不说，布莱森的返乡手记很能打动我，那些生活中的一事一物，在布莱森的生花妙笔下趣意盎然。尤其是文字中表现出的美式调侃与英式嘲讽，让人忍不住哈哈大笑。

如对母亲厨艺的夸张描述，没有除掉保鲜膜的食品，黑烟滚滚的爆炸；父亲认为好吃的味蕾反应物只不过是盐、番茄酱和烧焦的东西；妻子奇怪的听觉能力，能隔着两个房间听到一瓶草莓酱轻轻跌落在白色地毯上，还有干净地板上鞋子走过留下灰尘的声音，可是却听不到他悬在阁楼舱口的哀叫声。真是充满了生活的幽默和风趣。

读到《偷窥肆虐》一文，说到美国商场对顾客的监视、公司对员工邮件的浏览、个人信息的被贩卖，不得不让人感叹：现在的网络监控，太可怕了。真是科技越进步，越无处可逃，人人都在“裸”奔了。前不久，学校网站就公布了根据厦门市公安局和厦门市教育局的联合发文，从 3 月 24 日起，学校的网络中心安装“上网安全管理系统”。从那时起，管理系统会记录全校内网用户的上网行为日志，并实时传送到厦门

[1]［美］比尔·布莱森：《人在故乡为异客》，夏菁译，上海译文出版社2009年1月出版。

市公安局网安支队的服务器备案。也就是说，我们打开的每一个网页、聊的每一句话，都即刻发送到厦门市公安局网安支队的服务器上，点击就能看到，没有任何隐私了。明明是朋友或同事偶尔的私人谈话，也像走在大街上“裸”奔一样。其实不光是学校，别的地方也一样，就是家里的电脑也不能避免，公安系统都有监控。这就像我们身边安装了好多眼睛，时时盯着你的一举一动。虽然说是安全监控，不违法也不会公开我们的隐私。但隐私都已经被放在别的地方了，还叫隐私吗？

突然想起网上的一则笑话，某市一局长把微博当 QQ 玩，在微博上和一有夫之妇打情骂俏，约会开房，甚至还“嘚瑟”出以权“报销”的勾当。事情暴露后，有些地方政府不得不对官员们进行干部培训，以避免将微博当 QQ 玩的事再次发生。原来监控还是有些好处的，只是这官员不知道，是他自己跑出房间，在众目睽睽之下，当着所有网友的面赤裸裸地“裸”奔的。

2012-04-07

不要控制我

中午开始读帕萃丝·埃文斯著《不要控制我》[1]，这本书是月初在开禾路口的晨光旧书店淘的。同时淘进书房的还有法国巴尔扎克著的《都兰趣话》，人民文学出版社出版；荷兰斯宾诺莎著的《神学政治论》，商务印书馆出版；英国休谟著的《人类理智研究》，商务印书馆出版；王河著《茶典逸况》，光明日报出版社出版。

《不要控制我》这本心理自助书讲的是生活中普遍存在，但很长时间不被人重视的心理问题。每个人都是有个性的，而有的人却千方百计地压制别人的个性，让别人按照他设想的模式生活。书的封底用绿色的字体写着这样的文字：保持自我，战胜一切企图控制你的人。

翻开书的第一页《楔子》，我就怔住了。作者一开始就讲到一位女士的来信，信中描述了她丈夫的粗暴行为，经常对她大喊大叫，让她不知所措：

“你懂什么？一边待着去。”“你总是这么不小心！”“得啦，你就是这么想的，别再跟我争了。”这些话从控制欲很强的男人嘴里脱口而出。在家庭关系中，这种口头的责骂或威胁，有时还伴随暴力行为的发生。比如我们曾经看过的电视剧《不要和陌生人说话》，冯远征扮演的安嘉和，就是一个家庭施暴者。果然，接下来这位女士信中就讲到了她的丈夫，冲到她的面前，从她手里抢过她正在读的书，撕成碎片，然后丢进

[1]［美］帕萃丝·埃文斯：《不要控制我》，郑春蕾、梅子译，京华出版社2002年10月出版。

垃圾箱。不要惊奇，这个女士的例子也许正发生在我们自己的身上，只是我们没有说出去而已。

《不要控制我》实在是一本让我震撼的书。如果我能早点读到这本心理自助书，我想我能早些明白很多事。在有控制欲的人面前，忍让是没有效果的，因为你是永远达不到他设想的要求的。有控制欲的人看不到被控制者的个性需要，对家人也是视而不见，不闻不问。一旦遇到事情，还要将自己的行为归罪到他人身上，为自己开脱，千方百计地压制被控制人的独立倾向，甚至话语权。

《不要控制我》第12页描述了一个男人是如何试图控制他的妻子的：

1．不和她说话，让她感到孤独和被拒绝。

2．表现得很冷漠，当她问他有什么问题时，他却冷淡地说：没什么。

3．有时候出门去玩，故意不告诉她去哪儿，什么时候回，让她在家里忐忑不安地等一夜。

4．不让她和她原来的朋友来往。

5．如果她问他问题，他就发火。

6．他总说是她的错。

还有控制方式，我不想列出来了。这个男人是不是很可怕？可他周围的朋友都没有发现他的控制欲，因为他是个对待朋友很友善的人，他的“神经”全发在他的妻子身上了。

书中还有一个例子，也让我印象深刻，是夫妻俩之间的对话。书中这样描写道：

有一次她问她丈夫：“我怎么做你才觉得满意？”

她的丈夫回答道：“如果你没有朋友，不和其他人谈话，每天在家等着我回来，那样就最好了。”

停顿一会儿，是不是有窒息的感觉？人活着，如果还不如阳台上的杜鹃花，还有盆里任意生长的野物，那还有什么意思呢？

在《不要控制我》中作者还谈到一个问题，就是“精神边界”。书中举了个母亲和孩子的例子。母亲问孩子需要哪种冰淇淋，孩子反复表示想要香草的。母亲一直强调巧克力的更好，还责怪孩子太倔，够怪。在这里，孩子的个性遭到否定，还被迫告知，她的选择是错的。虽然母亲的动机是好的，想给孩子买更好吃的冰淇淋，但她却侵害了孩子的精神边界。类似的争论也常发生在我们成人之间。

《不要控制我》让我大开眼界。有时候，我们不光要去了解别人，更要知道自己哪些权益受到了侵犯，才能更好地保护自己。《不要控制我》也让我突然明白有些人推崇的高贵而圣洁的三人行[1]之间的情感，因为真正有爱的人，才能把爱人当作独立的有个性有需求的人，去尊重，去保护。

晚上写读后感一首——《有质感的爱》：

爱你
不做你头顶遮挡的乌云
让阳光穿过记忆照耀你
让雨露凝聚花香滋润你

狗尾草会为你摇曳
野菊会为你绽放
绿蒿会为你葱茏
小鸟也来了
衔来新的思想的种子
即使世界都荒芜了
你的天地也不会孤寂

[1] 三人行：此处分别指徐志摩、林薇因和梁思成，林薇因、梁思成和金岳霖。

爱你
不要你做我的泰迪[1]
自由是你书房的底色
任你羽翼试飞[2]

也许，风霜会来
也许，雪雨会来
那一刻，我会握住你的手
携一缕午后的暖风
当你闭上眼睛
你会听见一声轻语
我——爱你！

2010-01-30

[1] 泰迪：假想的妻子，此指幻想、不真实没有个性需求的人。

[2] 1917年任叔永对陈衡哲真情告白：他要为她特辟一书房，让她在文学天地羽翼试飞……

并非夏去秋才至

起风了。

站在办公楼的走廊，风裹着长发，裹着衣裙，瞬间脱去了夏带来的肌肤的沉重，全身清凉透彻，想飞。

一片，两片，又一片黄叶从茂盛的绿中飘离，打着旋转，画着斜角，然后重重地落在地面，发出碰撞的脆响。叶落归根，可在城市，它们无法返回出生的地方，也许半天，也许一天，它们将和所有的灰尘垃圾一样，被清除被处理。

又有一片黄叶飘落了，我伸出手接住了它。虽然黄，却没有枯萎，依然闪着光泽。在这生长的夏季脱离它的母体，一定非它所愿。我抚摸叶儿光洁的叶面，凝视叶儿清晰的经络，想起渡边淳一《失乐园》[1]中久木的一句话：并非夏去秋才至。心里涌起一阵伤感。

日本作家渡边淳一[2]对男女两性的关系、情感有很深入的探讨。瞧他的书名：《男人这东西》《女人这东西》《丈夫这东西》《为什么不分手》《爱的流放地》《失乐园》《复乐园》等等，就颇让人思虑。

《失乐园》是渡边淳一写于1995年的长篇小说，描写对家庭生活

---

［1］［日］渡边淳一：《失乐园》，竺家荣译，作家出版社2010年4月出版。

［2］［日］渡边淳一：出生于日本北海道，毕业于札幌医科大学。当了十年的骨科医生，转而从事专业文学创作。著有五十余部长篇小说及多部散文、随笔集，善于描写男女间的情爱，被誉为日本情爱大师，作品引进中国后畅销一时。2014年4月30日病逝于东京，享年八十岁。

失望的中年男女久木和凛子的婚外爱情。现在的全译本由著名翻译家竺家荣翻译，恢复了贾平凹《废都》似的方框里的文字，显得更加地“欲情”。书中介绍，经历三十年奋斗的久木开始怀疑以前重要的东西，加上事业的失意，转而寻求一种轻松、自由的生活，他才发现自己“从来没有真诚而发自内心地爱过任何女人”。与气质高雅的书法教师凛子的相遇，爱情成了久木生活的驱动力。他们的爱就像他们自己说的，是几万人中才有的一对。可叹的是，他们的行为触及了现实，为社会所不容，被家庭所冷淡。欢悦是短暂的，悲剧是长久的。

“并非夏去秋才至”，是久木在水口工作遭遇无奈变动时说的一句话，也预示着他和凛子的关系将至的秋意。月满则亏，水满则溢，书中写道：久木紧紧抱着凛子，听见她在怀里说：“我们现在是最高点，今后就只能走下坡了。”“不会的……”久木嘴上否认，心里也觉得现在或许是两个人的最高点了。小说最后，久木和凛子选择最快乐的时候，奔向他们的极乐世界，紧密相连永不分离。久木引导了爱，凛子引导了死。

渡边淳一拿着一把手术刀，流畅细致地解剖人性、爱，细腻的态度考验着读者的承受力。这也许是日本作家的一个普遍特点，大胆、直露，但凄美得让人唏嘘。爱是美好的，爱也是可怕的。

不一会儿，走廊上的风更大了，整树的叶子哗哗作响。太阳依然坚定不移地照耀着世界万物。大片大片的白云移动着，遮住了天空大部分的蓝。蓝天，白云，多美的搭配，此景只应天上有，落了凡尘又会怎样呢？

窗台上的那盆五色堇完全枯萎了，在风中摇曳着残枝，发出最后的哀鸣。曾经，它旺盛地装扮着办公室的春色，它的每一片花瓣都让我们惊艳。又从何时起，它不顾我们的挽留，开始走上衰败之路？

“活着真好！”是至福降临时久木和凛子的突然感慨，没有比这四个字更让人心生感慨的了。风中隐约传来万芳的歌：

风起了阳光的影子好透明 / 而记忆时手风琴响起 / 我以为我终于也学会忘记 / 但整天都扬起乱飞 / 下一站在哪里 / 到底爱在哪里

从谁的怀里转到哪里 / 你现在在哪里 / 我想你轻轻地 / 已经遗失的怎么样再赎回 / 谁的歌在风里 / 有一句没一句 / 好像是句迟来的对不起

风更大了，海边的风少了些无言的轻柔。拂一下被风吹乱的长发，一根发丝粘上手指，风一吹，似要离去又飘然不舍。想起晨间发现并被拔去的那一根白发，不是也和黑发一样闪着光亮吗？

并非夏去秋才至，大自然如此，生活如此，人的生命也是如此。无论我们的心怎么年轻，无论我们怎么努力，终究逃不过自然的规律。久木和凛子是真的看清了，祝福天堂的他们。

2010-06-23

没有人喜欢孤独

汉堡机场扩音器中传出甲壳虫乐队演奏的音乐，一曲忧郁的《挪威的森林》，摇撼着主人翁渡边的心。感伤的二十岁的恋曲如草的芬芳、风的轻柔、鸟的鸣啭缓缓到来。

我不在机场，也没有现成的甲壳虫背景音乐。此时的我，过完了炎热的一天，只想好好地轻松轻松。一曲伍佰演唱的经典老歌《挪威的森林》，却使我想起了日本作家村上春树的小说《挪威的森林》[1]。于是，一杯茶，一曲翻找出的《昨天》，陪伴着我。

已不记得何年何时何地开始阅读村上春树的，只记得，初识村上春树，就是从《挪威的森林》开始，后来陆陆续续又读了一些他的作品。《挪威的森林》描绘的孤独和无奈一直压抑着我，放下书，心是沉沉的。到如今，大部分片段都不记得了，但那沉重的感觉却依然存在。

记得最清楚的有两个地方：

一是多愁善感的直子描述的那口井。书中直子只要一听《挪威的森林》就觉得自己迷失在又寒又冷的森林深处，森林中有一口井。书中写道：

> “井在一片草地上，直径约有一米。四周既无栅栏，也无高出地面的井沿。谁也不知道这口井藏在什么地方，它被茂密的青草遮

［1］［日］村上春树：《挪威的森林》，林少华译，上海译文出版社2001年2月出版。

盖住了，谁也没见过那口井。但那井却非常深，深得不知道底。那井也非常黑，黑得能装进井外所有的一切。一旦有人掉进去，只能孤零零地死去。”

直子相信渡边不会掉进井里，而且相信只要跟着渡边自己也不会掉下井去。但她却不敢奢望渡边永远守着她。她认为一个人永远守护另一个人是不可能的。她总觉得自己在那茂密的森林里迷了路，又冷又黑，没有一个人来救她，孤单单的。最终她还是掉进去了，掉进了她日夜假想的井里。无底的黑洞吞噬了她，她孤独地走了，留给渡边的有悔恨也有无法排解的阴影。那是死亡之井。

二是结尾。

为了缓解失去直子的痛苦打击，在外旅行流浪一个月的渡边终于回到了东京。渡边打电话告诉绿子，他现在只想她，除了她别无所求。绿子问渡边在哪儿时，渡边一下子愣住了。环顾左右，渡边竟不知身在何处。到处都是忙碌的、不知去向的男男女女。而他就在那不知名的场所的正中央，不停地呼唤着绿子。

渡边想挽救迷失的直子，结果他自己也迷失了。多年以后，我把渡边迷失的场景放进我练习的一篇短小说中，描写一位失爱丢了魂魄的女子。女子站在湿漉漉的广场，满地的木棉染红了广场。

小说中渡边始终孤独地徘徊在直子和绿子之间。直子的远离，绿子的误会，使渡边的心针刺般的疼痛。他不停地给直子、绿子，甚至铃子写信，排泄心中的寂寞。现在回想起来，终于明白为什么渡边带给我沉沉的感觉，原来是那熟悉的孤独，心灵的孤独。

记得人物渡边说过一句话，没有人喜欢孤独，不过是不乱交朋友罢了，那样只能落得失望。因为害怕失望，所以孤独。因为孤独，所以总有一个不为人知的角落。希望、痛苦、快乐、企盼、悔恨都是这个角落的常客。冷漠就像一层防弹衣保护着那个角落，因为那个角落太脆弱、太敏感，害怕一丝一毫的不理解和伤害。

认识一位朋友，她跟我说了个故事，可以说是刻骨铭心吧。高中时，她恋爱了。恋爱的每次进展、每次感觉，她都记在日记里。那时年龄小，恋爱有着诸多的压力。想恋又不能恋，想见又不能见，造成她心底巨大的痛苦，就体现在了日记里。有一天恋人对她说，能看看你写的日记吗！认识这么久一直不明白你心底真实的感受，很茫然。她毫无城府地给他看了，天真的她以为恋人会从她的无奈、忧伤里看出她是多么想他爱他。可他告诉她：失望极了，没想到认识这么久，她的眼里没有快乐，只有痛苦。原来他并不理解她的感受、她的爱。她哭了，哭了整整一个晚上。

相爱的人不一定了解，了解的人不一定相爱。这个世界有时就是这么残忍地拧着。直子心系死去的木月，渡边偏偏不舍追随左右；渡边心属直子，绿子偏偏执着守候渡边。爱在希望和失望中交替，孤独就成了生命的常客。

2003-05-23

温暖的篝火

很喜欢日本作家村上春树的小说，有一年暑期去四川旅游，还带着他的短篇小说集《神的孩子全跳舞》[1]。这本书由六篇小说组成，描写经历巨变的人们对自己人生的重新认识。其中有一篇小说是《有熨斗的风景》，含义深刻，能看到人心里去。

《有熨斗的风景》的主要人物叫三宅，他远离神户的家人，在一个小镇上孤独地生活。三宅是一位画家，他画了一幅风景画：空空的房间，正中放一个熨斗。他对顺子说，那其实不是熨斗，是某种替代物，他是把它作为替身来画的。

三宅对自己的死法有个预感，就是关在电冰箱里死掉。因此三宅的住处没有电冰箱，为此他一趟趟地跑超市。三宅的预感源于一个梦，这个梦他做了好多回。小说中这样描述三宅的梦：

> “在窄小的地方，在漆黑之中一点又一点死去。”
>
> “到死要花很长很长时间，喊叫也没人听见，谁都不会注意到我。地方窄得根本动不了身，再挣扎也无法从里面把门打开。”
>
> “半夜大汗淋漓地醒来，梦见自己在一团漆黑中痛苦挣扎着慢慢、慢慢地死去。醒后喉咙干得沙沙直响，去厨房打开电冰箱门。只见电冰箱里漆黑漆黑的，照明灯熄了。我以为停电了，把脖子伸

[1] ［日］村上春树：《神的孩子全跳舞》，林少华译，上海译文出版社2002年6月出版。

了进去。不料电冰箱里倏地伸出一只手，抓住我的脖颈。凉瓦瓦的死人的手。那手抓住我的脖颈，以极大的力气把我往冰箱里拖。我吓得‘啊’一声大叫，这才真正醒来。”

就是这样的梦，周而复始，次次都把三宅吓得要死。这样的梦也有停歇的时候，就在三宅以为不要紧的时候又会重新开始，开始就无可收拾，昏天黑地。绝望和恐惧如黑夜弥漫，笼罩着三宅。于是，三宅排斥着电冰箱，忍受着生活的不方便，过着被死法反向引导的生活，寻找生命的缺失和温暖。

三宅来到鹿岛滩这个偏远的小镇，是因为这里海岸的漂流木比哪里都多，他是为鼓捣篝火来的。三宅喜欢篝火到痴迷的程度，用他自己的话说是一种病态，无可救药。他听海的隆隆声就知道漂来了多少柴火，好不好烧。他不知疲倦地收集漂流木。

对于鼓捣篝火，三宅也有着别人没有的特殊才能与讲究。有摆放的顺序，有周密的计划。当粗圆木和小木条被巧妙地组合起来，俨然前卫美术品般地高高堆起，三宅退后几步，仔细审视形状，调整搭配，然后又转到对面观察，反复数次，火焰升腾、轻卷慢舒的情景就会在他的脑海里活生生地浮现出来。这时，篝火是三宅的一切，他把它当作生命来经营了。

三宅给顺子打电话的时候，已经半夜快十二点了。顺子是三宅的篝火朋友。顺子是在高三那年的五月离家出走，来到鹿岛滩的。上学让顺子烦，与父亲关系的疏远更让她忍无可忍。在小镇，顺子遇上了喜欢冲浪的启介，又遇上了喜欢篝火的三宅。启介是顺子生活上的朋友，三宅是顺子另一层次的朋友。顺子也迷上了篝火。在她眼里，火焰就像真正的家人，默默地接受着所有东西，将其揽入怀中并予以宽恕。她觉得篝火里有某种深邃的东西，或者该称之为心情的凝聚体，缓缓地穿过她的身心，让她透不过气来。

三宅说：“火这东西吗，形体是自由的。因为自由，看的一方就可以随心所欲地看成任何东西。”在这里，篝火也成了替代物，是三宅和顺子幽幽情思的一种折射。那种无形中的存在，无物中的拥有，实实虚虚，也正是我们生命的写照。

《有熨斗的风景》最让我震撼的是三宅和顺子在篝火旁的一段对话，可以看出他们的懂得是灵魂层次上的。顺子对三宅说：“我嘛，是个空壳。”三宅说：“晓得的。”顺子问：“那，怎么办才好呢？”三宅说：“那么——怎样，马上和我一起死？”“好啊，死就死。”“当真？”“当真。”

顺子把脸伏在三宅沾染着数百次篝火的烟熏味儿、旧得让人舒坦的皮夹克怀里，她清楚地明白，她是不能同三宅活在一起的，因为她恐怕也很难走进他的心，但一起死则是可能的。最后三宅对睡着的顺子说：“篝火灭了，冻也把你冻醒了。”

村上平静的语言讲着与生有关的故事，与死有关的故事，与孤独有关的故事，与爱有关的故事。死亡，是人类逃脱不了的宿命，但我们却不能提前接受这种宿命，仍要全力拼搏，全力抗争。就像三宅，就像杰克·伦敦《篝火》中的主人公，在阿拉斯加内陆雪地上，明明知道死是最后的归宿，依然生火，依然与即将到来的强大对手搏斗。

悲而不伤，哀而不绝，让温暖的篝火燃烧起来。也许，一起温暖的，还有另一个对生命绝望的人。

2008-02-24

你的生命谁在做主

洛蒂·莫高琪著《先吻我》[1]的封面，以红黑为主，给人一种强烈的刺激。这种刺激从翻开这本长篇小说的时候，就一直伴随着我。不得不说，小说情节很吸引人，但在夜里捧着这本厚厚的小说，读着读着，会产生一种不安的情绪。那些生活中，我们触摸不到的地方、看不见的东西、那些隐晦的角落，不知道会有什么在奔流。

《先吻我》讲述的是和母亲相依为命的少女雷拉，在母亲去世后沉迷网络。在虚拟的世界中，雷拉走进了红药丸论坛，由艾德里安认识了另一个女孩苔丝。苔丝也沉迷网络，而苔丝沉迷网络的原因，是在寻找一个代替自己的人，然后悄悄地消失，离开这个世界。雷拉成了苔丝最合适的人选。要“变成”苔丝，雷拉就必须了解苔丝生活中的点点滴滴，性格中的方方面面。于是，两个人开始深入地交往，雷拉通过邮件，知道了越来越多苔丝的秘密，包括她与母亲的冲突，与情人的来往等等。

苔丝是个特别的女孩，有着一些奇思怪想，和人相处也不例外。比如她和黛碧是很长时间的密友，只是因为有一天她们两个出去散步，黛碧停下来抚摸街边的一只小猫，苔丝就认为黛碧的行为是无视她的存在，而这个原因足够终止一段友谊。苔丝和男朋友们的分手也有着各种各样的理由。查理是苔丝在2006年相处了六个月的男人。一次去罗马

[1]［英］洛蒂·莫高琪：《先吻我》，卓今译，百花洲文艺出版社2014年2月出版。

的旅途中，查理在一个机场要求把手提箱用塑料布包起来，这件事成了苔丝抛弃查理的理由。

《先吻我》这本书涉及我们生活中的很多方面，关于成长，关于反抗，关于背叛，既有人物的描写刻画又有关于生命的责任与权力的追问。在进入苔丝的项目计划前，雷拉和艾德里安有一段关于生命权的探讨。

艾德里安是这样对雷拉说的："它（指生命权）是指我们不仅没有权利阻止那些想结束自己生命的人的行为，实际上我们还有义务帮助他们，如果我们被请求的话。""但是包含的内容比安乐死更多，这也许不会和自杀本身的实际行动相关联，这么说吧——假设有这么一种情形，你判断某人，他脑子是正常的，请求你帮他用某种方法结束他的生命，这就叫生命权。这是你的义务。"

事实真是这样吗？当"网络自杀邪教曝光了"，艾德里安受到追捕，被指控鼓励脆弱的人自杀，给他的追随者洗脑，让他们在网上冒充那些自杀的人。看到报道后，雷拉终于去警察局自首，苔丝的事件也终于浮出水面。苔丝的母亲找到冒充女儿的雷拉，告诉她："你真的认为一直见不到女儿，我会开心吗？""你知道，对于她生命的消失，你没有对你所做的事表示任何歉意，对我们所有人。"

在对苔丝生命的参与中，雷拉甚至不自觉地加入个人的意愿，比如在邮件中让苔丝与母亲重修旧好，比如重拾苔丝与康恩的恋情，甚至因此爱上了康恩，不惜暴露在康恩面前。当康恩知道雷拉不是苔丝，所有的隐语都消失了，他拒绝再与雷拉有任何联系。最后雷拉才知道，她一直困惑的苔丝与康恩来往邮件下的"先吻我"，只不过是苔丝在某一背景下说的话，就成了他们之间一个私人的玩笑，仅此而已。

洛蒂·莫高琪是英国第一新锐畅销书作家，现为新闻记者，曾在《时代杂志》《金融时报》等媒体撰稿。这本二十万字的《先吻我》一出版即受到英国读者的青睐，目前已有十多个国家的语言版本。网络时代改变着我们的生活，也让我们有了许多种身份。封底道格拉斯·亚当斯的话引人沉思：别相信你在网上读到的任何东西，除此之外，我想还包括这句话。这也是雷拉进入论坛采用的个性签名，她的用户名是影子传真。

想起有次回家乡，听到这样一个真实的故事：一个男孩在网络上认识了一个女孩，他们相爱了。有一天两个年轻人相约见面。男孩家境不好，父母务农，姐姐出门打工。但善良的父母还是在儿子出门前给了他两百块钱，嘱咐男孩给女孩买点礼物。没想到，女孩是个小太妹，她和伙伴们设计绑架了男孩，索要两万。男孩家里没有钱，只好向远在广东打工的姐姐求助。姐姐一边请求他们不要伤害弟弟，一边往家赶。也许是意识到男孩家拿不出那么多钱，也许是等待的时间太长了，等男孩的姐姐赶回来，男孩已经被绑在山上害死了。

我不知道最后那个女孩和她的同伙被抓住了没有，听这个故事的时候，我的心很痛很痛。我想象不出男孩最后的悲惨境地，尤其是以爱的名义被欺骗之后，他的恐慌他的无助。生命如此地被轻视被剥夺，这世界还有比生命更重要的东西吗？

2014-03-12

不要爱上陌生人

不要把人当成仇敌
萍水相逢也莫相恋
不要构造什么计划
也莫追求星光灿烂
前进时随着众生
独自一人十分危险
这样不管上帝有什么举动
都打不破你的宁静
我的伙伴

这是美国畅销书作家哈罗德·罗宾斯的作品《不要爱上陌生人》[1]扉页上的诗，我很喜欢。这本书叙述了一个不屈服的、有毅力的美国街头男孩的成长故事。爱情、悬念和悲剧在书里得到了最好的演绎。

主人翁弗兰克·肯恩具有传奇的一生。弗兰克一出生就成了孤儿，个性的独立和不屈服的个性使他一直在追求成功，追求出人头地的一天，最后不惜加入政府对立面的组织，成为好友的追捕对象。在经历了重重挫折和磨难后，他终于领悟到生活的真谛，不是谋划、交易带来的财富和权力，而是爱和信任。当弗兰克决定为所爱的人放弃一切时，一

[1] [美]哈罗德·罗宾斯：《不要爱上陌生人》，王金娥译，译林出版社2002年5月出版。

切都太晚了，等待他的是死亡。

弗兰克的妻子露丝不是他最初的选择，却是他最终的选择。露丝是弗兰克儿时的伙伴，他们曾互相讽刺、谩骂，瞧不起对方。弗兰克曾有过很多女朋友，无论是引诱他失去童贞的露丝家的女佣，还是后来成为朋友之妻的姑娘，她们都离他而去。最后他才发现最爱他的、也是他最爱的，竟是和他格格不入的、一直在他身边的露丝，可露丝却因为难产死了。

生活是如此捉弄人，开着如此残酷的玩笑。

现代社会更是有着太多的诱惑，许多人迷茫、沉沦，放逐着一颗流浪的心。互联网的迅速发展更使爱情缥缈得无依无靠。人们把在现实中不能满足的东西，寄希望通过网络，再加上非凡的想象演绎出一个又一个动人的故事。明明知道是虚幻的、不可信的，却依然乐此不疲。

一位网友在谈话中津津乐道，说他如何在出差时会见网友，又是如何情不自禁地做爱。聊得了性、长相漂亮是他选人的标准。他说现实会影响声誉，破坏家庭，而网络永远不会，有安全感。真的不会吗？

茫茫人海，大千世界，两个原本不可能相识的人仅仅靠着那看不见的缘相遇了，那是何等的幸运啊！可幸运往往紧跟着不幸。重庆一女孩在自己的住处被自己的网友掐晕、强奸，导致残废。这样的网络犯罪案例频频见诸报端。浪漫和善良，在这看不见的夜空被无情地摧残。

曾经在火车上遇到两位过年回家的小伙子，一个是网络聊天高手，一个是网络游戏高手。聊天高手因为结了婚，无论是网上还是生意之余的娱乐都有了一丝顾忌；游戏高手则慷慨激昂，津津乐道网上乐趣，大言不惭地对聊天高手说：我有三个老婆，刚刚休了一个。她老找我讨东西，还用孩子威胁我，我一生气管她自杀不自杀，就不理她了。他甚至对聊天高手说：你那么早结婚干吗？多没劲，我要是混得好就不结婚，现在什么没有玩的？如果不想玩了，就随便找一个成家，什么爱不爱的，幼稚。

我静静地坐在一旁，听他俩的闲聊，内心感到极大的恐惧和不安：难道现代社会人们的感情生活真的匮乏到如此地步？又荒唐到如此地步？

我无法评价这些网友们的行为，他们不是不明白，是太明白了。很多人在网上放纵着，随意地说着我爱你，甚至耳鬓厮磨。今天是你，明天是他（她）。他说他英俊高大，可以陪她上天堂入地狱；她说她长发飘逸，美丽不是盖的。你能猜出那头的他（她）是唐僧？孙悟空？白骨精？还是猪八戒？

在电视上看到这样一个感人故事：一对结婚十年的夫妻，妻子生病住院，丈夫深情地守候在床边，握住她的手，问："你觉得这辈子跟我亏了吗？""不亏，可我愧对你，没给你生个孩子。""我不在乎，只在乎你。""可我在乎！我欠你的太多了。"他们用手势反复表达着"我爱你"，那微笑、那眼神是温暖的，投入的。妻子上了手术台，很可能再也回不来了，她拉住医生的手，问："我丈夫呢？我想手术前再见他一面。"丈夫一下子奔到妻子面前，紧紧握住她的手，轻声说："等你啊！"妻子点点头。

这场面看得我泪流满面。死神在这对夫妻面前显得那么无聊，那么渺小。

不要埋怨真爱难觅，好好想想身边关心你的人。当你累了、乏了，渴望温暖、渴望拥抱的时候，也许她正在你的身后默默地等着你，等着给你全部的爱。不要像弗兰克·肯恩一样，明白得太晚了。下面是一首禅偈，与大家共勉：

茫茫拔草去追寻，
水阔山遥路更深。
力尽神疲无处觅，
但闻枫树晚蝉吟。

2003-03-11

爱情还是原来那么美好

读加·米罗的长篇小说《墓园樱桃》[1] 是在周末。

米罗是西班牙近代文学史上的经典作家。《墓园樱桃》是米罗的代表作，描写了攻读工程专业的大学生费利克斯因为身体原因，中断学业回乡度假，从巴塞罗那返回位于东海岸的家乡途中，认识了贝亚特丽丝和她的女儿胡利娅，并迅速把对前者的恋爱发展到痴迷的程度。费利克斯不知道他家的拉·奥尔梅达庄园，恰好与贝亚特丽丝丈夫为避暑租下的埃尔·雷蒂罗别墅毗邻。

这是一场浪漫而又伤感的爱情。费利克斯不知道贝亚特丽丝曾是他的“教母”，他曾经随“教父”多次到贝亚特丽丝家做客，和胡利娅一起玩耍；费利克斯也不知道他的“教父”吉列尔莫叔叔曾深深爱上年轻的贝亚特丽丝，并因为保护她付出生命的代价；费利克斯更不知道他的父母他的姑妈们，都将贝亚特丽丝视为他教父的情妇，是害死他叔叔的毒药。费利克斯遇上了，迷恋上了，就不管不顾地爱上了。

周末闲闲的时光，配上米罗优美的文字，是一种享受。怪不得安赫尔·德尔·里奥其《文学评论集》中称赞道：其（指米罗小说）语言的纯粹的美、丰富性、节奏和精湛技巧，没有一位同代小说家能与之相比。米罗的作品，描写压倒了叙述，气氛压倒了情节。读米罗的小说，真的是太惊艳了。

［1］［西］加·米罗：《墓园樱桃》，朱景冬译，漓江出版社2014年1月出版。

比如描写三个人在船上相遇后，结伴去看月亮在水面上飘移的景象。米罗写道：“夜色明亮、辽阔、宁静异常，像新生儿一般清白无辜……”

比如描写贝亚特丽丝身上的芳香，米罗这样写道：“他（指费利克斯）觉得她好像刚刚在水果、鲜花、葡萄叶、授粉的花穗、金合欢和楝树的汁液里洗过澡似的。”这么美好的人，就不由费利克斯不爱上了，他陶醉在这大自然的香气里。

又比如费利克斯去阿尔姆德莱斯爱德华多叔叔家的路上，看到宁静温和的黄昏，嗅到田野上的芳香，想起了表妹伊莎贝尔的书信。米罗这样描绘：“他想起了她的书信，那些信充满了柔情和纯洁，他觉得那都是在修道院花园的百合花萼上写的。”这是多么美的感悟与情感。我想，如果不是遇到了贝亚特丽丝，费利克斯也许会依从家人的心愿，何况他的表妹是一直喜欢着他的。

《墓园樱桃》描写的是费利克斯与贝亚特丽丝有些忧伤的爱情故事。

贝亚特丽丝的父亲是阿尔梅亚城一个有钱的矿场主，为人朴实。他相信任何一个矿业公司或企业的外国老板都是一切美德和杰出本领的总和，他放心地把自己的资产还有女儿都交给了兰伯思。可兰伯思是个道貌岸然的人，不但暗地里玩丑陋的女人，还因为公司利益不制止凯维尔德对贝亚特丽丝做出的失礼下流的举动。因为吉列尔莫的保护，他们才有了收敛。可贝亚特丽丝还没有感受到吉列尔莫的爱，吉列尔莫就被凯维尔德杀死了。

费利克斯爱上了贝亚特丽丝，当他明白了前面所有的不知道以后，还是爱着她。可是费利克斯纯洁的爱很快就被身边的家人歪曲了。他们想尽办法要拆散他们，不让他们见面。费利克斯的父母让他去乡下亲戚家养身体。在爱德华多叔叔家，叔叔知道原因后，脾气暴躁地对待他的侄子，并将他赶出了家门。“他竟然和他教父的情妇姘居！”“唉，主啊！”叫主的应该是费利克斯吧。在卢加达姑妈那，费利克斯和按规定线路来田野消暑的贝亚特丽丝又相遇了。他们的爱情又有了一个洁白的幽会处，一棵银白杨的大树下。最后费利克斯却因为要帮助他以为不幸的女人，而被疑似凯维尔德的吉纳打伤，最终死去。

米罗的小说，爱情故事忧伤得让人心疼。费利克斯不知道，贝亚特丽丝是和兰伯思解除了婚姻的人，她和他一样地爱着。费利克斯死后，他们相爱的地方，那棵树下，就成了贝亚特丽丝常去的地方。在那儿，贝亚特丽丝回忆往事。

在墓园，生长着茂盛的樱桃。当地人从不吃那里的樱桃。费利克斯曾亲自摘给贝亚特丽丝品尝樱桃的甜美。还是在墓园，贝亚特丽丝又遇到了早熟的樱桃，她闻着尝着，那些樱桃有着和费利克斯死前一样的味道。而从没有吃过墓园樱桃的伊莎贝尔，也在费利克斯死后，开始品尝这些果实，并借樱桃领会心上人的温馨。

费利克斯没有爱错人，他爱的人都爱着他，并一直爱着他。这也许就是米罗小说另一个迷人之处了，充满了人文情怀，忧伤而不绝望。爱情还是原来那么美好。

这让我想起刚刚过去的 2 月 14 日情人节，我听到这样一个故事，是朋友说给我听的。她说，那天中午她带着侄子去吃牛排，见到一对年轻人。也许是第一次去吃牛排，他们不懂得可以自助沙拉，可以添蔬菜水果。她提醒了他们。她观察到男孩的左手有点残疾，是女孩帮男孩切好牛排的。她听见男孩对女孩说，这地方不错，以后我们还来。女孩回答，不要了，我们今天这样已经很奢侈了。朋友听了他们的对话，感动极了。我听了朋友转述的故事，也感动极了。在这个欲望太多、爱情随时会丢失的年代，要想品尝爱情的纯美，不在于富有不在于贫贱，只在于用没用心，除此还有什么呢？

2014-03-03

卡夫卡孤独者的歌

奥地利作家弗兰茨·卡夫卡的作品前几年就读过，《变形记》《城堡》《审判》《美国》等。说实话，我觉得卡夫卡的风格不适合我，有时会读不下去，长篇小说《城堡》就是。记得阅读时，我在学校图书馆借了两个版本的《城堡》，现在根本不记得是否看完了其中任何一个版本。而且《城堡》本身就是一篇未完成的长篇小说。太多的意象，太多的隐喻，太多的释解，我这样简单的头脑是无法探究的。再读卡夫卡，可能是经历和了解得多了些，突然觉得卡夫卡不难读了。甚至有一种阅读的悲悯和沉重压着，让我喘不过气来。

卡夫卡于 1883 年 7 月 3 日出生于奥匈帝国的布拉格的一个犹太人家庭。他的父亲是个极端专制的商人，尤其是在子女的教育问题上。母亲出身名门，但善于隐忍。压抑的环境造就了卡夫卡敏感、内敛、封闭，甚至懦弱的性格。1901 年，卡夫卡入布拉格大学学日耳曼语言文学，后来迫于父亲的压力改学法律。毕业后，卡夫卡先后在一家私人保险公司和一家半官方的工伤保险机构担任职员。白天工作，尽他的责任和义务；晚上写作，这才是他的热爱，为的是自己。由此卡夫卡的身体严重透支，不久就生病离职。1924 年 6 月 3 日，卡夫卡在维也纳附近的一家疗养院去世。

“卡夫卡”是希伯来语，意为“穴鸟”。卡夫卡短暂的一生，孤独的一生，似乎正应和了“穴鸟”这一含义。他的一生一直处于生活的边缘状态，这种边缘环境加重了他的隐忍、敏感和孤独。卡夫卡是犹太人，学的却是日耳曼语言，即德语，这是一种隔阂；卡夫卡住在布拉格，只有极少数人讲德语，这又是一种隔阂。这种隔阂把卡夫卡放入到一种更加孤绝的环境里。巴尔扎克说：我在摧毁一切障碍！卡夫卡说的却是：一切障碍都可摧毁我！

卡夫卡的感情生活也是孤独的。卡夫卡的父亲对他说：如果你想证明你长大了，你就去找妓女。这就有了卡夫卡的第一次性生活，长大了的标志。卡夫卡对婚姻、对爱情，概念是模糊的，更是矛盾的。他无法把写作与感情兼顾起来，但他又是一个正常的人，他也需要温情，需要爱。卡夫卡需要的是不打扰他现状的情人，招之即来，挥之即去。即使是面对最爱的女人也不能打破这种平衡。卡夫卡和菲利斯·鲍威尔两次订婚，两次解除婚约。菲利斯·鲍威尔也不能理解卡夫卡和他的文学，她需要的就是一个丈夫，能够拿钱回家的丈夫。这只能加深卡夫卡的困惑。1920 年，卡夫卡结识了翻译家密伦娜·耶申斯夫人，这可能是卡夫卡唯一真正喜欢过的女人，且有共同的志趣爱好，对卡夫卡的写作也有帮助。两个人一直交往到 1922 年 5 月，这段不可能有结果的感情最后也只能是无疾而终。1923 年，卡夫卡结识了朵拉·笛芒，朵拉担当了女佣的职责，照顾卡夫卡的生活起居，一直到卡夫卡去世。朵拉的低微身份始终得不到卡夫卡父母的认同，两个人也没有结婚。在卡夫卡去世后，朵拉坐在卡夫卡墓前哭泣，卡夫卡的父母也没有正眼瞧一下这个悲伤的女人，一句安慰都没有。1952 年 8 月，朵拉在伦敦去世。

在 20 世纪现代主义小说史上，卡夫卡是一个奠基者。卡夫卡创造出一种把荒唐无稽的情节与绝对真实的细节描绘相结合的独特艺术手法，用来表现“现代人的困境”。他笔下的人物和故事都在现实中异乎寻常地变形或扭曲，反映出时代危机的征兆以及知识分子对现实的敏感痛苦体验。最著名的短篇小说《变形记》即是。

《变形记》成书于 1912 年，当时正值人类完成第二次工业革命。工业革命促成了生产力的提高，同时也使人成了机器的奴隶，在激烈的社会竞争中朝不保夕，时时有被挤掉的危险，进而失去人的本性，变为非人。《变形记》小说一开始就告诉我们，旅行推销员格里高尔一早醒来变形为一只甲壳虫了。在这一荒诞事件中，作者展开了真实的细节描写，叙述格里高尔变形后发生的一切生活细节。变为甲虫后，格里高尔不必早起，不必上班，甚至有锻炼身体、听音乐的需求。但是，他却担心老板炒他的鱿鱼，时刻渴望干这干那，为家庭效力。当恢复工作能力的希望破灭后，他消灭自己的决心比妹妹还要强烈。虚幻的梦境，可以触摸的生活场景，完美地结合在一起。没有对立，没有界限，浑然一体，这就是卡夫卡的艺术境界。整篇小说一直用平缓的语调，一步步揭示格里高尔“非人”后的命运，透着凄凉。

变形前，格里高尔是家里的顶梁柱。变形后，格里高尔成为家人的负担，甚至是“家丑”，连他最疼爱的妹妹也嫌弃他，要弄他走，甚至怪他不懂得消失。一天天，格里高尔作为人的东西一点点被剥夺，最后被遗弃在黑暗里，杂乱的家具堆中，没人清扫的房子中。“非人”的甲虫再也不可能掌握自己的命运，一切灾难都可能随时降落到他的头上。格里高尔陷入了生存的恐惧与无奈中。

卡夫卡曾经说过：“不断运动的生活纽带把我们拖向某个地方，至于拖到哪里，我们自己是不得而知的，我们就像物品、物体而不像活人。”小说最后，格里高尔孤独地死去了，像垃圾一样被清理了。格里高尔的家人请了一天假，庆祝他们的“新生”，他们终于摆脱了格里高尔，将有美好的未来了。读此，真的让人如置寒冬。一个社会人与人之间的关系冷漠至此，亲情也变成赤裸裸的利益冲突时，还有什么是可以留恋的呢？

我们再来读一读卡夫卡的另一部短篇小说——《饥饿艺术家》。《饥饿艺术家》创作于 1922 年，那时卡夫卡因为患肺结核病退职，回到了布拉格。卡夫卡临终前两个月在病榻上还对《饥饿艺术家》进行润色，作了最后一次修改，修改时泪流满面。可见卡夫卡对这篇小说的偏爱。

《饥饿艺术家》写的是一个有着惊人忍受饥饿能力的艺人，把对饥饿的忍受当成一门艺术来表演。他被关在一个笼子里进行展览。一开始，人们为饥饿表演忙忙碌碌，人人都渴望每天至少观看一次饥饿艺术家的表演。饥饿艺术家还时不时把胳膊伸出栅栏，让人摸摸瞧瞧，以感觉到他是多么干瘦。可是饥饿艺术家的情绪却越来越坏，因为得不到任何人的真正理解。没有人相信一个人可以不吃不喝四十天。观众不相信，看守也不相信。有的看守甚至故意坐在远离饥饿艺术家的某个角落里玩牌，给他一个进食的机会。他们总认为，饥饿艺术家绝对有妙招搞点存货填填肚子。无人亲眼看见过，饥饿艺术家是否确实持续不断地挨饿。只有饥饿艺术家自己心里最清楚，只有他才算得上是对自己的饥饿表演最为满意的观众，这是他挨饿的荣誉。可是四十天一到，人们就夺走了他继续挨饿的荣誉，没有一次他是自愿离开笼子的。几年以后，人们对饥饿表演失去了兴趣，而饥饿艺术家呢，对饥饿表演依然有着如痴如狂的追求。为了表演饥饿艺术，他受聘于一家庞大的马戏团，与兽为伍，甚至连合同条件都没瞥上一眼。人们把饥饿艺术家和笼子安插在一个交通路口，蜂拥而来的观众大步走过，目不斜视，直奔兽场，没有人欣赏他的表演。现在，饥饿艺术家可以任意独行其是地表演了，却无人问津，甚至用于计算饥饿表演天数的小牌子上的数字也多日不变。饥饿艺术家被人们忘记了。直到有一天，看管人看到了笼子，笼子里发霉变味的谷草，记数的小牌子，人们才想起饥饿艺术家。饥饿艺术家已经奄奄一息了。最后，饥饿艺术家饿死了，草草地被埋掉了，代替他的是一只年轻的美洲豹子，活蹦乱跳。观众挤在笼子周围，丝毫不肯离去。

我们来看看文章中饥饿艺术家和看管人最后的精彩对话：

> “你还一直不吃东西？”看管人问道，“你究竟什么时候才算完呢？”
>
> “诸位，请多多原谅。”饥饿艺术家有气无力地低声细语。
>
> “当然，当然，我们当然会原谅你。”看管人说。
>
> “我一直在想着，你们能赞赏我的饥饿表演。”饥饿艺术家说。
>
> “我们确实也挺赞赏的。”看管人热情地说。

“可是你们不应该赞赏。”饥饿艺术家说。

“那么我们就不赞赏，”看管人说，“为什么我们不应该赞赏呢？”

“因为我只能忍饥挨饿，我也没有其他办法。”饥饿艺术家说，“因为我找不到适合我胃口的食物。假如我找到这样的食物，请相信我，我不会招人参观，惹人显眼，并像你、像大伙一样，吃得饱饱的。”

然而，从他那瞳孔已经放大的眼睛里还流露出一种不再是自豪而是坚定的信念：他还要饿下去。

饥饿艺术家的悲剧是不被人理解，也许从来就没有人理解过他，一直是他自己在欣赏自己。如果人们同情他，把他的悲哀归于饥饿，他就会勃然大怒。他气愤人们歪曲事实的做法，亵渎了他的艺术，他努力坚持着。但是最后，饥饿艺术家却把自己不惜牺牲生命追求的艺术否定了，归于他的厌食。这是一种怎样的绝望啊！真正的艺术是远离利益的，是自由的，是值得用生命去捍卫的。这是个纯粹的艺术家。难怪卡夫卡会流泪，饥饿艺术家的执着、悲惨境况，不就是卡夫卡一生的真实写照吗？卡夫卡文学的一生也是默默无闻的，他的大部分作品都是在他死后由马克斯·布洛德整理出版的。也有人把卡夫卡的忧郁归于他的写作。难怪卡夫卡在生命的最后，要求他的好朋友马克斯·布洛德烧毁他的全部手稿，《饥饿艺术家》就是卡夫卡本身的一则寓言。

我们看到，同样是孤独，日本作家村上春树的小说是月光下一个人的孤独，独处的孤独；卡夫卡的孤独却是站在人群中的孤独。到处是匆匆而过的人，拥挤着，还有那使人隔离的庞大的城市建筑，包围了卡夫卡和他的人物。他们害怕着，挣扎着，惴惴不安着，就像卡夫卡 1923 年写的《地洞》中的小动物“我”一样，“即使从墙上掉下的一粒砂子，不弄清它的去向我也不能放心。”然而，“那种突如其来的意外遭遇从来就没有少过”，这是现代人处境的象征性写照。卡夫卡的目光已经穿过人类生命的华丽外表直面生命本质的孤独绝望。它们的反差是如此的巨大，爱情、亲情，往往也承受不住。卡夫卡的眼泪为饥饿艺术家而流，也为自己而流，更为所有那些悲悯又执着的人而流。卡夫卡的小说就像卡夫卡自己评价毕加索的画说的："他只不过是将尚未进入我们意识中的畸形记录下来。艺术是一面镜子，它有时像一个走得快的钟，走在前面。"卡夫卡正是这样一个走在前面，反映时代、超越时代的艺术先知，唱着孤独者的歌。[1]

2008-4-27

[1] 推荐阅读：[奥]弗兰茨·卡夫卡《变形记——卡夫卡中短篇小说集》，张荣昌译，上海译文出版社2012年5月出版。

第三辑　书卷似红颜

鲁迅眼里的“帮凶”

最近因为看北京奥运[1]，大本的书是没法看了。大本看不了，抽空看看小本还是可以的。看什么呢？书架上人民文学出版社 1973 年出版的二十本鲁迅小集倒是不错的选择。一来，一直没有好好地读过鲁迅；二来，趁着奥运的爱国热忱，体会体会鲁迅的悲悯，忧国忧民。

说是小集，顾名思义，书很薄。文章篇幅短小精悍，小说也不例外。在最短的里面，我又挑了最薄的一本——《花边文学》[2]。

这本《花边文学》收录的是先生 1934 年所写的一些短评。是先生写的，可里面没有一篇署着大家熟悉的笔名鲁迅。就是化名，也是变着法子一换再换，分别有张承禄、赵令仪、倪朔尔、栾廷石、越客、邓当世、宓子章、翁隼等等，可见当时的言论环境。关于投稿，先生不光考虑笔名问题，还得考虑所投刊物。一种刊物投多了，刊物就活不久了，要被查封了，可见先生的锋芒。对于当时文章常被抽骨的现象，先生诙谐地说，他的文章也是先自己抽去了几根骨头，否则，连“剩下来”的也不剩了。

先生是个真性情的人，他的一些看法就是用在今天也不为过。比如对“女人讲谎话要比男人来得多”这件事，先生在《女人未必多说谎》一文中说：与其说“女人讲谎话要比男人来得多”，不如说“女人被人

[1] 北京奥运：即2008年北京奥运会，也就是第29届夏季奥林匹克运动会，于2008年8月8日20时在北京国家体育场鸟巢开幕，并于2008年8月24日闭幕。

[2] 鲁迅：《花边文学》，人民文学出版社1973年5月出版。

指为‘讲谎话要比男人来得多’的时候来得多。”

女人替自己和男人服罪，演绎了太多“红颜祸水”的故事。历史上著名的“红颜祸水”就有夏代的妹喜，商代的妲己，周朝的褒姒，春秋的西施，西汉的吕雉，三国的貂蝉，晋朝的贾南风，唐代的杨玉环，明朝的客氏，清朝的慈禧。这些“红颜祸水”不但承受了“祸水”的名号，还承担了亡国的责任，倒不关早就大权在握的男人的事了。

现代社会，虽然是男女各顶半边天，可男人的半边天总是高远的、辽阔的，女人的声音传播的距离又总是有限的。女人也可以评说男人，但被评说总是多数时候的，因为话语权常常在男人的一边。

给我感触最深的还是先生《论秦理斋夫人事》一文，署名公汗。当时评论家们对自杀的主谋秦夫人的诛伐如下：社会虽然黑暗，但人生的第一责任是生存，倘自杀，便是失职，第二责任是受苦，倘自杀，便是偷安；还有的说，人生是战斗，自杀者就是逃兵，虽死也不足以蔽其罪。

我不知道秦夫人是死于1934年的经济压迫还是受吃人礼教的制裁，看先生文章好像属于后者。先生针对当时的评论谈了自己的看法：

> 人间有犯罪学者，一派说，由于环境；一派说，由于个人。现在盛行的是后一说，因为倘信前一派，则消灭罪犯，便得改造环境，事情就麻烦，可怕了。而秦夫人自杀的批判者，则是大抵属于后一派。——人固然应该生存，但为的是进化；也不妨受苦，但为的是解除将来的一切苦；更应该战斗，但为的是改革。责别人的自杀者，一面责人，一面正也应该向驱人于自杀之途的环境挑战，进攻。倘使对于黑暗的主力，不置一词，不发一矢，而但向‘弱者’唠叨不已，则纵使他如何义形于色，我也不能不说——我真也忍不住说了——他其实乃是杀人者的帮凶而已。

先生告诉我们，凡事不能只责“果”，而对造成“果”的“因”毫无责难，避而不谈或佯装不知，使弱者“雪上加霜”，实为“帮凶”。

2004-08-20

既如此，还是不要结婚的好

写下这个题目我自己都愣了，这不是我真正的想法。我的想法一直是传统的，我向往的生活也是平常人的生活。有夫有妻，柴米油盐中恩爱度日。

前段时间读鲁迅等人著《那事》[1]，又名《文化名人笔下的那时那事》，谈家事、婚事、琐事、桌边事、市井事，读到了章衣萍的《不要组织家庭》。章衣萍看到那些恋爱中的青年男女，一到了同居以后，男的就摆起了丈夫模样，女的也只努力做一个好家婆了，再生下个小孩，什么爱情也消灭了，同旧式的婚姻一般，非常痛心。希望黄鹤楼畔的竹英和静之这样的青年人永远保持崇高的恋爱精神，不要组织家庭，不要整千整万的人们在一个模子里面生活。要在浪漫的恋爱的自由的道路上，携着手儿走。

不要组织家庭，这思想在20世纪20年代～30年代一定是惊世骇俗的，就是现在也让阅读的我愣了半天。这是将爱情进行到底的决绝。不过，如果章衣萍活到现在，看到现代家庭情感不只是俗常了，还出现频频“走私”的现象，不知又会发出怎样的感慨呢？

有这样一个故事：男人出轨，被女人发现了，闹得两家的亲戚朋友都知道了。男人本还有点内疚之心，觉得对不起自己的女人。后来多事之人戏谑男人：那么多人婚外情，你怎么弄成这样？男人一想：是呀，

[1] 鲁迅等著：《那事》(文化名人笔下的那时那事)，中国华侨出版社2009年1月出版。

别人都这么做，又不是我一个，凭什么女人要这么对待他？男人的面子挂不住了，内疚之心一扫而光，回家就横起来，倒是做妻子的对不住出了轨的男人了。

还有一则故事更是荒诞。先是男人网恋出轨，接着女人网恋出墙。你做得我也做得，各玩各的。某一天，男人意识到这样下去不行了，对孩子影响不好。两个人商量好，男人不网恋了，女人也不网恋了。可是，好景不长，男人忍不住又开始网恋出轨了，于是女人也接着网恋出墙了。

这样的家庭还是早点解散的好。说到底，婚姻是两个人的事，需要的是两个人的怜爱，两个人的担当。如果其中一个人的社会价值观道德观出了问题，男女间的婚姻必将岌岌可危，千疮百孔，苦不堪言。

米兰·昆德拉的小说《身份》[1]中的尚塔尔对让－马克说："我要一直看着你，我要灯光整夜都亮着，我害怕一不留神，在你的位置上突然滑入一条蛇、一只老鼠，滑入另一个人。"尚塔尔需要的幸福很简单，就是和爱人置身那白色的阳台，沐浴在白色里，享受宁静的生活，成为"我"自己，而不是玫瑰香的艳遇。

《诗经·郑风·女曰鸡鸣》中描写了一对夫妻，暖意融融，温情无限。诗中唱道："弋言加之，与子宜之。宜言饮酒，与子偕老。琴瑟在御，莫不静好。"

射中野鸭和大雁，
同你一起做美餐。
共享佳肴饮美酒，
与你恩爱到白头。
弹琴鼓瑟相唱和，
生活宁静又美好。

[1] 米兰·昆德拉：《身份》，上海译文出版社2003年2月出版。

丈夫赠答妻子："知子之来之，杂佩以赠之。知子之顺之，杂佩以问之。知子之好之，杂佩以报之。"

我知你性本勤勉，
我把我佩饰送给你。
我知你心善体贴，
我把我佩饰赠给你。
我知你对我恩爱，
我送我佩饰报答你。

我们是不是已经忘记了"爱"？忘记了"爱"是"相爱"的爱，是"相亲相爱"的爱？

天津女友寒烟感慨道：（婚姻中）少了任何一方的爱，都不能称之为爱。爱是婚姻的基础，没有了爱的婚姻是不道德的。有的人在爱里是抱残守缺，有的人在爱里是死水一潭。多数则如鲁迅的伤逝，爱的开始是真诚的，以后却是谁比谁清醒，谁比谁残酷，爱在那样的日子里消磨殆尽，结局不是惨烈就是寂寞。

忽然想起一位朋友的故事。朋友和女友相爱多年，两地分居。每天都电话联系，每个周末朋友都坐车赴约去看老婆。朋友很早就以"老婆"这么称呼女友了。问他为什么不和老婆结婚，不想办法到一起去。他说：这样挺好的，除了那张纸，该做的事都做了。而且因为没有那张纸，两个人还会努力相爱，迁就宽容。如果结婚了，就松懈了，反而不去努力了。那样有什么意思呢？

有时候，我们忘记了婚姻的实质，保证真正婚姻的是爱情，而不是法律的约束。爱情，只有爱情才是我们每个人真正需要的。这一刻，我传统的想法和章衣萍取得了一致。既如此，还是不要结婚的好。

2009-12-08

爱，被稀释以后

读过戴·赫·劳伦斯著《查太莱夫人的情人》[1] 的人，一定记得书中描绘的那片树林。在那片树林中，在那个小屋里，猎场看守梅勒斯和查太莱夫人像藤蔓缠绕，他们之间因性的交往而达到了心心相印。新的生活仿佛就从那里开始，一个新的生命也将在那片土地孕育。就像美好的童话故事的结尾：王子和公主从此过上了幸福的生活。

可王子和公主真的过上幸福生活了吗？俗尘毕竟是俗尘，再美好的东西都不能脱离人世悬空天外。在《查太莱夫人的情人》的续集《查太莱夫人》[2] 中，康妮终于离开了勒格贝庄园，回到了父亲的肯辛顿庄园，她满怀希望地等待一个新生命的降临，也等待梅勒斯的到来。一年后，梅勒斯践约而来，心却不再完全属于康妮了。在等待相逢的日子里，梅勒斯的生命中又出现了另一个女人——薇拉。

面对追寻梅勒斯到农庄的薇拉，康妮真诚地说："梅勒斯先生的爱如果不加以稀释，他就没有办法施舍给更多的女人。薇拉小姐，恕我把话挑明，梅勒斯先生施舍给你我的所谓爱，已经是加水的爱了。大概我们的悲剧也就在这里吧？"

稀释的爱，这是一个多么残酷地带着无限遗憾的判断。曾经的刻骨

[1] ［英］戴·赫·劳伦斯：《查太莱夫人的情人》，饶述一译，湖南人民出版社1986年12月出版。

[2] ［美］罗伯特·史密斯：《查太莱夫人》，方觉译，北方文艺出版社1998年1月出版。

铭心，曾经的两情相悦，如今，剩下的只是一份加了水的爱。可又有多少女人能清醒如康妮，意识到这点呢？就像薇拉对梅勒斯说的："爱不能像分羹一样，把它装在几个碗中，它只能盛在一个碗中。爱也不能加水稀释，稀释的爱只能淡而无味。"这只是她们的一厢情愿罢了。女人面对与自己分享所爱男人的女人，要么忍痛放弃，要么争得鱼死网破，好像倒不关男人的事了。这真是女人的悲剧。

在男人的生命历程中，每一段感情似乎都是真挚的。他们爱一个女人，为了得到她，恨不得马上为她摘下天上的星星。星星是不可能为她摘下来的，他们倒一天天变得如星星般忽明忽暗，越来越远。

男人不容许别人分享所爱女人的爱，甚至孩子也不行。梅勒斯在给康妮的信中说："我仍然坚持着爱是自私的不容别人分享的这个观点。因为爱而生了孩子，这是爱情的不幸。因为女人一有了孩子，她的爱就不完整了，就被分割了，在纯净之中就掺入了杂质。"

同时梅勒斯又能为他稀释的爱找到借口："我不懂什么理论，遇事只是跟着感觉走。男女两个人相遇了，你需要我，我需要你，通过做爱满足了彼此的需要，所谓爱情就是彼此官能的需要，需要时即有爱，不需要时即无爱。"

成都博友太阳以西感慨：稀释的爱，这个提法好。一直在思索现代爱情和婚姻中普遍存在，并且逐步升级的情感分流、暧昧多样化的现象，还真不容易想清楚。爱被稀释是重要的原因。

曾在《厦门日报》上读到一个女人的情感哭诉，题目好像是《我把什么都给了你我还有什么》。大意是说夫妻俩一起奋斗创业，女人操持家务全力支持丈夫，现在丈夫成功了，另结新欢，还坚决要求离婚。女人觉得很委屈，很想不通，再加上到了一定年龄，似乎天塌了般地没有活下去的勇气。

除了对那个女人的同情，我们真的能给她感情上的救助吗？面对感情迅速变化的今天，面对随时可能被稀释的爱，今天的女人似乎更要多点清醒。

曾读到一个女人的习惯。她习惯每天下班后，为丈夫买一份报纸。这份报纸是她丈夫饭后必读的。这个习惯她一直坚持着，从没中断过。后来，她离婚了，她还是每天下班后买一份报纸带回家。有一天，面对邻居询问的眼神，她只说了一句：习惯了，不买总好像少了点什么。邻居还能说什么？

这是一个把爱变成习惯的女人，可那个安然地享受爱的习惯的男人呢？走了。我们在感动女人爱的伟大时，更多的是心痛，是担心。男人给她的爱不但稀释了，而且稀得没有了。带着这个习惯，她何时才能开始新的生活？

有人说，一个经历几次婚姻的男人依然鲜活明亮，而一个经历几次婚姻的女人早就已经伤痕累累，疲惫不堪。在爱的人面前，女人一味地付出，一味地缩小自己，就是智慧的张爱玲也不能幸免。张爱玲将自己矮到了尘埃里，可她也不能挽救她的爱，因为胡兰成给她的也只能是稀释的爱。

问世间情为何物，直叫人生死相许？那是对完全相爱的两个人来说的，就是为爱舍弃生命也愿意啊！都说是女人头顶半边天，可女人这半边天往往是虚空的，需要更多的爱来支撑，才能活得漂亮。

有人观察过马儿奔跑时的样子，前面两足落地会存在一个时间差，后面两足与前面两足也存在着延迟的时间差，也就是说四足落地的时间是不同的。马儿从来不会出现把自己的身体交给一条腿，或者四条腿同时去支撑身体的情况，所以马儿很少摔倒。女人的爱也不能仅仅是爱一个男人，还可以爱书、爱山、爱水、爱音乐，爱一切可以爱的事物，当然更要爱自己。这些爱足以撑起女人的半天边，女人的半边天将永远不会坍塌。

2004-06-15

如果克劳岱尔钝感一些……

熊秉明旅居法国五十年，集哲学、文学、绘画、雕塑、书法修养于一身，无论是艺术创作的实践还是人生哲学的感悟，既贯通东西又融合了中国的人文精神。宗璞说："在人生的行程中，若想活得明白些，活得美些，都应读一读熊秉明。因为他的书'归宿则是在读者的灵魂中。印在那里，化在那里，亮在那里'"。

读《熊秉明美术随笔》[1]，文字从容、冷静、不隔，其中很多篇幅谈的是罗丹和他的雕塑。罗丹的艺术，罗丹的美学，罗丹的性格，还有罗丹的情感。对于美术知识缺乏的我来说，增加一点美术方面的修养是个不错的选择。遗憾的是，我对于陌生的东西容易遗忘，罗丹与他的雕塑遭遇也是如此。不过，《熊秉明美术随笔》让我记住了罗丹身后的一个女人——迦蜜儿·克劳岱尔，罗丹的学生、助手、模特儿、情人，世界上恐怕没有一个女人拥有与罗丹如此密切的多重身份。

克劳岱尔是幸运的，更是不幸的。幸运的是作为法国最伟大的雕塑家情人的克劳岱尔，不幸的是作为一个女人的克劳岱尔，深深爱着罗丹的克劳岱尔。

1885年，二十一岁的克劳岱尔进入罗丹工作室学习，不久成为罗丹的有力助手，继而成为罗丹的模特儿和情人。"我的灵魂的青春又苏醒过来。"罗丹的创作灵感被克劳岱尔激发了，罗丹为克劳岱尔塑了很

[1] 熊秉明：《熊秉明美术随笔》，人民文学出版社2008年1月出版。

多像。《黎明》《沉思》《法兰西》《病愈》《告别》，还有许多的小型裸体双像。克劳岱尔只为罗丹塑过一座肖像，却用尽了她的一生，全部智慧，全部青春。雕塑中罗丹强有力的额头、寻索的鼻子、稚趣而肯定的眼光……克劳岱尔在测度罗丹的爱，在解剖罗丹的灵魂，她把一个女人炽热痴迷的爱融合进去了。为了这一件作品，为了这一个情人，克劳岱尔烧毁了自己。

1898 年，三十四岁的克劳岱尔离开了罗丹。一个女人最美好的时期，也跟随着结束了。克劳岱尔的爱是热烈的，专一的，要求罗丹的爱也是绝对的，不能分享的，罗丹却犹豫了，给不了，他不愿意放弃共过患难的露丝。克劳岱尔的爱一开始就处于不相等的状态，两个人的悲剧就成了必然。可是克劳岱尔太爱罗丹了，她把全部的爱都给了罗丹，离开了罗丹就离开了爱。

没有爱的女人是痛苦的。克劳岱尔孤独地生活，埋头工作。克劳岱尔酗酒，捣毁作品，她把作为艺术家的“自己”也杀死了，直至神经崩溃。1913 年起，克劳岱尔被送进了精神病院，在精神病院度过了漫长的三十年。最终，作为女人的克劳岱尔也寂寞地死去了，连坟址也找不到了。

想起一位名令狐的博友给我的留言，他说：第一次读克劳岱尔与罗丹的故事，是在感触爱情之前，觉得罗、克之间的爱情是艺术家的宿命；再次碰触这段故事时，已人到中年，仿佛看到了克劳岱尔的背影——她朝着爱情的三扇门走去：第一扇门叫“我情”，是敞开着的，她迈过门槛时步履轻盈；第二扇门叫“我愿”，是虚掩着的，她推开门扉时仪态从容；第三扇门叫“我能”，是紧闭着的，她用尽全身气力也不足以开启……

爱没有对错，但爱让人迷茫。都说女人要爱自己多一点，可女人啊，一旦爱了多半都会把自己给弄丢了，这也许不只是克劳岱尔一个人的悲哀。如果克劳岱尔在爱情里清醒那么一点点，如果克劳岱尔对罗丹的爱不那么绝对，在某种程度上钝感一些，她的人生会不会是另外一种样子呢？这让我想起渡边淳一的散文集《钝感力》[1]。

作为日本当代著名畅销书作家的渡边淳一，中国读者应该都不陌生。我曾读过他的小说《失乐园》《化妆》《人造卫星情人》《秋残》等。渡边淳一的小说专注于男女情感，尤其是婚姻中的男女，那些生活中的寂寞和爱，即使是婚外情也让人恨不起来。可是，爱不仅仅是浪漫，伴随着爱的还有强烈的毁灭感与破坏力。记得《失乐园》中久木说过一句话：并非夏去秋才至。高潮，从来只是一个点，来得快去得更快。

渡边淳一的散文集《钝感力》不同于他的小说，这本书跳出他描写的红男绿女的情爱，告诉我们钝感力在恋爱、婚姻、家庭、事业、疾病、生存环境等方面的表现和作用。此书 2007 年 2 月在日本出版，立刻引起轰动，首印 4 万册一抢而空。2008 年我拿到这本书的中译本的时候，也是在极短的时间读完，感觉整个世界一下子有了阅尽沧桑后的澄明与豁达。

正如渡边淳一所说：钝感虽然有时给人以迟钝、木讷的负面印象，但钝感力却是我们赢得美好生活的手段和智慧。尤其是在当今竞争激烈的环境下，压力得不到排解，宣泄容易走极端，渡边淳一的《钝感力》犹如一味清凉剂，引领我们到达平和的彼岸。

如果克劳岱尔钝感一些，我开始想象她的另一种命运……

2009-04-15

[1] ［日］渡边淳一：《钝感力》，李迎跃译，上海人民出版社2008年4月出版。

吉本芭娜娜飘来的孤独

痛快地参加新浪读书沙龙论坛“这个夏天的十本书”主题活动，一是为了论坛的气氛，更多的是一种侥幸心理：不会那么幸运吧？没想到幸运来了，而且来得那么快，才发现一时竟找不到一本合适的书推介。太浅了，怕浪费了筒子[1]们的时间；太深了，自己也无法领会，又岂敢胡言乱语？突然感觉像回到了学校，面对老师的命题作文，抓耳挠腮。

徘徊在图书馆的书架前，蓦地《厨房》[2]跃入眼帘。记得《厦门日报》曾介绍过这本书，作者吉本芭娜娜在日本是和村上春树并驾齐驱的畅销书作家，人称“文学皇后”。据介绍，吉本芭娜娜几乎每本书都销出上百万册，曾获“泉镜花”和“山本周五郎”等大奖。她的小说也被翻译成十多种语言，而她的成名作《厨房》曾被评论为“二十世纪最重要的青春小说”之一。

翻开《厨房》，才发现这是一本小说集，收录了《厨房》《满月》《月影》三篇小说，在附录中又放进了其他一些代表性作品，如《蜥蜴》等。

粗粗阅读了一遍《厨房》，我的心一阵震颤。如果说村上春树的小说给我的感觉是“性欲——孤独”的话，那么吉本芭娜娜的小说带给我的感觉就是“死亡——孤独”。同样是青春期的迷惘，两个人选取的角度不同，但都同样精彩。

[1] 筒子：网络语言，此指读书论坛的坛友。

[2] [日]吉本芭娜娜：《厨房》，鲁平译，漓江出版社2001年出版。

《厨房》讲的是女主人公樱井御影小姐失去了唯一的亲人——祖母，第二次成为孤儿。孤绝的她不愿与外界有太多的接触，把厨房当作了最安全的地方。

> 在这世界上，我最喜欢的地方，是厨房。如果死期来临，我希望在厨房呼出最后一口气。当悲伤达到饱和，连泪水都干枯的时刻，轻微的睡意浸透全身，我在兀自发亮的厨房里铺上垫被，然后像莱纳斯一样紧紧裹着毛毯睡去。冰箱马达声才使我不会感到全然的孤单，我知道我可以在那里安度长夜，迎接黎明。

一个以厨房为避难所的孤独少女跃然纸上，我的心也随着她跌入幽暗的宇宙深渊。甚至在她因为房子太大太贵争不暇择地搬入田边雄一，那个在祖母葬礼上才认识的小家伙时，她依然以厨房来安慰自己，因为她可以不相信人，但她相信厨房。作者也不吝笔墨地描绘厨房：

> 在小小的日光灯照射下，安静等待出场的餐具，发亮的玻璃杯。虽然没有成套成组，却不可思议地全都很有格调。为盛特定食物用的——比方陶碗、巨大的盘子，有盖的大啤酒杯等等，都叫人看了顺眼。小小的冰箱也是。

在御影正式搬离旧家的日子，她缅怀着旧日与祖母的一切。她坐在祖母从前坐的同一张椅子上喝茶，聊着祖母以前的话题，天气、小镇的安全等等。厨房的窗，友人的笑容，冰冷的早晨走廊上祖母的拖鞋声，窗帘的颜色……如此熟悉又如此亲密。可这一切，竟以排山倒海之势在她眼前消失干净，逃逸得无影无踪。她悲哀，为一切的迁移流转。公车上温柔的祖母、使性子的小女孩又使她的伤感达到极点，此时安慰她的也是厨房：

在别人看不到的地方，我蹲在自己的行李中间放声大哭；有生以来第一次哭得这样惨烈。灼热的泪水流个不停，才想到祖母死后我几乎没哭过。等情绪稍稍平复时，抬头看到黑暗中有一扇明亮的窗子，从那里飘出阵阵白色烟雾。侧耳一听，里面传来准备晚餐的热闹声音，锅里的热汤沸腾，还有刀子、碗盘的声响。——那是厨房。我从阴沉的气氛中马上恢复过来，抱着头不禁轻轻地笑了。

甚至在梦里，御影梦见的也是厨房：她在刚搬走的那间房子里刷洗厨房的流理台；她洗着茶壶和杯子，和雄一一起兴奋地大声唱歌；突然她说，喂，唱这么大声，会把睡在隔壁的祖母给吵醒了……

在这篇小说里，厨房不仅仅是主人公逃避尘世的最佳场所，厨房已和书中人物的生活千丝万缕地纠缠在一起，具有了某种象征意义。那里有人物熟悉的家的味道，是人物的灵魂所在。

《满月》延续了死亡带来的孤独。在《满月》中雄一的妈妈[1]惠理子死了，和他的人生一样不同寻常，被杀的。瞬间，雄一也成了孤儿。为了安慰雄一，御影再次留在了田边家。回想半年来相继离去的亲人，两个孤独的人笑脸相迎，处心积虑地营造温暖的空间。可熟悉的人，共同的伤感常常如布幕落下一般，“唰”地使两人突然陷入一片静默。甚至连大楼和街灯都发着寂寥的光。他们高悬在暗黑的空中，连空气的颜色、月亮的形状、奔驰不止的夜空的漆黑，都看得清清楚楚。

《月影》则讲的是两对恋人的死别。“我”失去了阿等，阿柊（阿等的弟弟）失去了哥哥和弓子。吉本芭娜娜对死亡之后带来的孤独和哀伤依然有着独到真实的描绘：

我老是做和阿等有关的梦，因为难过而睡不沉的情况下，梦着和阿等相见或见不到阿等的情节，而且清楚地告诉自己，这一切

[1] 雄一的妈妈：也是雄一曾经的爸爸，为变性人。

都是梦，真实是我再也见不着阿等了。所以一边睡着，却不断努力要将眼睛睁开。不知道有多少次，我整晚在床上辗转反侧，冒着冷汗，于绝望欲呕中朦胧地醒来，看着寒凉的黎明降临。于是我开始了晨间的慢跑。

弓子死后，阿柊每天穿着一套水手制服上学，因为那是弓子以前穿的，是弓子喜欢的制服。

人物不同，面对哀伤表达的方式也不同，可都是为了顶住死亡带给他们的心灵的孤独和枯萎。应该说，吉本芭娜娜的文笔是相当轻灵飘逸优美的，她的描写无论是心理刻画还是城市描绘，都给人一种浮雕般的真实、漂浮的美感，深深地打动我。如：

他的笑容有如迸散的光，落寞而澄亮。夜更深了，我转头远眺窗外明灭的夜景。从高处下望，街屋被光的微粒浮雕出轮廓，成列的车阵有如光之河，在暗夜中缓缓向前流淌。[1]

在杳无人迹的桥栏边上，我整个人被流水的声音所包围，慢慢喝着水壶中的热茶休息喘口气。白色土堤灰蒙蒙地一直延伸到远方，蓝色黎明的烟霭中，整个城镇被一片薄雾笼罩。站在清澄得令人精神为之一振的冷凝空气中，总觉得仿佛更接近了死亡似的。[2]

小说中，随着死亡飘来哀伤、无奈、虚脱、凝重、困惑、孤独……作者的描写可谓淋漓尽致，令人叹为观止。值得欣慰的是，小说中的主人公最后都能冲破死亡的阴影，追求心灵的成长。

在我第二遍读《厨房》的时候，我睡着了。我做了个梦，梦里我赤脚走在大厅和厨房之间。突然，猛烈的海风随着洞开的阳台灌进房间，

[1] 此处文字引自《满月》。

[2] 此处文字引自《月影》。

裹起洁白的纱帘，也裹起我的衣裙。我奔跑着，寻找我爱的人。他们都不见了，空荡荡的，只有我。阳台外是漆黑的夜，连彩色的霓虹灯也消失了。我扑到阳台，朝着沉沉的夜伸出双手，我企求，我呐喊。可夜太深了，吞噬了我所有的渴望，包括我。醒来，我出了一身的汗。我想起了父亲，想起了莲，还有那永远也填不满的死亡的空间。我更深地明白了吉本芭娜娜告诉我的：尽管我们一直在家人的关爱中成长，却摆脱不掉孤独，因为能够发光的只有我们自己。总有一天，我们也会在时间的深渊中化为尘埃。

现在借用《月影》最后一节的一段话来结束吉本芭娜娜带给我的这段既虚幻又真实的遨游：一趟沙漠之旅结束了，又要开始另外一趟。我还会邂逅别的人：有些人不会再出现，有的甚至来不及认识，有的不过擦肩而过。虽然彼此会打声招呼，但他们只是逐渐模糊。看着流水不断流逝，我知道我要活下去。

2004-7-18

嘉碧带我们寻找生命的礼物

《恶童日记》[1] 是雅歌塔·克里斯多夫的处女作，1986 年在法国出版即震惊文坛，获得欧洲图书奖，与后续出版的《二人证据》《第三谎言》组成著名的“恶童三部曲”。阅读《恶童日记》，我除了震惊还是震惊。

首先，《恶童日记》的语言极其简洁，以儿童的角度思维，每个篇幅几百上千字，可读性极强。其次，书中的双胞胎男孩没有想象的“恶”，有时还会帮助弱者，但依然让我寒冷到骨头里。我想，这和雅歌塔冷酷逼真的叙述风格及高度还原真实的能力有关。雅歌塔曾经说，双胞胎男孩其实是以她和哥哥为原型。书里的残酷，并不比现实更残酷，她曾亲眼看见自己的朋友踩在地雷上，被炸得血肉横飞……许多记忆，一旦刻下，就再也抹不掉了，就如同雅歌塔，自始至终都没和她自己的过去言和。

《恶童日记》一开始就交代，因为战争，母亲把双胞胎男孩从大城市送到了乡下外婆家。不识字的外婆肮脏、吝啬，甚至还可能是毒死外公的凶手，男孩们一点都不喜欢她。男孩们没有名字，始终以“我们”出现。他们共同面对陌生的环境。他们的理性让我吃惊。

为了适应乡下生活，男孩们进行了一系列的自我训练：练习忍受皮肉之痛，练习心灵之痛，练习行乞，练习禁食，练习残酷等等。他们的“恶”大概就来自这种不同常人的生存“理性”，而这些都是因为他们要

[1] ［匈］雅歌塔·克里斯多夫：《恶童日记》，简伊玲译，上海人民出版社2009年1月出版。

适应异地受到的拳打脚踢和辱骂。他们把母亲以前呼唤他们的温柔话语“我的爱！我的宝贝！我爱你们！”不断重复着，直至这些字眼逐渐丧失它们的情感意义。他们没有感情地去干坏事，威胁邮差、勒索神父、炸伤女仆，结尾甚至用父亲的死换取另一个人通过边界，来回应外部世界的冷酷。他们也没有感情地去做好事，给逃兵送食物和毯子，保护小兔子，陪伴生病的外婆，带来一抹荒诞生活的暖色。他们的行为似乎跟好与坏的世俗道德标准没有任何的关系，跟正常的善与恶也没有关系。战争恶化的环境，迫使他们拥有了自己的生存力量。就像神父为他们降福时说的：“万能的上帝啊！赐福给这两个孩子吧！无论他们犯了什么罪，都请原谅他们！他们只是这个糟透了的世界里迷失的羔羊，他们都是我们这个堕落时代的受害者。”

心，有些疼。战争，让现实残酷，让幼小的生命残酷。救赎不是一件容易的事情，需要非凡的勇气。同样是战争，同样是生命，我想起了刚刚阅读过的另一本书，美国作家杰恩·葛斯坦著《天堂的声音》[1]。

翻开杰恩·葛斯坦的《天堂的声音》，我一下就看见了那个叫珍妮佛的年轻女子，在加州威尼斯的黄昏沙滩上，企图结束自己的生命。五年前，她失去了遭遇车祸的母亲。母亲手里拿着一本刚买的书，那是送给她的毕业礼物。扉页上还题了字，写着：给我美丽的女儿，她正穿过星空去实现梦想。

那一刻我离珍妮佛是如此近，几乎能够触摸到她失去亲人的伤口，还有泪水。我想起了我未满十八岁时就离去的父亲，我在许多的文字里怀念着他。有一天，大姐打来电话，说着说着就哭了。原来她读了我博客中怀念父亲的文字，她没想到父亲的离去也对我影响那么大。大姐对我说，因为我在外地读书，家里的许多事都没告诉我。那年二姐的脚不小心被蛇咬了，躺在床上，正好是中秋。母亲不在家，陪着在南昌住院的父亲。大姐工休回到家里，家里冷冷清清的，好凄凉。我听着，电话

[1] ［美］杰恩·葛斯坦：《天堂的声音》，张玲茵译，上海人民出版社2009年4月出版。

这一头的我也泪雨滂沱。

《天堂的声音》就是一部讲述亲情、希望与救赎的温馨小说，被誉为和《廊桥遗梦》《偷穿高跟鞋》《手札情缘》齐名的作品。小说中，七十六岁的外婆嘉碧及时来到了时刻想主宰自己生命的珍妮佛身边。嘉碧是位英雄老人，有着噩梦般的十三岁生日。那一天，德国纳粹闯进波兰的家，枪杀了嘉碧的妈妈姐姐。嘉碧的爸爸在被枪杀的瞬间，把嘉碧丢向身后的窗户。嘉碧逃脱了死亡，苦难并没有停止。嘉碧在普兰斯基太太的阁楼里躲藏了两年半，后来又经历了被抓、逃亡以及被送出国，直到重获自由。

嘉碧外婆有严重的肺气肿，为了帮助珍妮佛走出黑暗，开着车带珍妮佛寻找生命的礼物，直至离去，活在天堂。嘉碧外婆像普兰斯基太太一样，鼓励珍妮佛发现美好的事物。她们俩在摩擦中理解对方承受的痛苦，彼此拥有着彼此。嘉碧外婆送给珍妮佛的最后礼物，是她从阁楼逃亡时带出来的一张纸，上面写满了字，记录着两年半的孤独时光里收到的礼物。它们分别是：雨滴轻打窗户的声音，清晨鸟儿的歌声，提醒自己活着的心跳声，窗户外的雪人……

《天堂的声音》让我懂得，只要我们张开双眼和心扉，无论身处怎样的窘境，我们都能收到生命的礼物，好好地活着。

2009-10-15

新浪《读书沙龙·十年》

《读书沙龙·十年》[1] 是新浪论坛十周年庆典丛书之一，是新浪读书沙龙论坛（1997–2007）十周年文章的作品集。作品集分两卷，第一卷收录有读书沙龙的主题活动文集，分别是《这个夏天的 10 本书》《这个世界的音乐》和《城市断章》；第二卷收录有四部分，分别是《阅读第一》《感怀第二》《小说第三》《诗歌第四》。

手捧浅绿色封面的《读书沙龙 · 十年》，一页页翻阅，一个个熟悉的 ID 在书中鲜活起来。他们是冰凉的啤酒、蜗牛、镜中花水中月、读沙幼儿园老师、阿啃、双鱼双鱼、爱死比尔、1974 年的逃亡、塞林塞林、打印风格、蛇小青……还有一些没有出现在书中的朋友刹么天勒、与细节有关、冷月、冬天的炸版大师……他们说过的话，灌过的水，如波光粼粼，点点闪现在我的脑海里。

说到新浪读书沙龙，那是我停留时间最长、最喜爱的论坛，也是我最后告别的论坛。其实我上新浪论坛的时间很迟，大约是 2001 年底，早已过了新浪论坛的辉煌期，论坛很是安静。用当时斑竹 [2] 的话说：读书沙龙以前甚是闹猛。

随着待的时候增多，我开始喜欢读书沙龙的安静了。到 2004 年，我基本上只去读书沙龙，别的论坛都不去了。虽然当时，论坛发帖读帖的人仍是不多。但那段时间我读的书最多，几乎每读一本喜欢的书就写

［1］ 新浪网友：《读书沙龙 · 十年》，中国友谊出版公司2007年6月出版。

［2］ 斑竹：网络语言，即论坛版主，论坛管理员。

一篇书评。我写读书笔记的习惯基本上也是论坛那段时间养成的。这是一段非常安静非常美好的时光。

论坛和博客不同，博客知其深，我们小心翼翼，谦虚谨慎，论坛却是个没有深浅的地方。没有深浅，衡量不出深浅才是可怕的。写史的文章我看，小说散文我看，甚至于坛友们发的美丽图片，我也爱得不行。在读书沙龙，我把自己当成一个小学生。我的文字兴趣、读书爱好都深受坛友们的影响。

平时的读书沙龙静归静，一旦有事，你都不知那些 ID 是怎么冒出来的，天南地北的都来了，掐架、灌水、倒斑。有的人申请了几个 ID 轮番闹腾。2005 年，我离开读书沙龙论坛，可能是换斑竹闹得最凶的一次。以前再怎么闹我也没在意，看自己的书、写自己的书评，和三两个好友搭梯子灌水。可是在论坛久了，难免有些互动比较多的朋友身陷其中，又不好说什么，再加上自身的原因，就离开了读书沙龙，别的论坛也不去了。说到做到，是我一贯的风格。可对读书沙龙，还有里面的 ID，抛开一切，对他们神采飞扬的文字，我一直怀着深深的敬意。王小山[1] 在《读书沙龙·十年》封底评价道：没有功利目的的文章是最美的。何况我们这些读者，也没有任何功利目的，我们寻找的是阅读的快乐与心底的共鸣。

记得我在读书沙龙论坛 2005 年发的最后一帖，是《吾沙吾言》。针对的就是当时的选斑风暴，并不是离开论坛的告别帖，最后写了句“吾去也”，不幸言中，成了告别。冥冥中，像是一切都安排好了似的。现存档如下：

［1］ 王小山：1990年毕业于北京师范大学中文系。中国著名专栏作家。1997年接触网络，游荡于新浪各个BBS，开创了网络黑通社写作风格。从事过十数种职业，前南方都市报娱乐编辑，现为自由职业者。出版有杂文集《大话明星》《这个杀手不太冷》《亲爱的死鬼》等著作。

吾沙吾言

沙，读沙也。吾爱之。斑主言，读沙以前闹猛。吾未见，遗憾。今读沙风波骤起，吾喜，吾泣。喜，读沙非一潭死水，还有几许鲜活之鱼；泣，见喧闹繁华景致，喜极而泣，非悲泣也。此风波皆因增选斑竹。何谓斑竹？斑竹言：为人民服务者也。扫地，洒水，擦桌子，号称清洁工而已。

弱水者，增选斑竹之一。斑竹言，热情可嘉，需之。吾赞同。客来倒茶，留言含笑，宾至如归。弱水言，肝脑涂地，死而后已，愿之。可喜可贺。

爱沙之人，五湖四海，三教九流。爱之急之，不能自拔。闹猛不归，心牵挂之。言：热情虽好，有谄媚之嫌。斑竹之定义，含量猛增。

俗语：小不忍则乱大谋。寒山曾谓拾得："今有人侮我，辱我，慢我，冷笑笑我，藐视目我，毁我伤我，嫌恶恨我，诈谲欺我，则奈何？"拾得曰："子但忍受之，依他，让他，敬他，避他，苦苦耐他，装聋作哑，漠然置他。冷眼观之，看他如何结局。"恶至此，俏皮对之。

此恶非彼恶，可忍。然弱水非弱水也，含泪反击。宽容受疑。今国人忍耐，盖世无双。余华《活着》是也。忍，活着，目的也。今不忍，不活？否，弱水选斑遭阻。阻选，言爱之切切，忧读沙之方位。何不忍？不忧今后无"精"？此精非味精，乃精品红花也。仅此？非也，倒弱水现象也。

倒者，拥者，拍、扔、砸、骂，皆爱沙也。吾亦爱之，苦无良策。如何使得无人敲破饭碗，也无人失却面子？现斑主谋之也。进亦可，退亦可，勿硬。两硬必伤，爱受损，心痛之。

吾喜读沙，悠闲自得，轩窗敞启，金蝉曼唱，微风落叶，篱菊清芳，秋月高朗。吾知足也。

现备俗食一份，名曰：可乐焖排骨。敬请沙人分而食之。吾去也。

再后来，朋友们相邀新浪博客。博客的“私”让我再一次体验到新浪读书沙龙曾有的“静”。只是此静非彼静，可是又能怎样呢？一位朋友说：还是你好，离开了就离开了，不拖泥带水，我们却还在为它喜为它忧。没有爱会有忧吗？没有爱会有喜吗？那些离开了读书沙龙很久的坛友，他们不爱吗？现在，我问自己，我真的不拖泥带水吗？？

其实，早在几个月前就有朋友告诉我，新浪读书沙龙要出书了，收录了我的一篇文章。我笑笑回答：无所谓的，我现在不是以前的我了，是雨云了。当我知道新浪论坛开始给作者送书了，我还是所谓了，赶紧报上了我的通联地址。我想：这样的一本书，就是一种纪念一种回忆。没有什么能比得上，这样真实的可以触摸的文字更让我心动了。我也曾在新浪论坛浪迹过，爱过，付出过。正如新浪小浪所说：这是中国第一代网民缩影，正是他们开创并影响了中文互联网最初的格局。

网络并不都是虚拟的，这些文字是真真实实的，过去是，现在是，将来也是。

2007-08-07

读池莉，过日子

前几天去学校图书馆，在无意识的浏览中发现了池莉的散文集——《给你一轮新太阳》。说实话，这本散文集我不是很喜欢，文字很普通，不是我欣赏的类型。但我坚持看完了，毕竟这么有名气的作家，我得对得起她的劳动。其中有几篇谈到了池莉的写作情况，提得最多的就是小说《烦恼人生》是如何问世的。这激起了我的兴趣，怎样的一部作品会在不同的刊物引起不同的看法，遭遇不同的境况呢？

正好，办公室的同事借了好几本池莉的小说文集，一本接一本地读，很少说话。我叫她，她不理我。我只好自己起身找。书已经泛黄了，有的封面也快脱落了，可见池莉受欢迎的程度。终于，我找到了《烦恼人生》，在《一冬无雪》[1] 文集里。同事抬头瞅我一眼："你不是不屑看吗？不看你的村上春树了？还有什么渡边的？告诉你呀，我只剩下你手上这本没看，你要看带回去看，只限今晚，我明天要接着看啊！"我笑笑，用塑料袋包好塞进包里，继续看池莉的散文。

我没想到，池莉的作品就这样走了进来，一直走进我的心里。《烦恼人生》没有华丽的辞藻，特别的结构，可它流畅平实的语言为我们展现了一个普通家庭的生活片段，一个男人在凡俗生活中的窘迫、尴尬、困惑，而这些是我们生活中随时可以感受到的极其普通人的一面。

儿子半夜从床上摔下来了，老婆骂印家厚："请你走出去访一访，

［1］池莉：《一冬无雪》，江苏文艺出版社1995年8月出版。

看哪个工作了十七年还没有分到房子。这是人住的地方？猪狗窝！这猪狗窝还是我给你搞来的！是男子汉，要老婆儿子，就该有个地方养老婆儿子！窝囊巴叽的，八棍子打不出一个屁来，算什么男人！”这日子！

早晨起晚了，排队洗漱，排队蹲厕所，还不能发火。当印家厚终于抱起儿子步入人流，他知道他身后的那排破旧老朽的平房窗户前，有个烫了鸡窝般发式的女人，披了件衣服，没穿袜子，趿着鞋，憔悴的脸上雾一样灰暗。这就是他的老婆，一个不再鲜亮，却每天送他等他的女人。这也是日子。

也许是因为迟到一分半钟，也许是因为不与人争的善良，原本该得一等奖金的印家厚被一推到底，只得了个三等奖金五元钱。而这五元也不属于他，凑份子、捐款，没了。这也是日子。

印家厚陷在平庸枯燥的家庭生活烦恼琐事里，徒弟的爱慕也没能使他有抽身的念头。他不敢，也不想，烦恼的事太多了。可是幼儿园里的一个姑娘掀起了他心底痛苦的忧郁，对生活的一切不在乎都源于这忧郁。他的心乱了，渴了，胀了。他的知青伙伴的来信更加清晰了这忧伤。他明白了自己的心是永远属于那失去了的姑娘聂玲，只有她才能真正使他激动。这也是日子。

到家了，老婆的一杯温开水，一条湿毛巾，一桌简单的饭菜使这个饥饿困顿的男人远离了花前月下的爱情，也远离了精神上的微妙沟通。这也是日子。

够了，这就是日子，这就是无数中国老百姓的日子。他们在烦恼中为生活奔波，在偶尔的闲暇回忆逝去的美好，又在希望中憧憬着未来。

我斜靠在沙发上，瞪着天花板，茶几上放着刚刚读完的池莉文集《一冬无雪》，一个个鲜活的人物向我走来：《不谈爱情》中的庄建非，将体温表爆破当新闻从下午一直说到夜晚的《冷也好热也好活着就好》中的猫子，渴望理解、渴望沟通的《锦绣沙滩》中的立雪……

我正和池莉小说中的人物交往着，忽然，音响里的音乐停了，我转转脑袋，书房里的家人没动静。什么工作从单位忙到家里，没个完？

我嘟囔着起身换了张碟，又靠在了沙发上。天花板雪白一片，四周是简洁的石膏边，中间是坠着八盏灯的吊灯，吊灯正对着我。我向上盯着盯着，想起了一个问题：灯罩上的灰家人好像还没擦呢。三年了，从搬进新房到现在。年前我想请人擦，不让，说人家不小心弄坏了怎么办，那么多玻璃小坠子，等他来。这一等，竟等了五个月了。我有点生气了，转过头向着书房，嘴巴张了张：个婊子养的，又忘了。语音刚落，自己就傻了，这不是武汉人的口头语吗？我捂住嘴，生怕家人从书房跳出来。

我突然觉得自己爱上了池莉，爱上了池莉的作品，也爱上了池莉笔下的武汉及武汉人，还有他们的日子。没有大道理，没有远大的目标，没有动人的爱情，这就是我们老百姓的现实人生。琐碎、烦恼、珍惜、感恩，这就是我们老百姓的现实日子。一切真实得不能再真实了，这感觉是从未有过的好。

2004-05-20

三毛笼子里的小丑

《我的宝贝》[1]一书收录了三毛从世界各地淘来的小物件，每一件小物件都有它的因缘。三毛将这些物件拍成照片，并讲述每件物件的来历和它背后的故事，或悲或喜，就有了我现在读的这本书——《我的宝贝》。

每次读三毛的书，都让我感动。感动她的爽直，感动她的忧伤，感动她的重情重义。就是在历数喜爱的宝贝时，她的情意、伤感也无处不在。读着她，常有流泪的冲动。

人是必死的，空空地来，空空地去，东西却可以留下来，由另一个人续着这份缘。对每一件爱物，三毛是由衷地不舍，希望伴随一生，又常常滋生“将来死了，要传给哪一个人呢?（有一天，会落到谁的手中去呢？）”的感慨，让人唏嘘不已。

三毛是个真女人，从下面的小物件中可以真切地感觉到。

“心爱的”是三毛在西属撒哈拉沙漠结婚时颈上唯一的饰物，是沙漠女人的传家宝，一生都挂在胸前，只等死了才传给女儿或媳妇。为了得到这个叫“布各德特”的饰物，像一个真正成熟的沙漠里的女人，三毛天天到小镇上去打听，有没有人拿着当土产卖的。一直到结婚当天，才有一个陌生女子找上门给了她，而她快乐着又歉然着，觉得是自己抢了别人的好东西。三毛带着“心爱的”天涯海角地走，是她所有首饰中最心爱的一件，现在传给谁了呢?

---

［1］ 三毛：《我的宝贝》，哈尔滨出版社2003年4月出版。

“结婚礼物”是一副完整的骆驼头骨，是结婚那天荷西送给三毛的。当时，他们没有房子，没有车子，没有床架，没有衣柜，没有瓦斯，没有水，没有电，没有吃的，没有穿的，甚至连一件新嫁衣和一朵花也没有。为了有所庆祝，三毛来回走了好多次的两公里，多买了几桶水，仅此而已。接过荷西的礼物，三毛孩子般地尖叫，她是喜欢的，荷西懂得她要什么，她觉得这些就够了，是幸福的。可惜婚后六年荷西就离开了，三毛说：“这副头骨，就是死也不给人的，就请它陪着我，在奔向彼岸的时候，一同去赴一个久等了的约会吧。”

我的泪不由得流淌下来，为三毛，为荷西，为曾经相爱着的两个人。

“沧桑”是一个组合。木头盒子是三毛在西柏林做学生时去波兰华沙时买的，里面的音乐小机器是结婚后和荷西淘破烂时发现的，外面的音乐匣已经烂了。组合后的盒底多了一个上发条的把柄。盒子不能平摆在桌上了，就用三个小木头垫着。荷西才粘了两块小木头，就突然去了。那第三块木头是三毛后来粘上的。三毛不敢听盒里的音乐，因为荷西，因为人世的沧桑。她在里面听到的是“往事如烟”，我们又何尝不是呢？

“遗爱”是一组小饰物，普通的不起眼的手链、老别针、坠子，故事却是值得的。手链的主人是三毛的好朋友路斯，瑞士人。她们约好，谁先死，谁的灵魂（如果真有灵魂的话）就显现出来，告诉对方。路斯走了，灵魂没有显现。另外两个坠子、一个别针也是朋友们送给三毛的。朋友送的东西都是心爱之物，不收，迷住了似的死命要给。不到三五年，这三个朋友又都以不同的方式离开了三毛。仿佛冥冥中，潜意识地把生命中的爱通过佩戴的饰物留了下来。这是三毛经历的如幻人生。睹物思人，心中的悲伤是可想而知的。

我一面读着三毛的文字，一面细心翻看书里的插图，生怕遗漏了任何一件三毛的宝贝。它们中有十字架、项链、颈锁、五更灯、林妹妹的裙子、煲、大地之母、痴心石、幸福的盘子、腓尼基人的宝瓶、小丁祖父的女人、广东的老茶壶、娃娃国娃娃兵、印第安人的娃娃、亚当和夏娃、美浓狗碗、酒袋、妈妈的心、锅仔饭桶、印度手绣等等，一口气还真数不过来。

看着这些宝贝，就好像和三毛一起在经历，在感怀。以三毛的坚强，我叹息着她没能走出死亡的阴影。她实在是对生绝望了，才把死当成了生，给无数热爱她、热爱她的文字的人们留下了永远的决绝的背影。也许正如她自己说的："如果选择了自己结束生命这条路，你们也要想得明白，因为在我，那将是一个幸福的归宿。"

最后再来看一下三毛收藏的《笼子里的小丑》，我们是否能体会到她的心境呢？

"笼子里的小丑"是一个瓷脸做成的娃娃。三毛喜欢瓷脸人偶的灵气，一共收集了三十八个。这一个瓷人，是三毛一位画家女朋友忍痛割爱赠送的。因为瓷人太冷，几年都没有一个合适的角落配上它。后来三毛去竹山，在工艺品店的角落看见了一个朱红的鸟笼，立刻喜欢上了它的颜色和线条，也并没有想到买回去放瓷人。

成名在台湾的三毛，悠闲的生活几乎是不可能的。用她自己的话说，就像被上了枷锁般忍受着被打扰的滋味，还唯恐忘了答应别人的事。有一次因为拒绝了别人，引起了对方很无礼的嘲讽。这不快，让三毛灵感突至，翻出无处栖身的瓷人小丑，拿出鸟笼，打开门，塞了进去。瓷人的姿势是挣扎的，一半在笼内，一半在笼外。朋友见了，劝三毛拿出来，说受罪。她不肯。后来又有许多人问过这瓷人小丑的事，三毛说："难道——你，你的一生，就不是生活在笼子里吗？偶尔半个身子爬了出来，还算幸运的呢。"

生活中，我们都有许多无奈辛酸，它们圈成一个笼子，把我们围着、罩着。这些笼子有的是别人给我们制造的，有的是我们自己制造的，有的是别人和我们共同制造的。我们就在笼子的某个角落，以自己的姿势，品尝着人生的酸甜苦辣。

2004-09-05

简媜的《女儿红》

朋友晒书，使我走进了台湾新“三毛”简　的文字世界。才发现，国内已经出版了很多简　的文集，《水问》《只缘身在此山中》《微晕的树林》《红婴仔》《天涯海角》等等。简　的作品用介于散文与小说之间的文体，穿梭在今昔各种女性之间，以女性的柔韧与灵动展示人物情感的饱满与张弛，独创一种文风。

喜欢简　像三毛一样真性情的文字，细腻地描绘着刻骨的回忆，沧桑的疼痛，又透出平凡的淡定，让我感动不已。同样地，简　的散文集《女儿红》[1]，也旨在探索女性的内在世界。书中的女人各有各的艰难行程，没有外援，自己做自己的领航。像“女儿红”（一种酒）开启后的壮士，走过旷野领取她的未知。像“女儿红”（一种红萝卜）冷冽天气拔出后的鲜美喜悦，带着地母的慈爱。

简　的《女儿红》分为三辑，分别是辑一《暗红》、辑二《砖头红》、辑三《火鹤红》，一辑比一辑鲜亮。《女儿红》中印象最深的一篇是《在密室看海》，属辑一《暗红》。

在《在密室看海》中，妈妈对双胞胎女儿说：再平凡的女人都要有人疼，要不然就糟蹋了。可是，姐妹俩的船长爸爸在异国神女的胯下嬉戏时，突然质疑起妻子的贞洁，连带地怀疑两个女儿的血缘。没有任何道理可讲。那个深夜里，姐妹俩第一次瞧见妈妈的“暴力”：疯狂地推

［1］简媜：《女儿红》，文化艺术出版社2009年11月出版。

倒精品店的假树，大砍树身。但在听到六岁女儿的呼喊后，妈妈轻轻地放下刀，慢慢站起拢一拢头发，转身绽出一朵浅笑，用浸过蜜汁的声音昵昵地问妹妹：“怎么还没睡呢？我的小坏虫！”然后又喊姐姐，“嘿，小情人，下来抱妈妈一下嘛！”

疼是因为有爱。妈妈仍是那个喜欢跟她们姐妹撒娇的妈妈，身上永远散发着让人渴慕的麝香味，导引她们穿越恐惧与流离，回到她的怀里。

这样的场景，读得我泪流满面，痛得不行。这是绝不同于三毛的苍凉。三毛的文字还有暖，还有小小的快乐，还有诸多的不舍。可简　的文字，太苦，苦得痛。

接着，坚强漂亮的妈妈带着两个女儿，去了另一个繁华的城市谋生。用她擅长的故事将姐妹俩的爸爸“海难”，然后埋藏。失去了爸爸的姐妹俩，开始观察妈妈的一举一动。家，没有任何异样，空气中都是妈妈的香气。妹妹觑着妈妈的脸，试图读出蛛丝马迹。妈妈一把拉着妹妹入怀，亲她的小耳朵，悄悄说：“不懂的就放口袋，左边放满了放右边，等长大喽再拿出来看，一下下就懂了。”

精打细算的妈妈为姐妹俩留下的财产，足够她们一辈子过着小康的日子。甚至替她们部署了值得依赖的代书、律师及投顾专家。坚强的妈妈在险浪惊涛的人间为她们筑了个暖巢。顺着妈妈的棋谱走，她们的天下是太平的。

“要永远相爱哟！”是妈妈对姐妹俩说得最多的话，也是姐妹俩独自生活后常常想起的话。姐妹俩长大了，各有各的生活，却在深夜无数次地想起妈妈，想起妈妈的疼爱与怀抱。

简　简洁干净的文字，淋漓尽致地描绘着女性的伟大与壮丽，疼痛与寂寞。

掩书，我看一眼屋外渐暗的黄昏，天边有火烧云。就像《女儿红》封面上醒目的红，暗红、砖红、火鹤红混合在一起，温暖且壮烈。

《女儿红》的封面上写着这样几行字：

且让我们以一夜的苦茗，
诉说半生的沧桑；
我们都是执着而无悔的一群，
以飘零作归宿。

2010-09-10

没有人会爱一个怨妇

好不容易到了双休日，全身都该放松放松了。泡一杯绿茶，放一碟音乐，懒洋洋地斜靠在沙发上。不看池莉，也不看村上春树，看亦舒。亦舒的作品很适合消遣，也很吸引人。我现在看的是亦舒的《我的前半生》[1]。

第一页：

> 闹钟响了，我睁开眼睛，推推身边的涓生："起来吧，今日医院开会。"
>
> 涓生伸过手来，按停了闹钟。
>
> 我披上睡袍，双脚在床边摸索，找拖鞋。
>
> "子君。"
>
> "什么事？"我转头问道。
>
> "我有话说。"

我愣住了。涓生、子君？不会吧？再看看封面，是亦舒的呀。晕，亦舒弄什么玄乎呀？此子君一定非彼子君，为什么和鲁迅作品取一样人名呀？接着往下看：子君叫儿子起床；子君和涓生说女儿的事；子君和佣人说事；子君去美容屋美容；子君到精品店挑选衣服；子君同女友喝

[1]［加］亦舒：《我的前半生》，南海出版社2002年10月出版。

咖啡；子君陪女儿买胸罩；子君回到家，涓生告诉子君：我决定同你离婚；子君的世界崩溃了……

我叹口气，合上书，捧起杯子喝茶。房间里除了音乐，就是我。心有点沉。我的眼前又出现了另一个子君[1]：子君听涓生谈家庭专制、谈打破旧习惯、谈男女平等、谈泰戈尔；子君坚决地说出了：我是我自己的，他们谁也没有干涉我的权利；子君与家庭决裂；子君和涓生同居了；子君整天柴米油盐忙家务；子君忧疑涓生的躲避；子君开始温习往事；涓生不要子君了；子君被父亲接走了；子君死了。

没有爱的世界吞噬了鲁迅笔下的子君，一个幽怨的、孤立的、茫然的、走投无路的子君。那个曾经和她谈论文学谈论男女平等谈论自由、鼓励她爱她的涓生，也暗示要她走。因为他失业了，一个人是容易生活的。明知道子君的走意味着死，涓生依然希望她走，而且要走得毫无怨恨，这样涓生便新生了。他可以轻如行云，上有蔚蓝的天，下有深山大海，广厦高楼……

子君，我为你哭。哭一个热烈追求爱情的子君，哭一个被生活磨砺得平庸的子君。

可亦舒笔下的子君不是旧日的女子，她可以奋斗，她不会死，一定的。我再次靠在沙发上，接着读亦舒的《我的前半生》。

子君如怨妇般哭诉；子君无奈地接受涓生离去的事实；子君忍受失去涓生后的变脸；子君搬出去住了；子君找工作；子君面对流言；子君沉着地面对涓生的赞美和可林钟斯的追求；子君去温哥华看女儿；子君遇见王老五翟有道；翟有道回香港寻子君；子君和翟有道交往；子君接受翟有道的求婚。

我掩上书，为子君笑了。

此子君非彼子君，女人的命运并不只能依附在男人身上。女人也可以在独立中自由成长。谁说只有成熟的男人有魅力，成熟的女人更是风

[1] 子君：此处指鲁迅小说《伤逝》中的人物，

情万种，光芒四射，那是真正的男人才能见识欣赏的。子君在偷着笑，她的后半辈子虽然是个老太婆，却有一位英俊、内涵气质都俱佳的男人伴随。

子君是好运，可这好运是她的自尊自强自立赢得的。天下的子君们，不要埋怨男人的无情，不要为泼洒的牛奶哭泣，没有人会同情，更没有人会爱一个怨妇。

突然想起某杂志上读过的一篇文章，题目是《男人不是女人的全部》。文章罗列了五十条理由，我忘记了四十九条，只记得其中一条是：女人一生要结两次婚，第一次是追求爱，第二次是追求生活。呵呵，有点说笑了，可正像亦舒说的：天下没有不努力而美满的婚姻，所以要争取经验。有点道理吧？

我的思绪还在天马行空般地游走，电话突然响了，是家人。“喂，我晚上不回来吃饭了！”“什么？”“我晚上不回来吃饭了！”“哦……”泄气，又不回来，又要吃方便面了。我将看完的书往沙发上一扔，子君忽然从书里钻出来，对着我眨眼：当我一切以丈夫孩子为主的时候，他们也并没有感激我，要为自己多多打算，嗯？

我一愣。对呀，凭什么他回来我就烧饭烧菜侍候着，他不回来我连饭都不吃了？对，从今天起，他即使天天不回来，我也要侍候好自己。如果真有那么一天，我也不怕，要像子君一样追求新生活。好，现在就去烧自己喜欢的菜。

2004-06-12

救赎，从来都是心灵成长的故事

多丽丝·莱辛[1]的新作《天黑前的夏天》[2]，由南海出版公司8月出版发行。小说描写中产阶级家庭主妇凯特，接受了一份起初并不情愿的翻译工作，开始了这个夏天的一场“出走”之旅。这部长篇被《纽约时报》誉为“继马尔克斯的《百年孤独》之后最好的小说”，也被称为莱辛作品中最轻松好读的小说。

关注女性，关注女性的生存状态，是莱辛的一贯主题。她的处女作《野草在歌唱》[3]就描写了种族隔离下，贫穷白人妇女玛丽的生活状态。玛丽走进婚姻后，她的身份从经济独立的白领女子，转变为寒伧可怜的乡下女人。她挣扎，她逃跑，但她曾经的公司、城市的其他地方都不接纳已婚的女人。日复一日，玛丽只能在破败燥热的房子里，打发着沉闷空虚的日子。甚至因为贫穷，连想生一个孩子，改变无聊现状的愿望也不能满足。一个白日梦都没有。当玛丽被土人摩西健壮魁伟的身躯迷住的时候，她的女性意识开始苏醒，但是更大的灾难也就来临了，是她的死亡。

记得今年三月读《野草在歌唱》时，许多章节都让我喘不过气来，整个春天都压抑得很。仿佛自己就是被压抑着的玛丽。尤其讨厌书中描

[1] ［英］多丽丝·莱辛：生于1919年10月22日，代表作有《野草在歌唱》《金色笔记》《特别的猫》等，被誉为继伍尔夫之后最伟大的女性作家。2007年获诺贝尔文学奖2013年11月17日去世，终年九十四岁。

[2] ［英］多丽丝·莱辛：《天黑前的夏天》，邱益鸿译，南海出版公司2009年8月出版。

[3] ［英］多丽丝·莱辛：《野草在歌唱》，一蕾译，译林出版社2007年1月出版。

绘的铁皮屋，屋顶盖着波纹铁皮，又小又低，又闷又热。

玛丽的遭遇有种族隔离社会造成的多方面的原因，主要折射的还是女人的生存环境，物质上的不独立，精神上的不自由。《野草在歌唱》让我反复想到一个问题，就是莫名其妙的婚姻。婚姻带给玛丽的不是温暖相依，是彻底的毁灭。我知道，玛丽的问题不只是婚姻的问题，根本上还是社会的问题。可社会不就是一个个小家庭组成的吗，说到底，还是与婚姻有了关系。玛丽好可怜。

相对于玛丽来说，莱辛新作《天黑前的夏天》中的凯特外在环境好了很多，轻松了很多，最少她还可以走出家庭。小说采用分段式的生活叙述，在家、在国际食品组织、在旅途、在酒店、在莫琳的公寓，运用梦呓式的独白和自我解剖式的笔触，展现了凯特不同阶段的思想与感悟，再现了中年女性关于婚姻、自我等方面的情感困惑，具有强烈的现实感。小说的结尾，莱辛借凯特的海豹梦，温婉地预示着凯特的回归。

忽然想起在女友寒烟转贴的博文，是毕淑敏的散文《女人什么时候开始享受》，真是写出了大多数中国女人的状态。毕淑敏文中所说的女人的享受，只不过是在厨房里，单独为自己做一样爱吃的菜；在商场里，专门为自己买一件心爱的礼物；在公园里，和儿时的好朋友无拘无束地聊聊天，不用频频地看表，顾忌家人的晚饭和晾出去还未收回的衣衫……或在剧院里，看一出自己喜欢的喜剧或电影，不必惦念任何人的阴晴冷暖…… 这些属于正常人的、最基本的生活乐趣，无数的女人却在劳累中将自己忘记了。真的要乖到老了的那一天，或是闭上眼的那一刻，才想到能够享受一点阳光也是幸福的吗？我想，这也不是女人单方面的问题，是我们的社会或女人自己给女人设定了一种状态。

从玛丽的毁灭，到凯特的重生，再到毕淑敏文中的女人们，婚姻内也好，婚姻外也好，女人最要做的还是“自己”。而救赎，从来都是心灵成长的故事。

2009-10-15

平常日子平常味

本以为严重的失眠已经调理好了，这两日忽然又醒得早了，只好读书。

想起一个故事，说的是写作文，儿子要采访人到中年的父亲，请父亲说出他的三个愿望。父亲的三个愿望是：吃得下饭，睡得着觉，笑得出来。儿子很失望，完全不理解父亲，这么普通的愿望，在作文里狠狠地揭露了父亲的一些陋习。没想到就是这些真实的记录，作文得了个最高分。

故事中父亲的三个看似平常的愿望，实现起来其实并不容易。要健康，要没有烦恼，要幸福快乐，容易吗？不容易。人，最不容易的就是实现这些看似平常的愿望。也只有经历过人生波折的人才明白，这三个愿望是平常日子里最实实在在的愿望。

近几日，一直在读女友推荐的王旭烽著《茶人三部曲》[1]。睡前读，醒了读，此套书曾获第五届茅盾文学奖。希望茶，还有这些与茶有关的文字，伴我度过一段不寻常的日子。记得在中山路光合作用书店，买这套书的时候，还在想：这么厚，一百二十万字，什么时候才能看得完呀？没想到，这段时间成了我失眠消遣的工具。

还记得那个大风天的夜晚，和远方女友从天黑聊到夜深。曾经，她透彻明了的心境，是我的避风港，让我平静。可那次，我听到了她的

[1] 王旭烽：《茶人三部曲》，人民文学出版社2004年5月出版。

哽咽，她的矛盾。我们一方面坚持着自己的喜欢，提升着自己，一方面又被曾经爱的人所伤，伤痕累累。鄙视、悲悯，哪一样都不能代表我们的心境。她说，她的哽咽只为自己，她很奇怪的是自己没有失去的痛苦了。既然他目的明确，想得到就让他得到好了。她问我，她这么平静的人为什么还会这么矛盾，反反复复？我能理解她。长期的两地分居，一个人的独处，又是那么好奇，主动性极强的人，注定她要一而再再而三地去探索人性，去想个明白。我只能告诉她，虽然我们看上去是平静的，我们还是希望能够遇到些什么。我们缺少一种爱，让我们有滋味有快乐地活着的爱。我们从一开始就知道结局，所以即使现在吵，看透了结果，渐渐地，也就麻木了，不会痛苦了。聊到最后，我几乎要与她对泣。没有哪个女人愿意把自己放在独处的位置。最后，女友建议我读读王旭峰的《茶人三部曲》，她说，一个温和的女人才是最成功的女人。

《茶人三部曲》由《南方有嘉木》《不夜之侯》和《筑草为城》三部分组成，以江南杭州忘忧茶庄主人杭九斋家族几代人的命运沉浮为主线，将中国茶文化史和中国近代史有机地融合在一起，展现了杭州茶人人生道路上坚忍负重、荡污涤垢、不断前行的精神。

《茶人三部曲》叙事写茶，许多茶品，我更是见都没见过，如第一部《南方有嘉木》中提到的九曲红梅。许是对梅花的偏爱，就格外注意了。作者的描写更是让我心生向往。作者写道：这茶形状也是怪，弯曲细紧，像一枚枚鱼钩，相互挂钩，色泽乌润，披满了金色绒毛。用开水冲了，那颜色，又鲜亮，又红艳，就像红梅花似的，煞是好看。

在《茶人三部曲》中，引用最多的是陆羽的《茶经》，当然是借故事中的人物，释解《茶经》中提到的茶名茶地，制茶方法的出处。这是小说中茶人家族必然的修为，也是作者对茶的用心了。泡茶时冲水七分，留三分人情在，更多的就是在写做人了。

《茶人三部曲》印象最深的还有作者描写的茶行的一些讲究，比如茶性易染，别样的气味不可与茶同在。这是在第二部《不夜之侯》中，因战时灯火管制，从人物嘉和的口中说出来的。他们在店堂里做生意，向来是葱、蒜、釜不进口。灯火管制虽然没有电灯了，但蜡烛气味重，也是不能进店堂的。近朱者赤，近墨者黑，正是此理。所以我们要尽量远离不愉快的人和事，让阳光照进来，给心一些温暖。有时候的宽容，不计较，更是对自己的救赎。

在《茶人三部曲》中，还说到茶道就是烧水点茶那点事。千利休的弟子问，什么是茶道的秘诀时，千利休回答：“夏天如何使茶室凉爽，冬天如何使茶室暖和，炭要放得利于烧水，茶要点得可口，这就是茶道的秘诀”。

把平常日子过出平常味来，这恐怕也是生活的最高境界了。

2009-05-25

一座城市的高贵与风情

8月的某一天，我坐在阳台上喝佛跳香。这是款铁观音，却取了个和美食相近的名，让人莞尔。其实名字无所谓，重要的是喝茶时的心境。彼时，花盆里冒出的小白菜嫩嫩绿绿的，掐得出水来。还有两株生姜冒了叶，青翠的叶伸展着。

突然听得门铃响，是快递。疑惑间，接过快递包裹。看地址，看寄件人，拆开包装，更是惊喜不已。原来是上海女友快递来的书，是淳子、伟立著《上海格调》[1]。扉页上除了作者的签名，还多了曹可凡、骆新、宋路霞的签名。给女友短信，女友一边说好快，昨日上午才寄的，一边说都是上海好人缘的人。淳子最早做电台节目，类似“相约到黎明”。女友特别喜欢淳子，夸她的声音好听。这本书，是女友喜欢的延续，从上海延续到了厦门。喝茶的间歇，翻开淡绿雅致的封面，清雅的文字述说着上海似远非远的人和事，不觉间读了好几篇，被书里谈到的上海人闲闲的“孤傲”所吸引。

其实很久以来，对与巴黎、纽约、东京等国际都市齐名的、有些陌生的上海，谈不上喜欢与不喜欢。第一次去上海旅游，是1996年暑期的事了。那时女儿Sherry还在读小学，生活的一切似乎都是完整的。那年一家人去上海，也去苏州、南京，美好的生活才开始。Sherry第一次吃肯德基，就是在上海繁华的南京路。这么多年过去了，不知她还记

[1] 淳子、伟立：《上海格调》，上海辞书出版社2013年8月出版。

得吗？许多事情在变，不是原来的模样，包括我们对肯德基的认识。

近两年上海突然入了我的眼我的心，也是有着因缘的，这因缘就是人。上海有了我牵挂的人，上海女友是其一。有段时间，我们几乎不能通电话，一通电话就是一两个小时。而在这之前，我们读彼此的文字，默默地关注着欢喜着。2012年，我的散文集《温暖的味道》漂流到上海，女友撰文写道：5月，收到厦门寄来的新书；6月，南京漂来上海《温暖的味道》又流向广州；现在是7月，炎炎夏日里想念起“纳凉的美好时光”。只是“与纳凉有关的竹凉床、竹靠椅、小木凳，还有大蒲扇，就是母亲，也不知道它们的去向了”，于是，也就有了不断闪过的期盼，期盼台风、暴雨的到来，最好伴有雷声，仿如声声呐喊……

惭愧得很，相对于我和女友间的私语，更多的时候我是寂静的，是不善言辞的，更不要说呐喊了。

有一天，女友听着公司年轻人说到结拜姐妹的事，就想到了我。我们商量着在上海或是厦门结拜一回，让安静的生活来一点江湖的味道。我们都有点神往了，但一直到现在，我们都未见面。这似远非远的距离不是障碍，也许我们都在想，也许是谋面的契机没到，也许是这样想念着更好。

上海女人生活的精致是别的城市无法比拟的，但她们也有着我们一样的情感困惑。有一次女友问，像我们这样的女人受了伤会是怎样？我说能怎样？默默地走开，甚至不会说对方一个字，哪怕是简单的好和坏。眼泪是洗涤自己的，不是流给别人看的。她是赞同的，但有时她会表现得爱憎分明。我们惺惺相惜，终究还是不同的。其实她有我无法拥有的幸福，帅气的老公，聪明的儿子，她自己的博览，我是羡慕着的。

女人间的掏心掏肺，很快使我们成为彼此的树洞。某夜，因某事失眠。没想到，上海的她也失眠。一个短信过去，她的电话就打来了。我们谈到天空发白，才祝福彼此散去。我的树洞藏着她，她的树洞藏着我。更多的时候，我们成为彼此的镜子，清晰地照出心底的那点秘密那点痛。事后想起，才发现我们是把自己最后一点美好互相碾碎了，然后重新开始。这是残忍，也是慈悲，只有真正活得明白的人才懂得，这也是对彼此的爱护。

阅读《上海格调》，我会时时想象上海女友的生活。很喜欢书里描绘的民国味的女子，高雅、内敛，“过日脚[1]”是与时俱进的，再难的日子也能过出精神气来。

《盛家女子超然物外》讲的是清朝邮传部大臣盛宣怀的孙女、著名出版家邵洵美的夫人盛佩玉。抗战时期，美国作家项美丽去帮盛佩玉搬家，炸弹不时落下来，盛佩玉一点也不惊慌，依然镇定地从玻璃橱里拿出一套咖啡具，装进逃难的箱子。盛佩玉心想：打仗，咖啡总归还是要喝的。接着谈到张爱玲的继母孙用蕃，她的父亲是做过民国政府总理的孙宝琦，与盛宣怀家是亲家。孙用蕃最后住在弄堂十平方米的小屋里，孤身一人把日子过得稳稳当当。家具越卖越少，但一出现在弄堂，必定是干干净净、腰板笔直的高雅的老太太。虽然在张爱玲的笔下，与继母有些纠结，但盛佩玉却对孙用蕃满是悲悯。她说：孙用蕃一直照料着张爱玲的父亲，替他送终，这已经足够了。

《旗袍中的上海女子》讲述的是爱旗袍的宋路霞、严仁美、赵四小姐、宋美龄、席家双胞胎姐妹、潘素，还有白先勇笔下的尹雪艳，然后描绘了“文革”中姑姑家的一次老闺密们拉上窗帘的晚宴。大冬天的，女人们卸下草绿色厚实的军衣，一个个是婀娜的旗袍。桌上是葡萄酒、银餐具、水晶杯、蜡烛台。每一道菜，换盘子，换刀叉，文雅地吃着。六个人，连衬盘，数一数，一共用了四十多个碗碟。小口喝汤，小心切肉，细嚼慢咽。她们的理念是：将就容易，可凡事一将就，这意思也就没了。

我被这些上海女人折服，这是一座城市的高贵与风情。

都说上海人是有点自恋的清高，容不得多少私人交情。阅读《上海格调》，不知怎么，第一篇就翻到了《交情是私人珍藏的隐痛》，很喜欢

---

[1] 日脚：上海方言，日子。好像日子都是有脚的，不停地朝前走。

这句话。读下来才知道，原来上海人的“朋友”只是生意场上的本钱，竞争场上的伙伴，他们的交情是在圈外的。“交情”才是他们珍稀的人间真情，是剔尽浮华功利后的，能够一起分享从容优雅人生的情意。上海人的精明也表现在“交情”上，拎得清，能够站在别人的角度谋划自己的利益，利己而不损人。这样的“交情”在讲究互惠的时代似乎才是更能够持久的。网络时代的“朋友”易得，上海人依然执迷于他们的“情殇”，人格的修炼至此，上海交情就成了私人珍藏的隐痛。只有真正地触摸上海，才能得到珍贵的“交情”。不是不“交”，是不轻易“交”。物以稀为贵，上海的“交情”再痛也不会丢了自己。

和《上海格调》一起寄来的，还有一款女友从国外带回来的面膜。海蓝色的外封。似乎听到了女友的软语：你试试，很舒服很好用。如果喜欢，以后有机会可以照着样子再买。

2013-10-28

北方的那一片闲云

2011 年 5 月底，收到辽宁好友一剑寄来的闲云的书。分别是随笔集《醒园深处》《醒园幽音》和长篇小说《溯源》第一部[1]。寄之前，一剑说，是品质很不错的书。那时我还不太熟悉闲云，一下子收到她的三本书真是震住了。这样的三本书，少则二十多万字，多则四十来万字，我根本不知道什么时候能够读完，也不知道是否能够读下去。但是闲云的简介一下子触动了我：出身贫寒，自幼与车祸致残的哥哥相依为命；大学期间做过勤杂工，毕业后做过记者，在商业上获得了巨大成功，却不幸先后三次身患重病，又奇迹般地死而复生。她在病榻上开始了人生的种种思考，写下了上百万字的作品。她说，是苦难成就了她这个文字动物，她将为文字而生，也将为文字而死。

这是怎样的一个奇女子？带着这种疑问我开始阅读她的随笔集，分享她的人生感悟。2012 年春节又开始阅读她的长篇小说《溯源》第一部。当时在微博写下寥寥数语：一直想好好读读闲云的书，今天终于读完了《溯源》。小说写的是人类始祖伏羲在上一个世界末日将要来到时的故事，其实作者写的也是今世。关于现状和 2012 年，是随波逐流，尽情地娱乐，还是修身养性，选择不同路就不同。有一句话写得好：当高尚邂逅高尚，世间会在保持原有美好的同时，衍生出更高层次的美好。

[1] 红尘闲云：《溯源》第一部，作家出版社2011年5月出版。

后来，我和闲云有了接触，主要是微博上的偶尔互动。知道闲云的身体一直不太好，需要长期休养。她的微博呢，时而更新，时而关闭。更多的时候，是为了写作暂时离开网络。可是，就是在这偶尔的互动中，我由闲云的文字喜欢上她的为人，又由闲云的为人更加喜爱她的文字。

闲云修佛有善念，有一次，我跟她谈到朋友间不开心的事情。她说，忘掉它，不是当作没有发生，就是没有发生。越往前走，你越会知道什么是朋友。还有一次，她出门活动遇上小偷，小偷偷走了她的钥匙。闲云不但没有着急，没有不开心，还自拍照片上微博，希望小偷看见了从此转了性情，做个清白的人，真是喜乐得很。

生活中，我们都是云，我们都喜欢品茶，闲云更有情趣。我的散文集《温暖的味道》到了她手边，她配上一段黄绿锦，还有一盏青花茶，拍摄下来，就让我的书定格在活色生香里。正好当时茶友们的“汇友悦读会”在筹划第一期读书会，挑选图片宣传共享我的《温暖的味道》，一见倾心，赶紧让闲云将图片传过来。直到现在，我的博客和微博头像还用着闲云拍摄的这张图片，真正地雅致极了。

今年10月，收到闲云从北京寄来的《溯源》第二部[1]。一看封面就喜欢，白为底，红为补，大气雅致。闲云面色红润，目光温柔坚定，哪里像身体有缺憾的人？“溯源”二字由著名书法家、作家、古玩鉴赏家王纪仪老师题写，刚柔潇洒。近年来，我爱读散文随笔，很少读长篇小说，但闲云的书我一定要读。

《溯源》第二部由东方出版社出版，讲述的还是史前之前的故事，通过概述魔鬼丹家族几代人的不同梦想和追求，引出了骇人听闻的“升灭计划”，从而提出了“精神生命”和“生命精神”的理念。

我把《溯源》第二部放在床头边，每晚睡前读。虽然读得比较慢，等到最后一行字滑过，我还是不由自主叹一声：怎么没有了？可以说，

[1] 红尘闲云：《溯源》第二部，东方出版社2012年8月出版。

我迷上了闲云的《溯源》系列，洋洋洒洒的吸引人。读的时候，我常想起J．K．罗琳的《哈利·波特》。闲云的《溯源》系列如果能拍成电视系列剧也一定非常精彩，也很有意义。我是真的佩服闲云了，有非常强的组织能力。闲云站在一个非常高的角度叙述故事，小说的文字却依然很柔软，看得出她内心的美好与温暖。对于这些，我想，都是闲云经历过的苦难催生出的最美的花朵。

特别喜欢科学家斯卫丹父母的爱情故事，那个开满了黄色山花的山谷，那个世界上最美丽也是最富诗意的花地。正如凯伊丹所说：所有我们能够想到的美好，都会真实地呈现在我们的眼前。那个由斯卫丹父母凯伊丹和悦琳共同播撒种子的黄花峪，就是他们的诗集《太阳下的花地》的真实再现。

还特别喜欢盘古与女娲造人的故事。闲云描述得那么艰辛那么真实那么感动人，以至于我常想，那个从石界到土界到水界又返回土界，那个叫着水儿的女娲聪明，能吃苦，有爱心，是不是就是闲云呀？是真的像闲云呀！

其实我对闲云的了解并不多，可越是了解越是心疼，特别在她表现出大气与宽容的时候。闲云有风湿性心脏病，炎炎夏日犯病的时候，也要垫着电热毯烘烤着发冷的身子。而她这样的病身子，还义务帮一些有困惑的人解决问题。在《溯源》第二部的后记中，读到闲云在大学饿得昏倒，被同学误解减肥要苗条，我流泪了。只有经历过苦难的人，才懂得生命的意义，才晓得温暖是多么温暖多么有力量。

读《溯源》第一部的时候，我还不太清楚闲云的宏伟构思，只知道还有续集。读了《溯源》第二部，我是真的明白了，原来闲云的《溯源》系列计划要完成五十部。用闲云的话说，《溯源》第一部只不过是一个“前言”，《溯源》第二部也不过是一个“大序”。那是一个什么概念？就是如果一年一部，那闲云的《溯源》我要读到九十来岁了。看来，要读闲云，除了她的努力写，我还得努力活。不过闲云就是闲云，她既为文字而来，就不负文字，也不负喜欢《溯源》文字的朋友们。听说，除了正在进行的长篇小说《女人心》，她的下一本《溯源》第三部也快完成了。我期待着。

下面摘录《溯源》第二部中斯卫丹与妻子小人儿　母在隐界互相感应、呼唤对方的一首诗，与喜欢阅读的朋友共享：

只一瞬的相遇
我已深知，我已深知
在那无边的黑暗里
有一颗心，伴我
有一双眼，望我
我知道啊，那就是你。

多么温暖美好的爱情，离别也拆不散的爱情。苦难成就了闲云，闲云成就了她的文字。我期待闲云的每一本书……

2012-12-03

做一个性情中人

收到赵敏的《赵敏散文随笔》[1]，是春季的最后一个节气——谷雨。史料记：谷雨，谷得雨而生也。恰巧那天厦门的雨很大很大，以至于我在车站多等了会儿车，鞋面就湿了。

认识赵敏也是偶然，因为草根名博的首页推荐，偶尔会去她的博客看看。点开她的博客，就是一个女子笑容满面的侧影，让人心暖了几分，但也算不上很熟。直到前不久，她在我的《〈温暖的味道〉后记》下留言，说想和我交换书，说很喜欢我的文字，柔韧中带着书卷意味，绵绵的字里行间有着生命与生活的不朽，很贴切很温馨。

互通信息后，我才知道，赵敏早就是河南知名的作家，有国家二级作家的头衔，已经出版发行了十几本书。更有意思的是，赵敏还是一个成功的仕途中人。散文对作者的要求是自由、真实，是性情的流露，在一个社会普遍对仕途场黑暗感冒的今天，赵敏会写些什么呢？

果然，《赵敏散文随笔》离不开她的工作与生活，她在《送你一朵勿忘我》中就谈到了一次不公平的竞争上岗，另外还有工作中遇到的困难、感动等等。这些都不是我最感兴趣的，我想读的是她那些写亲情、友情的文字，温暖着她，也温暖着我。

我的散文集《温暖的味道》是献给母亲的书。赵敏告诉我，十年前，她也给母亲写过一本书，书名是《尘缘》。她的母亲把书放在枕下，

---

[1] 赵敏：《赵敏散文随笔》，河南文艺出版社2011年9月出版。

看看哭哭，哭哭看看，把那本书翻成了旧书。后来，她再出书，她的母亲总是她的最先读者。

作为一个母亲，赵敏抒写着对儿子的愧疚。在《我的处女作》中，赵敏叙述了她与儿子的点点滴滴。儿子的哭声，儿子的乳牙。从《灯》到《这段光阴别忘记》，儿子是她创作最初的源泉。从此，赵敏这支笔没有停歇，在文学的道路上越走越远。

作为一个女儿，赵敏书写着对母亲的感恩。在《大孝无边》中，赵敏叙述了一次阑尾炎手术。术后第三天伤口感染，别人都不敢看，只有母亲每次换药都站在她床边，为她流泪，痛着她的痛。在一个月的住院期间，她的母亲为她送饭跑了一个月。从前浑身的病痛，在她生病期间，全不碍事了。早上五点半起床，洗洗涮涮做做饭就六点钟了，掂着饭盒出门是六点钟整，走到医院是七点整。还对赵敏说：身上割了这么一个大口子，跑了多少元气呀！得补！

读这些文字，我恰巧也在病中，读得我泪流满面。我想起了我的母亲。2010年春节，我的脚伤未好，母亲从老家赶过来陪我，什么事都不要我插手。那时她还不知道我的生活发生了重大变故。一年后，我请姐姐婉转告诉母亲，我不想欺骗母亲，让她活在猜疑担心中。母亲的心像刀剐似的，就病倒了。此后，我的每一日都成了母亲的祈祷，直到某一天母亲的菩萨告诉她，我会越来越好，越来越好，她才稍微放心。

当我们以温暖之心对待生命中的那些人时，我们遇到的就是温暖。亲人的爱，朋友的爱，不是那些场面上的口号，都是实实在在的美丽的感动。在这个越来越功利的社会，越来越自我的社会，我们还能做一个性情中人，为生活中的爱流泪，是一件多么幸福的事。

2012-4-24

爱妖精爱到骨头里

收到肖和君从广州快递来的新书《金风玉露一相逢》[1]，我正忙着除尘迎新。于是，休息的时候，就捧着肖和君的书读，越读越喜欢，仿佛迷离的春天提前来到了。

认识肖和君，缘于一位朋友的介绍。我也很喜欢肖和君，首先觉得名字好，一个“君”字，仿佛民国儒雅的风荡了过来；其次是文字好，很有汪曾祺的散淡，还有董桥的闲适。于是，有空就去博客读读肖和君。这一读，发现了肖和君有很明显的“三爱”倾向。

第一，肖和君爱雅书。爱书就爱书，为什么是雅书呢？这要读读肖和君的“看书不读书”系列了，晒的都是好书。他选书既挑内容，更挑装帧。装帧不好，内容再好也入不了他的眼。肖和君是美术科班出身，现在是服装创意设计总监，讲究雅，讲究美感。有一次，看到肖和君晒洪范书店[2]出版的周梦蝶著作《十三朵白菊花》。先是周梦蝶生平经历的介绍，再是海绿的封面，一枝旧白菊依着旧白的书边绽放，真正地雅

［1］ 肖和君：《金风玉露一相逢》，中央广播电视大学出版社2011年12月出版。

［2］ 洪范书店：台湾知名的出版社，成立于1976年。最初由杨牧及其在花莲中学的同学叶步荣，加上痖弦、沈燕士四位股东成立；以《尚书·洪范》为名，取“天地大法”之意，并请台静农题“洪范书店”四字。第一批书籍在1976年8月25日出版。洪范书店出版书籍以纯文字为主，编选书籍非常严格，至上世纪90年代仍采用铅版印刷。直至1997年，真的找不到工人作铅字印刷时，才改用电脑打字。早期出书前一定会先经过四位股东的一致意见，才会出版。而每本书书折页的介绍文字，都是由杨牧亲自撰写，细致的手作风格成为洪范非常突出的特色。

致，让人生出许多心思来，想不爱都难。肖和君的许多银子都花在了买书上。有时买了还不舍得看，怕损了书的美，就买两本，一本收藏，一本阅读。爱书爱到这份上，实在是奢侈。

第二，肖和君爱美食。肖和君爱买与美食有关的书，像林文月的《饮膳札记》；也爱写与美食有关的文字，最有印象的一篇文章是《一个人的餐桌：蒜加》。文章从读美院时一碗米饭一碗蒜蓉的美味谈起，说到做蒜加给朋友吃，乐此不疲，甚至加以改良，放入了虾仁。文章写道：

> “蒜加是用约二十个大蒜，斩成蒜蓉，再将辣椒剁成蓉，下锅以猛火热油炒香上碟，简单得不能再简单的一道菜，没什么技术含量可言。但好吃与否，在于一加字。文章做小做大，读来妙趣横生，在于写的人懂不懂得自控，这是才情所限。”
>
> “这个日子，不一定要因为书信片字的往来而增彩，有些思念还真正是在最平常的这一份什物之中。或许，如我，在某一日，在某一个我所陌生的城市，我那一帮曾经与我一同嬉笑喜乐的同学少年，也会一个人炒一个蒜加，安静地吃一顿饭吗？”

这样的文字带着生活的味道，又安静得像流逝的岁月，更如月光下的醉竹，和他的年龄极不相称。后来一想，肖和君爱书，也受汪曾祺先生的影响，有这样的心态也是修炼来的。年龄，经历，倒在其次了。

第三，肖和君爱妖精。这是重点的重点。怎么个爱法，读读他的这本新书《金风玉露一相逢》就知道了。这本书以肖和君一贯的散文风格，优美地解读江南神话里的爱情人物，书中还有肖和君的二十七幅写意钢笔画，中国画的意境表现得美妙绝伦。

肖和君在序言《迷妖记》中写道：“我历来爱看神话爱看妖精的戏份传说，想来或许是小时候受了《西游记》的影响。书里那一帮妖精层出不穷，变身后是一位大美人，窈窕多姿一步三叹。真是引人心思的好桥段。”于是，蜘蛛精、琵琶精、白骨精，再到后来的白蛇青蛇、红鲤、田螺姑娘等，都入了肖和君的眼，更入了他的心。

妖精们有了凡心，入了凡尘，又有那么多的本事，化腐朽为神奇，找个妖精寻个神仙做老婆谁不想呀？难怪肖和君爱妖精，爱到骨头里，让她们一个个在文字里活色生香，尽显绵绵情意。只怕这样一本美文读下来，将有更多的人早晨不愿醒来，做梦也要寻一个妖精出来，或是把家里平凡的妻幻化成书中的妖精，偷偷地笑呢！

其实，《金风玉露一相逢》中的很多文字我都在肖和君的博客中读过了。他的博客名是“将心水煮”，很有诗意的博名。早在一年前我就知肖和君要出书了，他唯一的遗憾是没有封面设计权，这对爱雅书的肖和君来说是一种折磨，曾令他有放弃出版的念头。书名似乎也不如他的意，他最想要的是《白描》或《闲踏月清凉》，都被出版社否定了。现在读此书，觉得书名倒也符合书的内容，就是俗了些。封面设计也还素，雅就差了点火候。这样的对比，主要是因为肖和君的文字太雅了，太美了，尤其是每一录后面的“记”，是我最喜欢的。那些“记”都是从仙里雾里、妖里精里的一唱三叹中回到现实中的人事，品尝生活的酸甜苦辣，是真正的好散文。挥洒自如，散淡雅致。加上肖和君文字中融入了他对戏剧桥段的迷恋，对中国水墨画的迷恋，远看近读，浓点淡抹，总是相宜。

记得有一天在厦门文友张云良的博客中，无意中读到他转载的博文，正是肖和君的博文《深夜，刀声如烛火明灭——夜读金庸》。张云良称赞道：有意境，透着汉语之美。这也是肖和君的文字带给我的最深切的感受。可见，好的文字给人的感觉是相通的，何况还有那么多的妖精在肖和君的字里行间出现，不吸引人都难。

2012-1-23

歆语，我们还是读书吧

周六晴好，陪妈妈去南普陀寺烧香拜佛。

妈妈穿着我给她买的新衣，梅红的绸缎料绣着牡丹花。很欢喜的样子。

南普陀前的荷花池，静静的，只有一些睡莲开着。看着枯萎的荷杆，我知道它们在等待夏日的到来。我在它们的寂静里，看到生命的孕育，随时要跳出水面，照耀我的眼。

晚上去女友歆语的小院，看到她前两日写给我的文——致友人，感慨万千。一直知道她身体不好，又似乎看透了人世，那种惜惜相怜的感觉更强烈了。担心她又一次删除了博文，保存在这里，以记录我们的友情：

云，发来的留言早已收到。虚无的空间中也存有真实的友情，这个我深信。有你这样一位朋友的惦记，欣慰。

很抱歉，隔了这么久一直也没有回复你，怎么回呢？不是不想，是不能。生怕打开机子敲出字来，一下子又扯到痛处。

看到博客内容又一次删除，你一定认为歆语这个人很无常是不是？实话说，我始终都不敢否认自己的情绪化。在别人眼里，歆语是位很感性的女子，女人感性多半是惹人怜惜的，但太过了便没了新鲜感，连自己都开始生厌，如我。可又没有什么好法子改变，人的秉性往往一带就是一辈子。还算好，总没至于歇斯底里。我的情绪化是只限于己的，从不轻漏于人。熟人眼里的歆语，不与物喜，不与己忧，不与人争，静默、安雅。情绪化？一点关联也扯不上的。曾经很是窃喜这一小秘密只有己知，忽一日，友人凑在耳边说：别看你平日里总是风调水静的，唬得了别人，却瞒不过我，其实你内心深处一直是波澜壮阔呢。听罢，不由打了个寒战。这才知道有些时候，所谓的小秘密其实只是掩耳盗铃的把戏而已，自己反倒成了那个塞住耳朵偷铃铛的人。

被人戳破老底儿的尴尬又如何比得上内心深底纠结缠绊的痛楚？这其中虽也有小女子的自幽自怜，但大多时只关他人不关己。

幸福是什么？一个深奥又简单的话题。周国平说幸福是一种太不确定的东西。我以为最直接的答案：应该是一个人的满足感。如果按常理推断我该属于那种很知足的小女人：夫君的疼惜，女儿的漂亮乖巧，一份常人看来还算体面的工作和不算太糟的薪水。我可以每天把自己打扮得漂漂亮亮，闲暇时约上三两个好友逛逛街，品品茶，做做运动，抑或如你参加一下读书论坛、讲座，做一个风雅又丰富的小女子很好。可即便如此，我还是会常常透过阳光看到那些躲在它后面的东西。那些并不属于我，可我的心会疼，会滴血。也许有人会说是我推错了窗，选错了景，抑或是心态问题，可你不推这扇窗，它就不存在？抑或随着你端正了的心态它就自动消失？想起少年时抄在本子里的一句格言："你的眼中满是沙漠，是因为心里没有绿洲。"一个不识愁滋味的年纪，偏偏又会自作老成地在本子里弄些个劳什子以自省。现在正好反了过来，老虽老矣，却事无精进。任凭内心里莺飞草长，春华荡漾，也无力将现实中的沙漠化成绿洲。倘使一个人可以眼蒙尘，心失臆，也许是最幸福不过的吧，可惜，还不能。那么，失语好了。也只有这个是做得了自家主的。滴血、流泪的桥段可以不写，那些缺盐少油的淡话却也厌烦，即使在自己的日志里偶尔敲上几句也只是一时的兴致使然，过后再品索然无味，不如删除。倒是帅好你们的留言也随之消失让我极为不舍。

前两天将那台老牛般的台式机重装了系统，一边装一边与朋友煲电话粥，装完才发现机子里的所有东西通通不见了踪影，顿时两眼发直，脑子一片空白。稍后试着用软件恢复，竟如大海捞针，一无所获，心不在焉的回报。

老天一直都很公平，不公之处一定不是天力所为。

以前装机如果要全盘格式化，总会把文件悉数搬到移动硬盘，这次因为只装系统与其他盘的东东并无妨碍，未承想大意失荆州，一些被我视为宝贝的，也随之失落不再回来。对着这台空荡荡的老爷机，脑子里回旋起《秋天不再来》的旋律，很有些悲怆的味道。不过对我那台老爷机来说，没有了这些包袱倒轻松了许多，运转更加迅速。极羡慕我的老爷机，一个指令，就可以把一切记忆删除殆尽，再也无法唤回。

这些日子及其懒惰，懒得读书懒看报，连电视都懒得瞧上一眼，更不要说端着架子坐在这里敲上一两千个字。但也有例外。最近，在断断续续地读周国平一部散文集和陈丹青的《退步集续》[1]。周国平是我家先生极其推崇的一位学者，陈丹青的文字则是我喜欢的风格。

几年前在烟子的一篇文章中知道了陈丹青，由一见钟情，到二见倾心。自此，陈的集子便隔三岔五地被请回家里。读书有时如同相亲，也需要秉性相投才会相看不厌。陈是个性情中人，关己、关人、关天下。读他的文字会使我想起鲁迅，曾经被我们奉为“斗战胜佛”的鲁迅先生文中的每一字都是一声凄厉的呐喊，硬生生地把我们扯回到那段蒙尘的记忆，读他，我周身的血液都会贲张。鲁迅先生早已作古，眼下读到的陈丹青当然没有先生的那种力道，可他有血有肉有激情，我的心一样也会随着他起伏的笔触而澎湃。陈的

[1] 陈丹青：《退步集续》，广西师范大学出版社2007年4月出版。

文，笔力老到，笔锋犀利，通篇下来又文辞诙谐。不过，他的幽默是上了底色的，让你的情绪怎么也不能随着他跳跃、幽默的桥段轻松起来。就文字而言，读他实在是一种愉悦，但所涉话题又总是使你的心里沉甸甸的，久久不能释怀。然而，每每此时，我与那个激扬文字的陈丹青是性情相通的。见我手不释卷地捧着陈丹青，我家先生会说：外表看着温文尔雅，你呀，骨子里就一愤青。说起来还是夫君厉害，竟然把我一眼看到了骨头里。

以前，在诸多尚且健在的大家中，散文会以余秋雨等为摹本。文辞考究、华丽，其内容又不只拘于文辞的堆积，如我所喜欢的甜品，香甜润口，沁脾沁心，吞咽起来很舒适。与余秋雨的唯美散文不同，读周国平则是另一种情形，周国平散文更重于对人性、人生的探寻和思考。表象的东西当然一目了然，然而真要想触及事物的根本，实在是一个很伤脑筋的课题。初读周国平便是如此。读书容易，读思想难。不得不承认，以前心浮气躁，读周国平并没用过心过脑之力，所以才会不以为然。如今静心再读，才发现读他竟如在读自己。

在《失去的岁月》[1]里，周国平像一位迟暮美人，端坐在镜前，凝望着韶华远去的容貌悲秋追春。那位先贤“逝者如斯”的千古一叹，让我们足足感慨了两千多年。岁月，就像捧在手心里的一汪清水，无论怎样的小心呵护，还是眼睁睁地看着它从我们的指缝间滴漏殆尽，到头来哪一滴还属于自己？

曾经与镜里的自己相对而视，竟然也会被镜中那个人的端丽容颜所感动，感谢父母给了我一副好皮囊，审视自己，又自信拥有一个高贵的灵魂，可，还是不要苛求上帝的慷慨吧，这个吝啬的老头不会把所有的美好都让一个人独享。也只有他，会先赐予你高贵容颜和灵魂，而后再赐给你一个病痛缠身的肉体，以便你能够在悲苦

[1] 周国平：《失去的岁月》，选自《周国平散文》，人民文学出版社2008年1月出版。

缠绊的折磨中渐渐老去，无法逃离。

在过去的一年间，有好几位熟知的人在这个人世间永远地逝去。论关系这其中有我的亲戚、朋友，还有同事；论年龄，有青年、壮年，也有老人。他们或长或短的生命于整个宇宙无疑只是一粒微小的尘埃，可佛说一沙一世界，逝者的世界随着他们的离去永远消失，几人能知？他们自己呢？他们可曾真正迈进过那道属于自己的心门？苏格拉底说没有经过省察的人生没有价值。那么，这些人在有生之年有没有过自省？大概上帝没有预留这部分时间给大家，不然，大多数人也许会是另外一个人生轨迹。其间还包括我们这些尚且健在的人。

我们无法选择能否出生，也不能预测自己的死亡，当然非正常除外。每个人的生存品质当真都做得了自己的主？仅求一箪食、一瓢饮者又有几人？想到这里，突然觉得有些沉重了。读周国平如同吸食鸦片，富足了精神。读陈丹青又像是在揭自己的伤疤，疼的是肉体。人的思想其实就是一个沉甸甸的包袱，可甩掉它，人，岂不又成了行尸走肉？

因又一次删除了博的内容，你问我心里到底是怎么想的，看到你的留言，刹那间，思绪的碎片挤满了脑子，理不出头绪。在此前，还真没有细想过为什么，也许只因内容的苍白。你的发问使我开始审视自己，其实从第一次删博我就清楚，自己已经没有什么可写了。文字，应该是有感而发，没有了感动文字也就失去了属于它的灵动。

开始敲这些字时还没有到春节，断断续续的，工暇时就会敲上一段，一晃已从冬季直拖到新一年的春天。前些天，春天的第一场细雨让我着实体味了一次初春的清润，漫步在细雨中，呼吸着淡淡的水汽，我在心里说，春天真的已经来了，虽然多少次说不喜欢春天，可经过了漫长隆冬的寒冷、干裂，春天的气息毕竟还是一种久违了的清新。然而，元宵节深夜的一场瑞雪又把我拉回到那个本就熟透了的冬天，其实无常的并非只是天气，我们的生活本就如此。

现在回头瞧瞧，杂七杂八地说了许多的废话，很啰唆是不是？其实，连我都搞不清楚这些究竟是在说给你听，还是说给自己。

云，通过你的文字，知道现在你生活得很好。深深的祝福送给你，我的朋友，一定要好好生活，保重自己，要知道你的健康，不仅仅只为你自己，也关乎家人。

下面是我的回复，也保存在这里，以记录我们的日子：

歆语，很抱歉现在才看到，我保存了。

歆语，我能感觉到你敲这些文字的心情，就像我现在读的心情一样。字中有你也有我。记得有人曾在我的毕业留言本上说，我的内心像壮阔的大海，海面波涛汹涌，深处静谧深沉。我现在是不是进步了呢？我的海面也是寂静的了。可我真的做得到吗？不，做不到的，如你一样做不到的，夜深的时候我分明听到了某种渴望。

歆语，我有一位女友，也很有名气，小日子打理得风风光光。她在博客上展示着她的生活，我也会对她说着羡慕的话。可我心里总是看到她风光后面的东西，寂寞、无奈、孤独，还有早已走远的爱。歆语，我们是不是都从中看到了自己呢？我们都是太容易明白的人，所以你的那些自幽自怜我懂，不仅仅是为你。我知道，有一种牵挂在心里，放不下，扯一下会很疼。可又怎样呢？如果真的可以放下，那一定是心死后的沉默。那就藏着吧！

前两天，我给妈妈买新衣，走了好几家店。每件衣服她都嫌贵，还唠叨说，老人家能有多少日子了？有衣服穿就好了。我耐着性子陪她，终于找到我认可的衣服，她认可的价格。我不能对她说心里的痛，我只能微笑地顺从她。自然的法则，我们都无力改变，顺从也是一种孝。就是现在，妈妈也不知道我真实的感情状态，七十岁的老人了，一句话出去她会夜夜睡不着的，我是不是伪装得很好呢？如果不能告诉她我的幸福，那就什么都不要说了。可我对你说这些的时候，我的眼里是湿润的，因为你什么都明白。歆语，没有人可以很好地把握生命，只是努力而已。我在努力，你也要努力。

歆语，只有书可以让我们平静，还是读书吧！我很欣慰你谈到了读书，书里书外的人生，这是我们的共同点。还有，我也买了陈丹青的《退步集续》，只是没有你领悟得好。不过，我和你一样，骨子里有一点愤青呢，这没有什么不好，这是对生命的悲悯。这一点，你应该也是知道的吧。

2010-03-06

第四辑　夜半卷书帘

寂静的深夜你在读着谁[1]

夜深了，你还没有入睡，你的窗口还闪着淡淡的柔柔的光。

天很黑，星星也寂寞无声。风很轻，托着泛黄的落叶悄然下降。

一个身影从遥远的黑暗处飘过来，鞋跟的“嗒嗒”声打破了夜的寂静。她停下了，在你还亮着灯光的窗前。微风吹过，拂动了她的长裙，给深沉的夜增添了一丝忧郁的动感。

灯光下的你在读着谁呢？是骑着哈利·波特的飞天扫帚毫不松懈地寻找制胜的金色飞贼，畅游在J.K.罗琳的巫师世界里，还是闲居在艾米莉·勃朗特的《呼啸山庄》里，感受爱情的未知、感情的纠葛？是在《梁山伯与祝英台》的千古爱情里吟唱，还是在简·奥斯汀的《傲慢与偏见》里寻找一个家产万贯尚未婚配的有情人？

都不是，你在读他——鲁迅，一个在你心目中越来越可亲近的老头。

> 今夜周围是这么寂静，屋后面的山脚下腾起野烧的微光；南普

[1] 这篇读后感写于2004年4月。当时，我和作家塞林同在新浪读书沙龙论坛写帖发帖，有一天就读到了他的散文《读书是一种略带忧郁的享受》，很有感慨，写下了此文。记得当时塞林回复：看完此帖赶紧读书去。事隔多年，我搜索出塞林的《读书是一种略带忧郁的享受》，再读，依然能体会到他阅读时的感受，几分忧郁，几分寂寞。现在，我也和怀念他窗前深夜灯光的女子一样，感谢那些夜读的丰富而孤独的心灵。

陀寺还在做牵丝傀儡戏，时时传来锣鼓声，每一间隔中，就更加显得寂静。电灯自然是辉煌着，但不知怎的忽有淡淡的哀愁来袭击我的心……[1]

我沉静下去了。寂静浓到如酒，令人微醺。望后窗外骨立的乱山中许多白点，是丛冢；一粒深黄色火，是南普陀寺的琉璃灯。前面则海天微茫，黑絮一般的夜色简直似乎要扑到心坎里。我靠了石栏远眺，听得自己的心音，四远仿佛有无量悲哀，苦恼，零落，死灭，都杂入这寂静中，使它变成药酒，加色，加味，加香。这时，我曾经想要写，但是不能写，无从写……[2]

现在是一年的尽头的深夜，深得这夜将尽了，我的生命，至少是一部分的生命，已经耗费在写这些无聊的东西中，而我所获得的，乃是我自己的灵魂的荒凉和粗糙。但是我并不惧惮这些，也不想遮盖这些，而且实在有些爱他们了，因为这是我转辗而生活于风沙中的瘢痕。[3]

你从这些文字里闻到了他的烟味，感到了他的体温，体会到了他内心深处无法表达的悲苦。你陷入了他的世界，孤独的、寂寞的、无声的世界，啜一口绍兴老酒是因为你爱到了情深处。

如今的南普陀寺香火旺盛，除了带着韵味的诵经声，还有更多的人声、汽车声。琉璃灯也不再孤独地闪着深黄色的火。掌炉的师傅抿着嘴角躲在炉后像俗尘的人一样不断地数着大把大把的钞票。热闹是热闹了，可是少了鲁迅笔下的牵丝傀儡戏，是否更加寂寥呢？

读书是一种略带忧郁的享受，有谁还在执着地享受这种忧郁呢？

电视上几十个频道充斥着一些无聊的泡泡连续剧，换来换去，有时你想，还不如看看天线宝宝呢。可爱的小宝宝友好地在草地上奔跑，接

[1] 引自鲁迅《写在〈坟〉后面》

[2] 引自鲁迅《怎么写——夜记之一》

[3] 引自鲁迅《华盖集——题记》

受世界各地的信号，天真美丽的表情让你忍俊不禁。

上网吧，干什么呢？听音乐，发帖，回帖，聊天，偶尔还和某个MM调侃调侃，可是聊着聊着你突然觉得自己很无聊，无聊得让你无奈，无奈得让你浑身无力。

时间过得很快，当你回过神来的时候，夜已深了。无聊，你实在忍不住嘟囔了一句。你觉得心里一片空白。

那么还是读书吧，你捧起了一本书。寂静的深夜，尽管无声，可是有那么多灵魂超越时间空间和你相会，丰富着你的灵魂；寂静的深夜，尽管无乐，可是有那么多睿智的大脑没有傲慢与偏见地与你交谈，安抚着你的浮躁。你还求什么？没有酒，还有烟；没有烟，还有茶；没有茶，还有窗外伫立的身影。

寂静的深夜你在读着谁？无论是谁，你不孤独。

2004-04-11

谢泳谈网络时代我们如何读书

上午在市图书馆二楼报告厅听厦大谢泳教授的讲座，主题是：网络时代我们如何读书。不记得这是第几次听谢泳的讲座了，对我来说，只要是谢泳的讲座，只要有空，我都会去听听。听一回，做一回学生，再学习一回。

虽然下雨，报告厅还是来了不少的听众。在等待讲座开始前，我身边有两位女学生在谈论谢泳。我问她们，是不是厦大的学生，谢泳的学生？她们说不是，是漳州师院的，是谢泳的山西老乡。她们的同学是谢泳的学生，就这样认识谢泳了。还说谢泳人很好，很谦虚，没有一点学者的架子。我问她们读了几本谢泳的书，其中一人回答，三本。我笑着说，三本太少了，最少要读十本。她们也赞同，说以后还会找来读的。

谢泳教授是准点到达报告厅的，他先简单介绍了一下自己的研究，很快进入正题。谢泳谈了三个问题。先从历史回顾的角度，谈了谈传统书信交流方式的功能，以此带来的审美功能。第一，一般是写在宣纸上的；第二，一般是用毛笔书写的；第三，是按着一定格式书写的。第三种交流方式是长时间流传的沟通方式，但不是唯一的交往方式，到了20世纪30年代，出现了钢笔，传统书信的一些功能开始衰退，特别是审美功能，但钢笔的传播功能还是一样。说明任何一种物体发展到高级阶段，一定和人们生活的时代有关系。为什么现在大多数毛笔书法家，他们的书法还不如以前的账房先生写得好，就是因为毛笔以前是主要的交流工具。说明社会一般的器物功能的发展规律，是由繁到简。比如书写的方式，由毛笔到钢笔，由烦琐到便捷。但在审美功能上，又是倒过来的。比如现在的书就不如以前的线装书，以前的书人工技术浓，且物以稀为贵。

谢泳第二个问题谈的是书籍的历史。虽然现在是网络时代，但传统的书肯定不会被取代，有可能会被缩小，或变形。最早的书，是指有交往功能和保存的记录载体，比如早期的甲骨文、金文、钟鼎文等，战国有了竹简，后来有了简帛……这是一个环节取代另一个环节，规律也是由繁到简，如厚度、轻便程度等。东汉有了纸，有了印刷，到了宋代才有了真正成形的书。雕版印刷在唐代主要是印单张佛教的经传，所以现在宋版的书是不流通的，是很珍贵的文物。到了清代雕版印刷就大量应用，以传播文化，但功能还是有局限。传统的书一般指线装书，成本高，贵族化。当然，当新的东西出现后，也会被取代。一种技术的发展，会和当时社会的其他的东西相匹配。大量的铅版，是在 15 世纪初，还是德国技术。16 世纪发生了工业革命，没有大量的纸，就不可能有大量的印刷，还有油墨等等，这么多的技术都要跟上。中国有铅版技术，是 20 世纪初，由日本传过来的。另外还有油印，油印的好处是简便，但也有条件限制。到了 20 世纪 80 年代初，中国有了激光照技术，一直用到现在。我们观念里以为经典、牢固不可的，是因为还没有可以替代的、更便捷的东西取代。优点多的东西总要取代优点少的东西，这是从功能上说。但在审美上，铅排书还是没有传统的线装书好。

谢泳谈的第三个问题，是网络时代读书的三种情况。一是网络时代的书，包括电子书。在功利的学习中，可以不需要实用性的书，网络上都有。像老师讲的课，网络上都有，干吗要买一本书呀。功利的学习，就是为了掌握知识，这是一个类型。还有从环保上，电子书不需要纸，不要造纸，不占空间。方便，容量大。二是获得信息不需要书，也不需要报纸。从阅读本身来说，现代社会可以靠电子文件，看网络。但是书还是不会消失的，要做精深的研究，创新的研究，光靠网络还是不够的。凡是在网络上能找到的资料，都是过时的。网络上找到的资料不叫资料，尤其是文史哲方面，这是公共资源。一般的知识、训练，可以依赖网络，比如年终总结、工作申请等等，这是文件。实用的东西都可以借助网络，可以漠视书。但要做研究，要看别人没碰过的，像文献类，就不行。当你拿起一本书，这书做得好，是传下来的，还是有签名的，是有温情的，就是有人的感受，这是电子书无法取代的。三是以后读书也可能变成趣味读书，有电子书还是习惯了纸质书、线装书，但在功能方面有一些被取代，但这也是需要有一个相当的过程。也许以后走进一个人家，可能就没有书了。

除了上面三个问题，谢泳还从三个方面谈了谈未来的书店。首先大量的实体书店可能是没有了，它的趋势是萎缩的。但不等于书店就会消失，很可能功能综合性了。有书的交易，有咖啡的交易，有展览功能，有收藏的价值等等。第二个，未来还是会出现比较稳定的旧书业，因为传统的读书的精神，总还是会留下一点痕迹，还是有群体存在的。而且这个旧书店还会有各种功能、各种元素在里面，给公众传播文化，成为文化的一种形式。最后未来的书店还可能会变成趣味书店，个性比较强，重点会有所不同。

最后谢泳总结说，一般精神的东西，或是与精神有关的东西会比较长久，有生命力。实用的东西容易被取代。网络时代，真正的读书有可能会变成比较奢侈的活动，会和实用的功能保持距离，只是丰富人的精神活动。

讲座最后环节是互动，谢泳回答了听众的四个问题。问题省略。散场时我趁机递上《没有安排好的道路》[1]，请谢泳签名。这本书是云南出版社 2002 年 5 月出版的，已经快十年了，是谢泳较早的书。在现场还见到几个老朋友，都是《厦门晚报》读书会的朋友，也是谢泳迷，很亲切。他们开玩笑，说我这本签了名的书值多少多少钱。其实大家都明白，不是钱的问题。我喜欢谢泳讲的一点，那就是纸质的书有人的感受

[1] 谢泳《没有安排好的道路》，云南出版社2002年5月出版。

在里面，有温情，这是电子书永远无法取代的。就像《别想摆脱书》[1]中艾柯和卡里埃尔的书斋谈话告诉我们的：书永远不死。书就如勺子、斧头、轮子或剪刀，一经造出，就不可能有进一步改善。书可以不再是纸质的书，但书终将是书，不可能变成别的什么。

2011-11-19

［1］［法］让菲利浦·德·托纳克：《别想摆脱书》，吴雅凌译，广西师范大学出版社2010年1月出版。

有一种酒叫书话

谢泳教授在何况的新书《文园读书记》的序[1]中说："2007年夏天，我南来教书，在厦门最早认识的朋友即有何兄。"由此及彼，我认识何况不比谢泳早多少，大约也就是2007年上半年的事了。那时许多热爱文字的人开始玩博，我因为在新浪草根博客做管理员，推荐博文时比较关注福建博客，渐渐熟悉了一些博友，有的逐渐成为生活中的朋友。

记得第一次见到何况，好像是在演武路口的书店。当时演武路口较大的书店是外文图书，旁边还有一家较小的光合作用书店。我和认识不久的《厦门日报》编辑黄静芬、《厦门文学》编辑泓莹约在书店附近碰头，正巧何况来了，他去光合作用淘书。一说大家都有点熟悉。我也常去何况的博客逛，因为他的博文很多是读书笔记，很适合我管理的原创栏目，首页推荐时如缺少好的博文，正好他更新了，一般我都会用来救急。

我们四个人找了家面馆午餐，下午要去厦大听关于博客的讲座。何况要埋单，静芬不让。我要埋单，静芬抢走了。当时的情景现在还记忆犹新。好像泓莹还指着何况跟我说了句：他是当官的。何况让她不要讲"什么官呀"，这就应了谢泳序中的第一句："何况兄人在官场，身上却无官气。"

下午的讲座更有意思。厦大邀请的是中国博客的一位老师授课，结

[1] 何况：《文园读书记》，海风出版社2013年6月出版。

果前面讲了很多互联网的作用、技术功能、服务器代码什么的，听得大家云里雾里的。坐在前排的郑启五教授急了，突然发难，大意是讲那么多废话，浪费大家的时间，直接讲怎么弄博客就好了。负责现场的人赶紧出来圆场。授课的老师更是尴尬，真的很快进入正题。不过我们几个没听完就退场了，觉得确实没什么用处，我们已经走在博客的路上了。

再过些日子去筼筜西堤湖畔苏西的“旧时月色”，参加柯大侠组织的厦门博友聚会。一下子见到很多不认识的博友，被静芬鼓动开博并乐在其中的何况当然也在其中。再后来参加《厦门晚报》的读书会，见何况的次数就更多了些。由此，渐渐开始熟悉。

其实，我与何况还算老乡。对别人我可能唤“师”，对他却一直直呼其名，因为有着自然的亲切。何况是徽州婺源人，今属江西上饶市，与我的出生地九江仅两个小时的车程。经常看他在文字里描绘婺源的山山水水，使我这个紧邻婺源的人，对中国最美的乡村心生向往。后来有机会和朋友们一起在油菜花盛开的季节去婺源，欣赏到何况笔下的徽派建筑，精美的木雕，纯朴的民风民俗，细腻感人的兄弟情谊，难忘不已。

可以说，厦门的读书人是一流的，何况是其一。《文园读书记》是何况自己也满意的一本读书笔记。这本书的大部分内容，我已经在报纸上或博客中读过了。本想随便翻翻，没想到一翻就上了瘾，又从头一页页读下来。

谢泳将何况的读书笔记归为掌故笔记，并断言此类写作的生命力，这也是我喜欢阅读《文园读书记》的原因之一。这类笔记也有个词语可以概括，就是“书话”。何况在书的第 306 页借古清生的嘴解释了什么是书话：“书话就是一个筐，跟书搭界的都可以往里装，否则叫什么书话？有书就有话，有话就有说，有说就有乱七八糟，有乱七八糟就有胡思乱想。”不过，何况可没有胡思乱想，他是饱读诗书之后，有条有理地归纳出一篇篇与书有关的文字。那些鲜活的人和事，耐读，有嚼头。

《作家与酒》《作家的笔名》《文人的书房》《读书的藏书家》《精瘦

三书生》《周作人不领丰子恺的配画情》《书里的大学校长》《你买的书都读过吗？》《董桥的七十篇美文》《前辈出版人的故事》《书生痴梦》等等，瞧这些标题，就很吸引爱读点书的人了，谁不想一阅为快呢？

读何况的书话，发现他非常欣赏莫言，对他的作品赞赏有加。光标题出现莫言的就有《扶植莫言的伯乐们》《对莫言的权威解读》《我最喜欢的莫言小说》等，究其原因，不仅仅因为何况认同莫言的文字，曾预言过莫言会得诺贝尔文学奖，还因为莫言是何况解放军艺术学院文学系的师兄，有过交往，了解甚多。从中，可以看出何况作为一个读书人感情细腻的一方面。

《文园读书记》另外论述较多的一处就是马尔克斯[1]的《百年孤独》，有《〈百年孤独〉大陆译本溯源》《马尔克斯和他的〈百年孤独〉》等。听说厦门一位文友有十几种版本的《百年孤独》，何况也有好几个版本，他们这是读书兼收藏了。我读书对版本没欲望，手头有就行。目前家里有两本《百年孤独》。一本是陈森林译，时代文艺出版社 2001 年 7 月版。是一年暑期，回浔阳看望母亲，闲逛旧书店碰上的。记得同时还购买了李零的《花间一壶酒》，同心出版社 2005 年 6 月版。另一本《百年孤独》是范晔译，南海出版公司 2011 年 6 月版，就是何况在《文园读书记》第 46 页中提到的大陆最新的《百年孤独》译本，也是大陆唯一获得正式授权的译本。就这样，还是我正在研修古代文学的女儿 Sherry 买回家的。

文字是桥梁。想起某夜，和刚认识的两位朋友聊天。其中一位美女许多年前也写文字，她递给我一本前几年的《福建文学》，上面正好有她的一篇读书随笔，叙述朴实平稳。其中谈到了杜拉斯。杜拉斯也是我喜爱的一位作家，读过她的《抵挡太平洋的堤坝》《广岛之恋》《情人》

---

[1] 马尔克斯：加夫列尔·加西亚·马尔克斯，1927年3月6日生于哥伦比亚阿拉卡塔卡。哥伦比亚作家、记者和社会活动家，拉丁美洲魔幻现实主义文学的代表人物，20世纪最有影响力的作家之一。1982年的诺贝尔文学奖得主。2014年4月17日马尔克斯在墨西哥家中去世，享年八十七岁。

《爱》等。喜欢杜拉斯的晚年肖像：满脸的皱纹，紧抿的嘴唇，透视的双眼。她在审视这个世界。我几乎把她和《抵挡太平洋的堤坝》中的母亲混在了一起，与命运抗争，与不公的社会和残酷的自然抗争。

杜拉斯是我心中的强者，永远的不屈的强者。她的小说《爱》[1]更是俘获了很多读者的心。《爱》这本书很薄，我却读了两遍，陷在杜拉斯描绘的场景中，想象。旅行者，L. V. S，步行人，男人，女人。他们在走动中，询问中认出对方，回忆起过去，逝去的萨塔拉，爱情之城。故事开始了，它落在了沙里，落在了海上。简洁优美的语言，素描般的场景，想忘都忘不了。正如杜拉斯自己说的："《爱》是一本可以带来一百本书的书，带来我写的所有的书，我写的。然后还有其他的，其他我有可能写的书。"

文字一下子拉近了我和朋友的距离，阅读何况的《文园读书记》，也是这种感觉，他让我看到一个阅读者、写作者的思考，还有性情。

说到性情，读书人有着读书人的可爱，文字是最好的呈现，这也是我为什么喜欢书话类随笔的另一个原因。在《文园读书记》第313页《错得离谱的"鲁讯""鱼迅"》中，何况讲到某次出游与当地书友的合影，他写道："照片说明文字却错漏百出，甚至把冠于某人名字前面的'鲁迅文学奖'的'鲁迅'二字错印成了'鲁讯'，让我心里堵得慌，观看月全食的兴致也没了。"我一下子就笑了，因为这个得奖的某人就是何况自己，他曾获首届鲁迅文学奖。还好，何况是针对书中这种不该有的错，接下来就讲到谢其章先生的《蠹鱼集》也有将"鲁迅"错排为"鲁讯"的事情，令他有一种吃到"死苍蝇"的恶心感觉。而在《谢其章先生的愤怒》中则讲到谢其章在《搜书后记》的《狮吼》杂志书影旁边写下警告性质的话："这本《狮吼》是我花了大价钱在旧书网上买来的，所以我对不打招呼的用别人的图片非常不满。"后来看到翁长松新书《谈旧平装》，图片也都是使别人的，谢其章先生愤怒地说："自己没

[1] [法]杜拉斯：《爱》，袁莉、户思社译，春风文艺出版社2000年1月出版。

书吗，没书就甭写了。”这样的书生气，读之，忍不住又是一笑。正好我的书橱收有谢其章的著作《老期刊收藏》，辽宁画报出版社 2001 年 10 月版。于是拿出来翻一翻，瞧瞧那些如今罕见的期刊影像，感受某个年代浓浓的文化味。

转眼，认识何况已经六七年了。可惜的是，初见何况的光合作用书店已在前两年倒闭，一次路过，亲见它空空荡荡的，只门前有几张书柜等待处理。但又庆幸的是，厦门文化气氛较浓，读书氛围还不错，虽有电子书、网络书店的冲击，实体书店还是前赴后继地发展着。何况在《文园读书记》第 236 页《闲逛厦门书店》中，依次写到了几家比较有代表性的书店，分别是：晓风书屋、琥珀书店、时光书屋、外图书城、不在书店、大摩纸的时代书店等，这些书店我也曾闲闲地逛过。我曾说过，希望有一天，有人写一本厦门书店的故事，一定非常精彩。何况的书话，让我仿佛已经看到了。套用何况的文字“有一种酒叫‘百年孤独’”，我想说：有一种酒叫书话。虽然我酒精过敏，排斥酒，但这“酒”我爱喝，且希望能够一直慢慢地品味着。

读《文园读书记》第 308 页《有书真富贵》，就知何况是纸质书的狂热爱好者。他除了在实体书店淘书，当然也在网上淘书，这是时代给予读书人的选择，甚至于馈赠，好处我就不多说了。有次闲聊，听他说买的书一般都是寄到办公室，然后再搬回家。我笑着没作声。因为我目前的常态，也是他认为的，书是最买得起的物件，性价比高。而且我买的书也是常常寄到单位，每次抱书回家的路上，也是感觉自己富裕得很，心是满满的。不过现在已经很久没用稿费买书了，读不过来。何况听了，反问道：买书就是为了读的吗？我一时语塞。

这样想着，不觉地，《文园读书记》的阅读近了尾声。突然看到广州文友肖和君发来的信息，说京东商城图书特价了，2 折 3 折 4 折，部分书一元一本了，一根冰棍呀。我一惊，就有了何况《文园读书记》第 219 页《在旧书店“救风尘”》的心理了。于是，上网、登录、挑选、进购物车，九本书下了单。不知怎么的，突然看到谢泳早年著作《大学旧踪》[1]，还八折，意志薄弱的我又是一番选购折腾，九本书又下了单。天呀，疯了，这真应了何况兄第 318 页《买书多于读书》一文了，这也算是《文园读书记》给我惹的“祸”吧！

2013-08-01

[1] 谢泳：《大学旧踪》，江西教育出版社1999年1月出版。

李启宇的三十年来厦门史研究新发现

今日参加了两个重要的活动。上午厦门文史专家李启宇带领我们触摸厦门真实的历史，晚上福建著名作家陈希我与《厦门晚报》读书沙龙的书友们畅谈当前文坛的困惑。两个活动信息量太大，有些消化不了，但还是要尽量整理一下。现在就讲讲第一个活动。

上午在厦门市图书馆，听李启宇老师的讲座，主题是：三十年来厦门史研究新发现。我接触李启宇的时间不长，但读他的文章是很早的事了。知道李启宇主要研究地方志和闽南文化，出版的专著有海峡文艺出版社出版的《厦门读史》、福建人民出版社出版的《厦门史略》、鹭江出版社出版的《闽南先贤》等等。

对于研究历史的人，我向来是敬重且敬佩。正如李启宇开讲前谈到的，学历史有什么作用呢？喜欢历史的人，看的历史故事多，一般比较沉稳、比较老练、比较豁达、比较开朗。最关键的是，历史素养是人文素养中最重要的。读了李启宇的《厦门史略》[1]，我才知道，我家阳台面对着的云顶岩，是厦门岛海拔最高的山。大约二亿年前，云顶岩还泡在浩瀚的大海之中。

在《厦门史略》一书中，还有李启宇20世纪90年代以来新发现的史料，有被尘封多年又重见天日的档案，有过去被“阶级斗争史观”改得面目全非如今又恢复“庐山真面目”的史实。由于走出了“戏说”的

[1] 李启宇：《厦门史略》，福建人民出版社2008年6月出版。

误区，对厦门历史进行正说、细说和新说，《厦门史略》这部地方史专著的学术价值是毋庸置疑的。

果然，在一个来小时的讲座中，李启宇以《厦门史略》为底色，摆脱庸俗的阶级斗争史观，摒弃正面人物神化、反面人物丑化的做法，从文明发展的角度分析构筑厦门的历史。而在此前，只能从阶级斗争而且基本上是庸俗阶级斗争一个角度演绎历史。厦门的历史研究，从20世纪90年代后期才开始摆脱庸俗阶级斗争史观的影响，从多元文化的角度重新认识历史。李启宇认为，这是三十年来厦门历史研究最重要的新发现。

在史实方面，李启宇归纳了厦门历史研究的十四个重要的新发现。这十四个新发现，按厦门发展史顺序排列，分别是：

史前阶段：

新发现一，三四千年就有闽越族辨析；

农耕经济时期（755年～1345年前后）：

新发现二，唐许氏故陈夫人墓志；

新发现三，1997年薛令之墓保护性发掘；

军港时期（1345年前后～1683年）：

新发现四，明天启二年（1622年）徐一鸣惨败；

新发现五，郑成功繁荣厦门说辨析；

国际通商口岸（1842年～1948年）时期：

新发现六，长枪队和短刀队的谎言；

新发现七，雅裨理与徐著《寰瀛志略》；

新发现八，“贩猪仔”与华侨的形成；

新发现九，1905年闹关事件真相。

没有发现的发现：闽海关的糊涂账。

新发现十，编造版“虎头山下的斗争”；

新发现十一，鼓浪屿万国租界再审视；

新发现十二，总商会与同盟会厦门光复时的不同表现；

新发现十三，厦门差点被边缘化；

新发现十四. 国民革命军七十五师的献身精神等等。

比如在第二个新发现中，对“唐许氏故陈夫人墓志”，通过研究比较，对明万历《泉州府志》记录的“厦门人物，以南陈北薛为最古”中的南陈进行了辨析，定论为陈僖，而不是陈夷则，更不会是陈黯。而且知道，厦门岛最早的名称叫“新城”，并对这个命名进行了可靠的推论。

还有在第五个新发现中，对“郑成功繁荣厦门说”提出了质疑，对郑成功这个历史人物的评价具有很大的颠覆性。不可否认，郑成功收复台湾，这是他的功绩，但更有许多不足，不能因为后来被称为民族英雄，就什么不足都不能说了。更可笑的是到现在还有这种说法，说郑成功繁荣了厦门，有很大的贡献。事实上，根本不是这么一回事。那时漳泉一带海上的贸易是“船对船”，没有在厦门岛建设码头港口等设施，郑家的十大商行均不设在厦门，谈何繁荣厦门？郑氏家族的主要收入靠的是收取保护费：渔船一年二十至五十两不等，商船一年一千至五千两不等，所得收入基本上为郑氏家族所有，与厦门的繁荣建设无关。清顺治八年，清军提督马得功攻进厦门岛，抢走的郑氏家财就有“黄金九十余万（两）、珠宝数百镒、米粟数十万斛”。此时，距郑成功起兵只有四年、攻占厦门岛只有一年。家财积蓄之快，令人咂舌。

关于“郑成功繁荣厦门”说，出生于鼓浪屿、也在研究闽南文化的记者编辑泓莹老师也有深入的思考。泓莹赞同李启宇的观点，认为以前的史观是唯我所用的实用主义，特别是郑成功研究，两岸都有将他捧为英雄的需要，所以就越发地“神”了。她说，这样一个三十九岁就夭折的“英雄”，性格残暴而阴鸷，并不是什么完美人格，世界上其实没有完美人格的人。所以，应该历史地看问题。闽南地区，当年被这位也是想“家天下”的英雄搞得民不聊生，这也是事实。清光绪《漳州府志》记载：清顺治九年三月至十月，郑军围攻漳州府城，城中百姓“食人炊骨”，饿死数十万人。读史至此，每每不忍卒读。功不能代过，实事求是地评价历史人物很重要。

很可惜的是，因为时间关系，李启宇老师的十四个新发现不能一一展开，有的甚至都没有办法带一带。有人说李启宇讲的是“正史”，这个“正”是纠正的“正”。希望像李启宇这样严肃研究地方史的人越来越多，还历史以本来面目，不要让应该真实的历史“腥到底[1]”。

2011-12-18

[1] 腥到底：连阔如著作《江湖行当》语，凡是真的，调侃儿叫“尖的”；凡是假的，调侃儿就叫“腥的”。而江湖的腥棚，有半腥半尖的，也有净假的没有一点真的，调侃儿叫“腥到底”。

读曾纪鑫和他的历史散文

认识一个人，然后去读他的文字。由他的文字，再进一步了解他的人。这是一个很美好的过程，我读曾纪鑫和他的历史散文就是这么一个过程。

正如曾纪鑫的历史散文揭示的，历史都是由一个个偶然组合成的必然。突然知道曾纪鑫当然也是偶然的，然后的发展就是必然会去读他的历史散文。那还是谢泳教授南来厦大教书不久，朋友们的一次聚会，谢泳邀请了曾纪鑫。原来，他们20世纪90年代初就开始交往，有二十来年的交情了。我也才知道，在厦门，有这么一位历史散文名家，国家一级作家，已经出版了很多书，小说、戏剧都有涉猎。更难得的，曾纪鑫还是我的祖籍湖北老乡，他的浓重湖北乡音给我留下了深刻印象。这种他乡遇亲人的感觉，比什么都好。聊天中，我又知道曾纪鑫在他主编的《厦门文艺》上发表过我的书评，是他从同一本书的多篇书评中挑选出来的，因此对我的文字有一点印象。这个偶然进一步加深了我们相识的必然。

曾纪鑫为人谦和。有一次，在厦门文联和《厦门日报 · 海燕版》联合举办的读书会上见到曾纪鑫，听他谈读书，谈他2003年从武汉移民厦门，是怎么租火车集装箱运书的过程。当时读书会上还有另一位热爱文字的湖北老乡朱忠甫，听了曾纪鑫的演讲，拉着我一定要认识这位老乡大哥。接下来他俩果然结识为好友。朱忠甫到曾纪鑫工作的市文化馆请教。曾纪鑫不厌其烦地帮助这位年轻的老乡，不仅在《厦门文艺》上刊登过朱忠甫乡情浓郁的文字，还把他的文学作品推荐到其他知名度更高的文学刊物上发表。曾纪鑫对后学不遗余力地提携，我就是听着也感动。

再后来，在文友们的聚会上，就时常遇到曾纪鑫。我喜欢他的乡音，喜欢他满脑子的历史故事。一直以来，对研究历史的人，我都满怀敬意。因为他们在研究历史事件中，看到历史进展的喜悦，更看到历史转折期呈现的悲凉与无奈。他们对人性有更透彻地理解，对与之交往的朋友，更温和更豁达更宽容，有人文的关怀。他们不光是智者，更是仁者，我喜欢他们表现出来的仁人之心。

搜索曾纪鑫出版的书籍，发现他的历史散文很抢手。常常过一段时间，当当网就断货了。书一过签约期，就有出版社再版。我读曾纪鑫，从他 2006 年出版的《永远的驿站》[1] 开始。这是一本行走八闽大地的人文散文。不得不说，曾纪鑫是特别有历史感的人，走到哪，都关注他脚下的土地，触摸到当地历史的血脉。那些福建人熟悉的人物：郑成功、李贽、林则徐、严复、林语堂、陈嘉庚、瞿秋白……熟悉的地方：崇武、土楼、四堡、古田……在曾纪鑫的笔下，以另一种势态呈现，而他叙述呈现的背景又总是广阔的，植根于中华民族这条历史的长河，既开阔了读者的视野，又让人有当下的思考。

2012 年 8 月 5 日，去厦门市图书馆听曾纪鑫的讲座，讲述《赵家堡的“前世今生”》。原来在宋朝退出历史舞台之际，竟然有一支赵氏血脉侥幸逃到闽南漳浦，建造了一座名为赵家堡的城池，几乎就是北宋都城汴京、南宋都城临安的微缩与“翻版”。曾纪鑫的讲述脉络清晰，使我对北宋、南宋的发展有了一个大概的了解。回家的路上遇一同事，看到我拿着《永远的驿站》签名本，说她也喜欢听历史讲座，可惜不知道错过了。

我很遗憾读曾纪鑫读得有点晚，但我相信缘分。有缘分，或早或

---

[1] 曾纪鑫：《永远的驿站》，东方出版中心2006年6月出版。

迟，都会遇上。遇上了，就喜欢了。闲聊中，了解到曾纪鑫最满意的两本散文集是《拨动历史的转盘》[1]和《千古大变局》[2]，我赶紧将这两本书“淘”进我的书房，慢慢读。这陆陆续续一读，竟是大半年的时光。读的时候，好像有许多话要说，却又抓不住重点。只觉得中国的历史都装在曾纪鑫的脑子里，他拿着一支笔解读，在夜深人静的时候，与历史人物对话，偶尔来一声现代人的叹息。谢泳评价曾纪鑫说：“他是一位有现实关怀和历史责任感的作家。他的文化历史散文偏重于对历史事件和人物的现代认识与评价，不仅具有丰富的历史知识，更富有当代作家的人文情怀，是中国近年来散文写作最重要的收获。”这也是我读曾纪鑫的历史散文越来越感觉到的。

研究历史的曾纪鑫明白，中国的历史常常是“你方唱罢我登场”，记载的常常是“英雄”的个体。他的《拨动历史的转盘》就从“改变历史”的角度，选取了古代社会对中国的政治、经济、文化等方面有巨大影响的十一位代表人物，他们是周文王、吕不韦、秦始皇、刘邦、董仲舒、曹操、拓跋宏、李世民、赵匡胤、朱元璋、吴三桂。叙述中，曾纪鑫能用浅显易懂的语言、现代人的认识思维，展现人物在历史发展中的转折点和重要性，让著名人物走下圣坛，让读者看到风云人物普通的一面，以及他们影响历史的一些成因。

历史的转盘总会有人去拨动，关键是谁恰好拨动了。历史某一刻为何是这样的，而不是那样的？曾纪鑫笔下展现的历史走向是必然的，也是偶然的；是偶然的，也是必然的。如在《玩弄“上帝骰子”的千古奇商》一文中讲述的吕不韦，仅仅因为邯郸街头偶遇落魄王孙、秦国人质异人，不经意地闪出“我助他归国，扶他登上秦国国王的宝座，他则以相国之位作为回报”的念头，秦国乃至中国历史的发展走向就被改变了。这一偶然的念头，又有着必然的原因，一是当时商人地位的低下迫使吕不韦想改变身份，享受一爵之贵，成为一个真正的人，具有人格尊

[1] 曾纪鑫：《拨动历史的转盘》，巴蜀书社2001年12月出版。

[2] 曾纪鑫：《千古大变局》，广西师范大学出版社2008年5月出版。

严、自由平等的人；二是战国七雄之争风云激荡，纷争的时局给了吕不韦实现人生价值的机会。没有吕不韦，也会有别的人来拨动历史的转盘，只是历史偏爱吕不韦而已。吕不韦凭借智慧和财力不仅将落魄的王孙扶上了王位，自己也做了丞相。他的一系列措施还使秦国变得强大，推进了统一六国的进程，最有意思的是他有意无意间改变了秦国的血统。这么多的偶然、必然纠结在一起，组成了我们看到的历史。没有吕不韦就没有庄襄王，没有吕不韦就没有嬴政，以及后来的《吕氏春秋》。可叹的是，历史也是好开玩笑的，过了冠礼得了王权的秦王嬴政，对付生父吕不韦毫不手软。先是借嫪毐之事免其丞相之职，贬居洛阳。一年后又下旨令："君何功于秦？秦封君河南，食十万户。君何亲于秦？号称仲父。其与家属徙处蜀！"曾经风光无限的吕不韦终于万念俱灰，一爵鸩酒自断性命，最后连块墓碑也没有。

曾纪鑫的散文好读，就好在他讲述历史人物的命运变化时，有他的人文情怀在里面。他为几千年来吕不韦在正经史书及民间传说中不佳的形象与口碑鸣不平，认为历史对吕不韦实在是太不公平了。吕不韦的失误就在于没有把一件事情做彻底，他还有闪光的人性。在言利逐利的商场奔走，未被铜臭淹没；在争权夺利的中心，保有独立的人格；在权力的顶峰，不滥杀生，以民为本；即使在生命不得已的终点，也用自杀这种独特的方式，保留人生最后一点尊严。曾纪鑫感叹："哪怕你误解、他否定他、诋毁他、诅咒他，但你不得不承认，他至少算得上是一个真正的大写的人。而能够真正配得上人这一高贵称号的又有几何？！"这样的思考，不光是对几千年的中国封建社会的叩问，更是对当代人价值观念的叩问，引人沉思。

曾纪鑫的思考，在他的历史散文中无处不在，在《面对历史的双重改变》中，他分析了曹操这个人物。我印象深刻的是他对曹操忘恩负义传说的一一道来，从《魏书》到《世语》至《杂记》而《三国演义》。后人对曹操的评价越来越低，越来越脸谱化，故事越添越多，杀的人也由同伙变为家人，最后画龙点睛地被加上流传千古的"宁教我负天下人，休叫天下人负我”。曾纪鑫的叩问在于分析历史人物特点时，运用了大胆的假想，他说：如果曹操打赢了赤壁之战，就不会有独立的蜀国、吴国，就不会有人胆敢骂他汉贼、奸相，关于他的评说，人们所能见到的，只能是一味地歌功颂德与溜须拍马。或者他索性一竿子将事情做绝做到底，当一位名副其实的真正皇帝，后人对他的评说可能又有不同。不过，假设归假设，传说归传说，毕竟不能代替历史的真实。这样的历史散文既让读者了解历史，又让读者深层次地思考历史，甚至正确地审视当下的社会现状。

我不得不为曾纪鑫叫好，他是尽到了一个历史学者的责任，有一颗仁者之心。他呈现的是历史，更是在为历史去魅去惑，为人物正名正身，这是需要智慧和勇气的。这样的阅读感觉我在《千古大变局》同样找到了。《千古大变局》描述了影响近代中国的十一个关键人物，他们是洪秀全、曾国藩、李鸿章、张之洞、严复、慈禧、康有为、梁启超、孙中山、袁世凯、宋教仁。批评家谢有顺这样评说曾纪鑫：“他的关切和忧患，使我们站在历史面前，想到的却是现实如何展开、人类如何前行等一系列切身的精神疑难：很多问题，先贤们曾勇敢地面对，我想，今天的我们同样无法回避。”

那么，有兴趣的读者就来读读曾纪鑫的《千古大变局》吧，历史不是节选，需要有人拨开迷雾，擦亮我们的眼睛。在这里，我不想说太多，只想谈谈阅读最后一节《宋教仁：走向民主的挫折》的感觉。这一节读得我非常心痛，也许正如曾纪鑫所说：“历史老人有时大方得不着边际，有时又吝啬得不近情理。”确实，历史没有给宋教仁施展政治理想的机会，也没有给近代中国与世界民主潮流接轨的机会。宪政制度彻底失败，历史又开始了毫无进步的轮回。宋教仁的个人悲剧、他的被杀演变成为历史、民族、国家的悲剧。曾纪鑫的感慨也由一声叹息变成了惊悸的雷鸣，隆隆作响。曾纪鑫写道：“他（宋教仁）的身后，不仅没有无数个宋教仁的站立与前仆后继的悲壮，就连第二个宋教仁，也没有出现……一个早已习惯造神与下跪的民族，尝试着站起身来挺直腰杆，看似容易，实则何其难也！”

我看到了曾纪鑫的痛，这痛又不只属于曾纪鑫，这是仁者之痛。听说曾纪鑫正着手准备创作改变现当代中国历史的关键人物，与《拨动历史的转盘》《千古大变局》构成他的剖析中国历史及其关键人物的三部曲，这更不容易，我期待着他的解读！

2013-10-25

黄蕉风的墨家基督徒

蕉风的书我已经收到两本了，一本是《3 的 n 次方》[1]，再一本就是春节前刚刚拿到的《草鞋十字架》[2]。其实，蕉风的书我是轻易不敢开始阅读的，一旦开始就要打起十二分的精神。因为蕉风的书容量都很大，沉沉的。内容对我，又都是完全陌生的领域。比如《3 的 n 次方》，是关于大学生三分钟电影的。当时的蕉风还是影视系大三的学生，但已经锋芒展露，是全国第一个大学生公益影展——三分钟影像展的主要创办人、策展人，发表着新生代电影人的预演与预言。我挺佩服蕉风，觉得这个年轻人有个性，敢想敢做敢实现。

《草鞋十字架》则是蕉风近年来思想成果的凝集。草鞋代表墨家的苦行济世，十字架代表基督的博爱和牺牲。墨家，基督教，我都没有深入地研究过。读蕉风的文字，我才知道中国传统文化中竟然有一股这么优秀的支流，可以和普世第一大宗教，拥有全世界二十六亿基督徒的基督教隔空对话。墨家的兼爱天下和基督教的博爱牺牲有着同等的意义。关于墨子的伟大人格，蕉风借吴雷川的《墨翟与耶稣》，对两个人进行了比较，谈到两人如何的相似。一是出身：都是木匠之后，出于平民阶层，是站在统治阶级的对立面。二是爱：墨家提倡“兼爱”“非攻”，基督教提倡“博爱”“上帝面前人人平等”。三是义：墨翟说“兼相爱交相利”“义，利也”。耶稣说“上帝爱世人”，又称上帝为“公义的父”。四

［1］ 黄蕉风：《3的n次方》，内蒙古人民出版社2010年7月出版。

［2］ 黄蕉风：《草鞋十字架》，国际华文出版社2012年12月出版。

是勤与俭：墨翟被历代赞为“摩顶放踵以利天下”的表率，而耶稣为传天国福音，不辞辛苦，“人子没有枕头的地方”。二人的形象与统治阶级的奢侈和淫乱形成鲜明对比。悲催的是，我们对基督教是排斥，对墨家是轻视。汉代以来，一直是“罢黜百家，独尊儒术”，致使墨家这股优秀的文化支流被忽视，少有人了解和重视，甚至中绝。

在《草鞋十字架》中，我读到历史上曾有两次墨学复兴。一次是清末，一些朴学家如孙诒让开始了较为完整和系统的《墨子》一书的校释和考订，兴起了第一波墨学复兴的浪潮。一次是民国初年，胡适、梁启超等知识分子有感中国儒家传统的文弱，矢志引入墨家思想来和西方的民主自由思潮相接，以此改良民族的文化，因而大力推崇墨学，为墨学在近代的第二次复兴。这第三次复兴何时会到来呢？对依附于主流意识形态的儒家，蕉风在《儒家下的蛋》一文中进行了大胆的嘲笑与批评。但是墨家的兼容也影响到蕉风，他希望他的观点不是非此即彼，而是希望世界文化是兼容的。这本书也是蕉风多角度多层次对传统文化与普世价值融通的思考，并首次提出“墨家基督徒”的新理念。蕉风在厦门的书斋是耶墨斋，可见他对墨学和基督教的研究不是一天两天的事情了，是情有独钟。年轻人能有这样的坚持，独立的思考，更是让人刮目相看。不得不说，后生可畏。

虽然蕉风研究的领域对一般人有点偏，但文字清晰，条理清楚，只要静下来，还是能够学习到很多东西。春节一天有朋友问我在干吗，我说在读朋友的书，收到有段时间了，是关于墨家关于基督教的，还行，很不错。然后我们就谈到信仰问题。科技的发展，让我们丢失了太多精神上的东西，越来越功利，其中就有信仰危机。真的很高兴，还有蕉风这样年轻的学者，沉下心来，跨界飞行，提升修养。

认识蕉风之前先认识蕉风的父亲，《厦门晚报》的记者编辑黄秋苇。他们父子俩常在新浪微博上互动，良好的父子关系让很多为人父母者羡慕。偶尔和黄秋苇见面，做父亲谈论的话题必离不开做儿子的，还常提儿子怕父亲不进步，又推荐了几本书让他学习。我一听黄秋苇报的书名就晕，都是我平时读书不会涉足的，所以只好微笑地听着，不发表意见。这真的是子不必不如父，后生可畏。

由蕉风想到我正在读研的女儿Sherry，我的读书也深受她的影响。比如女儿喜欢村上春树，还托人从日本带回原版的著作。由此我也开始关注日本文学，喜欢上村上春树的小说。有一天，参加完《厦门晚报》的读书会，我对女儿说起编辑萧春雷推荐的《冰与火之歌》[1]，诱惑她说很不错。没想到，女儿转身从她房间搬出一到四卷九本《冰与水之歌》，还是最早的版本。我被女儿狠狠地震动了一下，后来也爱上了乔治R．R．马丁描绘的宏大的历史画卷，还有创造世界的丰富的想象力。今年寒假，不知怎么和女儿谈到古代情歌，她又翻出一套丰子恺翻译的《源氏物语》[2]让我学习，让我看看古代的日本人是如何用诗歌恋爱，传递情歌的信笺又是如何讲究的。对女儿，我常觉得惭愧，不是合格的母亲，比如我不知道她很早就对繁体字感兴趣，喜欢读古体诗文。以至于现在的她，绕了一大圈，工作两年后还是考回学校，研究她感兴趣的古代文学去了。

再说蕉风。现实中的蕉风有着年轻人少有的沉稳，和他文字中表现出的尖锐和锋利形成鲜明的对比，让人一见就难忘。记得第一次见到蕉风，是在厦门市图书馆，听厦大谢泳教授的讲座，讲网络时代如何读书。蕉风一个人坐在一处，静静的。偶尔在父亲黄秋苇对文友的介绍中一笑，算是打了招呼。后来又见过蕉风两次，我们说过的话我想不超过五句。其中一句是在艺术家曾焕光的工作室品土味美食，蕉风向我推荐饭桌上的闽南菜，告诉我那丸子很好吃。

蕉风是个懂得感恩的人，这一点在年轻人中更是难得。在《草鞋十

---

[1] [美]乔治R．R．马丁：《冰与火之歌》，谭光磊、屈畅译，重庆出版社2013年10月出版。本书原著共约七卷，但目前重庆出版社的新版书已出版到第五卷共15册。

[2] [日]紫式部：《源氏物语》，丰子恺译，人民文学出版社1980年12月出版。

字架》的前言《感恩的心》中，蕉风提到了许多关心帮助他的师长，在附录二《吾爱吾师》中，还特别回忆了两次为他的书写序的郭少棠老教授，还有近几年接触到的谢泳教授。谢泳评价蕉风，有思想，但不偏激；有文采，但不外显。很是精确。

后生可畏，祝福蕉风！

2013-03-04

以一种姿势微笑

读福州诗人少木森的禅意诗有好几个年头了，从《少木森禅意诗精选99首》，到《给自己找个理由微笑》，再到手头上这本新书《少木森禅意诗精选精读》[1]。记得新浪博客初建，少木森就是比较引人注目的一位，他的“临风听暮蝉”，他的“每日一禅”，吸引了不少人。在这个诗歌“退隐”且浮躁的年代，能够静下来坚持写诗，能够静下来坚持读诗，都是一件奢侈的事。

中国诗歌，在唐朝达到巅峰，禅诗彼时悄然来临。以诗入禅，以禅入诗，诗歌有了空明灵动的意趣。少木森说他的诗不是禅诗，是禅意诗。关于禅意，我看到少木森这样的定义：“（禅意）是自然的生活，是随缘洒脱、逍遥自在，是我们对事物的一种看法和态度。”“所谓禅意，应该是禅者对这个冷峻世界的一种温暖的注释和向往。”自然的生活就是日常的生活，吃饭穿衣睡觉之类，用心了，就有了禅意。这样说，我似乎明白了点。少木森将禅学思想中的“任运自在”“随缘而适”以“拈花微笑”的姿势运用到了他的日子里，就有了他的花鸟虫鱼春夏秋冬的诗心生活。

读少木森的禅意诗要有一颗宁静的心。我不太懂诗，静的时候，也愿意去读读少木森的诗，收获一点禅意。少木森的《茶》诗写道：茶叶不是茶／茶是滚烫的水浸泡后／叶子里流出的像血那样的东西／这就

[1] 少木禅等：《少木森禅意诗精选精读》，中国文联出版社2010年2月出版。

像是我的诗歌／可是 我被什么浸泡过了呢／流出的那一点儿东西／就被读作诗歌／一首又一首／也许有好多首呢。

在《少木森禅意诗精选精读》里，有2006年11月我在《茶》下的留言："泡一壶岁月的茶，温暖！"我不知道，这是不是就是我当时的感悟。禅，我不懂；茶，我喜欢。茶叶浸泡过是茶，我们被岁月浸泡过是什么呢？少木森是一首又一首的诗。读读，确实很值得回味。

我非常喜欢少木森的禅意诗透露出的空与静（如《心境渐凉》），微笑与温暖（如《两棵树》）。2008年暑期，我带着两本书回九江看望母亲。一本是北岛著《青灯》，一本就是少木森著《给自己一个理由微笑》。现在带的是《少木森禅意诗精选精读》。有一次，在坐车的空隙我拿出来，一位小姑娘探着头和我一起读。窗外是闽南的春天，杧果树细碎的花开满了枝头。

《少木森禅意诗精选精读》和一般诗集不同，每首诗后都有评论，或诗友，或网友，这是写与读的互动。第一首诗《远远的一声是你》后的评论，是厦门诗人、诗学评论家陈仲义的《鸟啼花落，皆与神通》，肯定了少木森禅意诗的清淡旷远的境界，"除故""忘我"的语言方式。书中第二辑《独自叙说》有十七篇少木森谈禅意的小文，很值得一读，可以帮助我们理解禅意诗的韵味。比第一辑《纷纭众说》更精彩。就我个人而言，不太喜欢有点评的阅读，就像我以前说过的标签式的阅读，悟与不悟，都是各人感觉的事，别人的终究代替不了自己的感受。何况禅这个东西，比较会意，说出来的总是不及一二。当然，作为诗集呈现的一种方式，这种诗加评论，甚至于争鸣、探讨的方式还是有着积极的指导意义的，特别是为我们这些对诗一知半解的人，提供了学习的机会。

现在说说我最喜欢的一首诗——《霜降》：有时候季节非常凌厉／像一个词：霜降／一朵花要想在这个时候／慢慢打开自己／需要足够的勇气／／有时候季节只是虚张声势／也像一个词：霜降／一朵花就在这个时候／慢慢打开自己／我还是看见／一种神秘的微颤。诗中，恶劣季节如霜降，一朵花却慢慢地打开了自己。这是多么顽强的生命韧度呀！这该需要多大的勇气与爱呀！我敬佩这样的一朵花，微笑在花蕊中摇曳，荒漠的世界从此有了暖色。在这里，一朵花也有了旷野中一棵树的力量。诗人用一朵花的盛开告诉我们，微颤不是禅，微颤与微笑对应，就是禅。

2010-03-26

何葆国的小说，何葆国的土楼

前几天，福建著名作家何葆国在网上发出邀请，将于5月30日在中山路新华书店签名售书。签售他的新作，海峡文艺出版社出版的《山坳上的土楼》[1]。

上午九点多，我从前埔坐车到轮渡，再走到中山路新华书店，到的时候已经十点，活动开始了。我加入了粉丝队伍，耐心等候。新华书店同时签售的还有福建另一位著名作家杨少衡先生。

我没有完整读过何葆国的小说，只在他的博客里读过一些。文字朴实，内容厚重，很好读。有一天和同为新浪博客管理员的"与心情无关"，还就何葆国的小说中表现出来的历史感进行过一番探讨。后来何葆国在新浪开设了"福建作家"博客圈，一些在福建生活或从福建走出去的热爱文学的朋友，加入了他的圈子。因为在新浪博客做博文推荐，比较关注福建的文学博客，就这样知道了何葆国，也加入了他的"福建作家"博客圈。

何葆国的小说基本以福建客家人为原型，以福建土楼为承载体，描写福建客家人的风俗人情，生活场景。也可以这么说，何葆国是一位写福建土楼写出名的专业作家，已经出版有长篇小说《同学》《土楼》《石壁苍茫》等。同时，也为2008年福建土楼列入世界文化遗产名录做出了贡献。现在福建的土楼出名了，何葆国的小说也就更好销了吧。

---

[1] 何葆国：《山坳上的土楼》，海峡文艺出版社2009年4月出版。

女友秀晖，漳州人，和何葆国相熟，没空来，叮嘱我帮她买一本。于是，两本《山坳上的土楼》，一本签我的名，一本签秀晖的名。排在我前面的人，我好像认识，和何葆国似乎很熟，拿了六本书，签完了名还和他合影。我因为上火，眼睛有点红肿，戴着墨镜。何葆国老师可能没想到我来。他曾答应送我两本书，所以我开玩笑说，等不及他送书，只好来买书了。其实学校图书馆有很多何葆国的小说，只是一直没有找来读读，现在买了《山坳上的土楼》，就是一个新的开始吧。

后来才想起，那个看起来面熟的人是我的同事，何葆国的同学。我们还在学校的监考任务中分别担当甲乙监考，他为此还写过一篇有关监考的文章，自愿充当乙，而我是老道的专业监考甲。这是后话。当然，后来也收到了何葆国老师寄赠的另外两本书，一本是他的小小说集《八月盛宴》[1]，一本是他的中短篇小说集《来过一个客》[2]，又名《土楼风情录》。这样，我就有了何葆国的小小说、中短篇小说，还有长篇小说，齐了。这也是后话。

我在极短的时间内阅读完何葆国著《山坳上的土楼》。这部长篇小说讲述的是黄家坳土楼村落里，青年黄松为族人再建一座新土楼的故事。小说以黄松一连串的疑问开始：为什么当年祖先走到黄家坳就不再往前走了？假如当年祖先继续往前走，那不知会走到哪里？现在的我又会是在哪里？那还会有黄家坳吗？那还会有我吗？当年祖先在黄家坳歇脚时听到公鸡在傍晚啼叫，立即决定在此定居，这是命中注定的选择吗？为什么偏偏是黄家坳而不是别的地方？于是，故事开始了，人物出场了。争斗开始了，恩怨情仇来了。拼搏来了，生生不息的生活继续了。

印象最深的是黄松赚够了建土楼的钱回到黄家坳，复兴楼黄氏族人还有住山坡茅棚屋的人，看到了黄松的实力，为他建土楼的毅力折服，都自愿来帮忙。天助，人助，天助楼工程进展很快，一天就夯了一周。

[1] 何葆国：《八月盛宴》，光明日报出版社2010年8月出版。

[2] 何葆国：《来过一个客》，海潮摄影艺术出版社2009年5月出版。

夯墙声成为黄家坳最有力度最震撼的声音。大半年过去了，天助楼终于建到了第五层，最后一版墙是黄松和黄浦夯的。黄松站在墙上往下看，人小如蚁，但小小的人却夯起了巨大的土楼，他们终于把不可能的事情办成了。

小说最后，何葆国给了个非常光明的尾巴。在天助楼即将完工、办出水酒的时候，土楼突然遭到溃败的国军一个连的围攻，在他们要炸毁好不容易新建的天助楼时，被解放军的一支先遣支队及时驱散围歼，天助楼得救了，土楼得救了。

2009-06-05

女人聚会及《鼓浪烟云》

今天绝对是个好日子。

晚上女人聚会，是苏西招集的。我们在莲花剧院附近集中，然后跟着苏西左拐右拐，进了草根堂的小院。草根堂是一家非常有特色的私房菜馆，光名字就好听，有着自然清新的味道。我们订的是楼上内室一小间，装饰以木色调为主，墙上有一些小巧的镶画，整间屋子显得古朴典雅。

菜一上桌，颇有战斗力的女人们就直呼好吃。其中一盘消暑的冰镇苦瓜，薄薄的几乎透明的苦瓜置于冰上，甚是青翠养眼。苏西是我们中的美食家，会品还会做。曾经在她的“旧时月色”尝过她做的红烧肉，嫩滑柔软。见我们对冰镇苦瓜感兴趣，苏西就边吃边教我们：苦瓜切薄片，放开水里焯一下；滤水，再放入冰水中，搁进冰箱里。要吃了，冰水里捞出，一片片码在碎冰上，蘸蜂蜜食用。一道养眼又养生的私房菜就这样诞生了。苏西的小嘴巴麻利地说着，我们听着，都有了回家试试的欲望。

最难得的是，非常忙碌的泓莹也赶来和我们相聚，还带来了她的新书，厚厚的《鼓浪烟云》[1]。初知泓莹的《鼓浪烟云》，是在她的新浪博客，贴有一些章节。没想到，一读就被泓莹沉稳细腻的闽南风俗生活描写所吸引。如元浴的弥月，泓莹写道：“宝珠一边烧起大灶炒糯米焖油

[1] 泓莹：《鼓浪烟云》，海潮摄影艺术出版社2007年6月出版。

饭，另一边叠起蒸笼蒸年糕，该泡的泡，该切的切，一会儿油饭熟了，前来送鸡蛋面线的亲友也到了，小丫头们川流不息跑上跑下，一盘一盘的油饭送出去。”

后来就常去泓莹的博客浏览，越读越喜欢。作为文学杂志编辑的泓莹出生在鼓浪屿，当过知青，做过乡村教师，对闽南对鼓浪屿有着不同一般的感情。她用她的笔、她的镜头关注着她生长的土地，她的热爱、她的忧患时常在她的博文中显现。

清末民国初，鼓浪屿这个弹丸之地，是外国人建立起来的微型西方社会。发了财的华侨，阔起来的当地人，进步的知识分子，甚至金盆洗手的土匪都挤进这个万国俱乐部，造洋楼起别墅。倾注了泓莹半生文化积累、花费了长达六年时间准备的《鼓浪烟云》就是以此为背景，时间跨度五十年，空间连接闽南（主要是鼓浪屿）与南洋两个地域，描写少年理发师苏甸只身南渡，白手起家，成了南洋的华裔巨商后，回到鼓浪屿定居，起造华屋，繁衍生息，发展为世家的故事。

泓莹在谈到《鼓浪烟云》的创作时说：“我写东西很随意，写了大半辈子，发现自己真是写得太杂、太散漫了！唯一不随意的是《鼓浪烟云》，做这个长篇小说的时候，一度泛滥的散文都失踪了，感觉沉甸甸的东西压迫着。对于我来说，悠远历史唤起的冲动是很常见的，如何更到位更传神地表现闽南地域特色，而不仅仅是表象和方言，一直是我努力的，所谓的地域特色其实是一种难以言传的韵味，一种久远的文化积淀。”

1997 年，当我第一次踏上鼓浪屿时，优美的景色延续了《鼓浪屿之波》带给我的愉悦。等到结识泓莹，我不得不说，对鼓浪屿的认知我始终停留在环境的表象，更动人的是鼓浪屿深厚的文化底蕴。那些小巷，那些别墅，无不带着深深的历史印迹，默默地述说着过往。

翻开十六开本的《鼓浪烟云》，泓莹带我们走进闽南的历史空间，那里有熟悉的地名：龙头、鹭港、浯屿、嵩屿、大同路……那里有地道的闽南小吃：面线、凉拌蒜蓉醋海蜇皮、酱油泡的乌蛐、茯苓糕……都融入泓莹描写的人物生活中，如现实的影像，不由人不佩服泓莹细致的生活观察能力。

如其中一段："客运水和苏甸乌石等在洁净的碟子上摊开薄饼皮，挟了翠绿的虎苔和迸脆的油爆米粉，涂了红辣酱，舀了混混沌沌的菜肴包好即入口，熟练，利索。"这里描述的是闽南的小吃薄饼，"混混沌沌的菜肴"里面包括的东西可多了，有海蛎、虾仁、红萝卜、高离菜、香菇等十几种菜肴。薄饼皮在菜场可以买到。卷好后的薄饼也可放油锅炸了吃，外皮香脆内里酥软。外地人来厦，点的一般是裹好的薄饼，可没有书中描写的亲手包薄饼的乐趣。

小说围绕着苏甸的创业史，还细致地描写了他的朋友的事业，妻妾的日常生活。故事情节算不上跌宕起伏，也没有大悲大泣的人物，就像我们真实的生活，可这真是小说的魅力所在。泓莹一切让人物的命运说话，让人物的言谈举止说话，所以这部小说很适合慢读，单书中关于女人的描写可谓精雕细琢，行云流水般的文字运用能力让人叹为观止。

例如写南洋的伊丽："美丽的娘惹（指华人与马来女人生的女孩）芳龄二八，微鬈乌发掩映着水汪汪圆眼，笑起来嘴角有一圆润小涡，肤色乌油油的，穿的是宽大的地道唐装，却不着绣鞋，她腿很长，结实的脚腕裸露，趿着红色木屐，笑吟吟朝阿甸走来，你好，我是伊丽。"活脱脱的，热情大方的伊丽就闪现出来，仿佛能听见她的心跳。

再如写鼓浪屿的翰林千金妍婴："妍婴换了自己缝制的深紫衣裙，月白羔皮坎肩，净额高髻，唯一饰物就是那只金光闪烁的金锁。"真是姹紫嫣红，各有各的妩媚。这些描写，也显现了泓莹驾驭文字的能力。细节见功夫，功夫在书外。

饭后，我们这些因文字相遇相惜的女人，每个人捧着一本厚达403页的《鼓浪烟云》，去台湾阿婆冰吃冰。秀晖笑着说，我们好一致哟，像暗号似的。大家都开心地笑了。阿婆冰的分量大小按小福、大福、全家福来定的，静芬点了红豆、杧果两小福，随后几个女人就围着桌子，你一勺我一勺地舀着，又聊开了。女人间的闲话非常碎，生活、文字、博客，甚至于股市和一些可争议的人和事，都倒腾倒腾。说的，愤然一下，然后又开心地笑。听的，也说说自己的看法，没有顾忌。总之，非常随意、开心。

2007-08-03

厦门文学院揭牌成立及《真水无香》

厦门文学院今日上午在厦门文联二楼举行揭牌成立仪式，从此，厦门有了自己的文学“梦工厂”。近三十名来自八闽的作家成为首批与厦门文学院签约的作家。厦门文学院院长陈元麟和厦门文联主席舒婷共同揭牌“厦门文学院”。厦门文学院的成立，是厦门文学艺术界的一件大事。相对于其他省市来说，厦门文学院起步较晚，算是年轻人了。

20 个世纪 20 年代到 30 年代是厦门文化史上的黄金时代，大师云集。

1921 年，陈嘉庚创办了厦门大学。1926 年，设国学院，林语堂任厦大文科主任。林语堂以他的宽容和影响召集了一批著名的专家学者来到厦门，来到厦大。除了文学家鲁迅；还有国学家沈兼士、古史专家顾颉刚、语言学家罗常培、哲学家张颐、中西交通史家张星烺、考古学家陈万里、编辑家孙伏园和作家章川岛等。鲁迅是 1926 年 9 月 4 日来到厦大，担当国文系教授和国学研究院研究教授。1927 年 1 月 16 日离开厦大。在厦大，鲁迅虽然只待了短短的四个月，但他的精神的影响却是深远的。在厦大，鲁迅编写了《中国小说史略》和《汉文学史纲要》两本教材。他的许多重要著作也是在这一时期完成的，如《铸剑》《奔月》等，同时开始《野草》《朝花夕拾》的写作。在厦门大学的集美楼“鲁迅纪念馆”，还保留着鲁迅先生在厦大时的起居室。

另一个在厦门影响深远的是黑袍、黑伞的弘一法师。1927 年，原本要去泰国的弘一法师在陈嘉庚胞弟陈敬贤的介绍下来到厦门南普陀弘律。从此，弘一法师人生最后的十四年，基本上就待在了闽南。弘一法师喜欢闽南的气候，恪守“衣不过三和过午不食的教条”，来往于厦漳泉各地的寺庙。厦门的南普陀、万石岩、日光岩、万寿岩等都留下了大师的足迹。1936 年岁末郁达夫下榻厦门中山路天仙旅社 432 房，去鼓浪屿拜访弘一法师。当时弘一法师正在日光岩“仅有一木窗，风时雨时关闭”的小房静养，后郁达夫诗曰：“不似西泠遇骆丞，南来有意访高僧。远公说法无多语，六祖传真只一灯。学士清平弹别调，道宗宏议薄飞升。中年亦具逃禅意，两事何周割未能。”

2007 年 5 月 4 日，曾去中山路摄下“天仙旅社”的招牌。当时，旅社因经营出现状况，已挂出迁址他处的横幅。现在，郁达夫下榻的“天仙旅社”早就无踪可寻，随着二三十年代的大师们一起去了。

我对现在的厦门文学文艺界不是很熟，在现场认识的人也很少，属于非常安静地坐在一边的人。看着泓莹端着镜头，前前后后、上上下下地摄影，非常佩服。忙碌让她更加年轻，充满活力。

其间见到舒婷两次。没有上前说话。后悔地想，应该把阅读过的《真水无香》[1] 带给舒婷签名的，多好的机会呀！我买的这本《真水无香》，是舒婷获“2007 年散文家”奖项后的加印版，封面上一条乳黄的腰封写着这本书的授奖辞：“《真水无香》集中描述了一个岛屿上的历史和现实，那些并不藐远的人和事，通过作者内心的回访，洋溢出一种令人叹息的真情和感伤；而那些贴身的细节，带着人性温度的怀想，被巧妙地嵌合在作者个人的生命历程中，它使我们看到，一个地方和一种生命气质的养成有着隐秘的联系，一种有感染力的写作，也往往是朝向故乡的一次精神扎根。舒婷对生命记忆的检索，对细小事物的敏感，对历史人事的温情和敬意，坚定地向我们重述了那些不可断绝的精神纽带对人类生活的微妙影响。”

早在这本散文集前，舒婷已经出版了散文集《心烟》《秋天的情绪》

[1] 舒婷：《真水无香》，作家出版社2008年4月出版。

《硬骨凌霄》《今夜你有好心情》等等。只是舒婷的诗歌《致橡树》影响太大了，人们始终记得她是个诗人，“都是木棉惹的祸”。舒婷自己也说：散文是手工棉纺，亲切的，坦率的。而我，喜欢的就是这种感觉。

鼓浪屿在舒婷的笔下是色彩浓烈的，那些古榕、玉兰树、相思树、夜来香、圣诞花、扶桑、喇叭花、三角梅、凤凰木、一品红、虎莓，甚至于别处少见的油菜花，都充满了生命的灵气。还有肥嘟嘟的菠萝蜜、晶莹饱满的莲雾、爱探墙头的枇杷、龙眼、木瓜、杨桃，这些南方的水果，也在舒婷的书里滚动着，诱惑着。而那些与亲人有关的植物，永远的玫瑰、父亲的芍药、老祖母的双背刺、外婆的风雨花，更是带着深深的情意长在舒婷的记忆里，熨帖在文字里，鲜活着明亮着。而读着舒婷诗意文字的我们，对鼓浪屿更多了许多向往，多了许多女子的情怀。

鼓浪屿的前辈女人都是性情女子，不施脂粉，素面朝天，清爽干净，心境淡泊，经天时、地利、人和的共同打造，越老越美丽，是真正的绝代美人。正像舒婷说的：一位女性的优雅内涵，比起如花似玉的容貌，更经岁月锤炼。舒婷书中提到的黄萱即是。

黄萱从小接受良好的闺阁教育，国文、英文、音乐皆精，是陈寅恪生前的助理。陈寅恪是这样总结黄萱的工作：“我之尚能补正旧稿，撰著新文，均由黄先生之助力。若非她帮助我便为完全废人，一事无从矣。”1973 年，六十三岁的黄萱在广州中山大学退休。1980 年黄萱迁回故土鼓浪屿，悄然住进父亲留下的老房子里，以书为抱，与琴互诉，不事声张，淡泊自甘。2001 年 5 月，九十一岁的黄萱在儿女的怀抱中合眼睡去。

鼓浪屿上别墅多。据说，岛上百分之七十的家族，都有着来自海外的蔚蓝色汇款。只是经过几十年的变迁，原本落叶归根的人都散了，原本繁华的家族平息了，他们的后人流落到了世界各地，留下的是一日荒甚一日的洋楼，没有了主人，无言地沉默着。书中有张小插图，是林祖密“宫保第”。年初，曾和北方来的女友“与心情无关”站在宫保第的残垣断壁前感叹：楼房尚且如此，何况是人？

对于这些庭院深深的老别墅，舒婷是有着浓厚的感情的，这种情怀是感伤的。我在她的文字里一点点地感知着，不由得也跟着感叹岁月的流逝，深深地缅怀。即使是“漳州路四十四号”的廖宅，林语堂和廖翠凤曾经的新房，如今也是藤蔓褴褛，苔生藓长，风雨飘摇，为很多寻觅文化遗迹的访客们驻足唏嘘。

早就名声在外的舒婷是低调的，在文人纷纷触电的今天，传媒上依然很少见到她的身影。舒婷悠然地在她的“私家花园”鼓浪屿养花养草养金鱼，在她的小岛沙滩上散步。那些羊肠路，八卦巷，静且洁净。有些许的落叶、落花、落果，在舒婷的眼里毫无狼藉之状，反生出许多野趣与可爱。即使在家门口迷路，也是欢天喜地的。舒婷相信那些渐行渐远的背影，隐去的人，回首之际，也不愿意被打扰，更不愿意看到自己被越来越多的电视剧制造商复制、割裂、篡改和出卖。真正的鼓浪屿的人太热爱、太珍惜清静无嚣的生活了。

在简短的揭牌仪式之后，我趁着到场人员合影留念的时机，揣着进场时得到的一份礼品，内有《相约厦门》第四届世界合唱比赛 CD 三片，购书券两百元，《厦门文学》一本，《厦门日报》一份，喜滋滋地独自离开了。其实常常这样想：做一个文学边缘人，其实挺好的！

2009-01-18

情人节的约会及《新男女关系》

今日情人节，适逢周末，有两个约会。

忠仑公园的桃花开了，上午导师带着各个点的瑜伽学员到桃林练瑜伽。这是第一个约会。名曰：情人瑜伽。口号：桃花盛开的地方。

忠仑公园是近几年开发出来的，离我的住处不是很远，几站路。但是，我却从来没有进去休闲过。情人节，这个特殊的日子，因为练瑜伽，我带着相机，背着瑜伽垫，来了。

公园里早起锻炼的人不是很多，山坡、石板路、小亭，清新寂静。问一锻炼的女子，桃林在什么方位。答曰：沿着下边那条柏油路走就行了，不要上山。于是，沿着不太宽的路慢行，二三十株桃花一下就入了眼。忍不住跑进桃林，看看这朵，瞧瞧那朵。紫红的、大红的、粉红的，还有白色的，漂亮极了！继续前行，隔一段路就冒出一片小桃林，不停地让我惊艳。相对于公园里那些高大的桉树、相思树来说，这些桃树很矮小，但枝条鼓足了劲，落满了花苞与花儿，挤着抢着占地儿。

练瑜伽的学员陆续到齐了，我们在桉树林里，在盛开的桃林前，坐定、呼吸。在鸟鸣中开始与自然和谐统一的瑜伽。先是单人瑜伽，再是双人瑜伽，犹如我们从青涩走向成熟。也许因为是情人节，导师阐释瑜伽的动作宛如现世的情感：该握手时请抓紧，该松手时要放手。爱来时，握紧；爱走时，松手。

练完瑜伽，大家在桃林前合影。不急着赶路的，或拈花含笑，或二三人，或三四人，在桃林里摆摄瑜伽造型。人面桃花相遇欢。最可喜的，一只蜂儿忽然飞进了我的镜头，和绿白的桃花一起留在了我的影像里，成为永恒。有学员说，如果这些桃树再大些，真像来到了桃花岛。我想，只要有春天，桃树会一年年长大，桃花会一年年更加鲜艳。

下午四点，中山路光合作用书屋推出厦门三位作家的新书签售会，广告词是：到光合作用旗舰店《猎色》，寻找《花姑娘》，开始一段奇妙的《新男女关系》。这是情人节的第二个约会。

《猎色》[1] 是《厦门晚报》编辑记者萧春雷的著作，中国戏剧出版社出版。此书介绍了三十家国外后现代摄影大师的作品，涉及历史、政治、社会、阶级、性别、种族、文化、生态等诸多领域，容量巨大。有人说，看了这本书才知道什么是真正的摄影。

《花姑娘》[2] 是畅销书作家高和的著作，这是高和的第九本小说。花姑娘是一条狗的名字，一条神奇的狗。小说讲述的是一条狗和一个男人的故事，非常好读。

而我最熟悉的《新男女关系》[3] 是《厦门日报》编辑记者黄静芬的著作，是一本当代男女情感实录的书。在两年的时间里，黄静芬主持《厦门日报》倾诉版的工作，那些被情感折磨得走投无路的人，都可以拨打她的手机，倾泻他们的痛苦与迷茫。黄静芬以一颗慈悲的心倾听，以诗人的敏感、散文作家的笔触记录，而倾诉者总能在她那里找到平静、理性、客观的评说与引导。《新男女关系》这本书就是从那些见诸报端、很有影响的文章中挑选、整理、改写出来的，具有极强的可读性。

《新男女关系》从男女情感这扇窗口，让我们窥视到现代时风与人们心理的变化。书中的故事，有风俗伤（《高嫁妆的婚俗让我很受伤》），有迷惑爱（《爱上有夫之妇，我情难自禁》），有错误爱（《他回到她身边，剩下我独自难受》），有病态爱（《拿什么拯救你，我深爱的人》），有婚外恋（《闺中密友和老公暗度陈仓》），有多角恋（《他好，

[1] 萧春雷：《猎色》，中国戏剧出版社2008年12月出版。

[2] 高和：《花姑娘》，作家出版社2009年1月出版。

[3] 黄静芬：《新男女关系》，新华出版社2009年1月出版。

她们好，我不好》），有爱无能（《我爱的男人从来不抱我》），有生死恋（《生死边缘难舍这份真爱》）……可谓是现代男女情感世界的万花筒。读后，不由人深深叹一口气：问世间，情为何物？

完全可以这么说，《新男女关系》是一本可供研究当今社会道德与伦理的好书，也是婚姻中的男人和女人的一味良药，能够从现实的、生活的角度，带给我们深刻的思考。

两样人的情爱和婚姻，注定少不了磕磕碰碰，起起伏伏。透视书中一个个真实的情感故事，尤其是婚姻中的女人，她们一步步走来，总是忍受最多，受伤最深（《7 年辛苦感情路，今日一脚被踹开》）。即使是共过患难的夫妻，一朝变脸也是拳脚相加（《5 年婚姻，伤得我体无完肤尊严全失》），而自尊、自爱、自强（《单亲妈妈：做个雅致的女人》），才能得到女人想要的幸福吗？其实，那更多的是一种无奈，哪个女人不想要一个完整的家？哪个女人不想要一副可以依靠的肩膀？只是没有了爱，没有了怜惜，女人只得自己扛起自己。

对《新男女关系》，黄静芬的要求很简单，她说，有人一口气读完了里面的婚姻故事，觉得自己的生活还不是很糟糕，还是很幸福的，她这本书的目的就达到了。

签售会很成功，出现了排队等候签售的热闹场面，三位作者更是忙得热火朝天。这场面让我时不时地想到忠仑公园繁盛的桃花。人群渐散，签累了的黄静芬在超级粉丝赠送的玫瑰花旁微笑。我们这些留下来的女友围着她，笑谈她的花衣，她的花鞋，还有她红扑扑的脸。灿若桃花。

2009-02-14

燕影把影子投进了雨云

这几天一直抱着燕影从海南寄来的书读，终于明白朋友眼中燕影的诸般好是真的好，文好诗好人更好。

翻开《燕影的天空》[1]，一下子就被燕影的模样吸引了。西秀海滩的燕影，花样年华的燕影，喜来登宾馆的燕影，当兵岁月的燕影，和家人在一起的燕影……哎呀，真是可爱呀，怪不得朋友们都说燕影是永远的少女呢！

燕影出生在闽南，居住在海口，早就是福建著名的诗人作家，我却一直没有仔细地读燕影。5 月 14 日傍晚，和《海峡生活报》的编辑妙婵结伴去鼓浪屿浪漫岛旅馆会朋友，是第一次见到燕影，当时就为燕影的精致、亲切、软语所惊艳。夜里，在旅馆露台，有些感冒的燕影依然陪着我们闲聊。聊写作，聊人生，聊星空。我们一起看“流光 · 闪”，一起看“许燕 · 影”。当时我就在想，燕影怎么会有那么多的快乐？

《燕影的天空》是一本文集，由燕影的散文诗、散文随笔、诗歌、心情独语组成。读她的诗文，就像在读一颗纯粹透明的心。岁月沧桑，我已经很久很久没读这样的诗文了。燕影让我又想起了那些纯粹的、多情的、有爱的日子，多么美好！《今夜我爱着》《给你》《我喜欢》《小白帆》《月琴歌手》《风不再哭泣》，这些美丽干净的散文诗，让我欣喜。就连《答一读者》这样的小文也充满了诗意：“燕子是在天空飞翔把影

[1] 许燕影：《燕影的天空》，国际华文出版社2008年1月出版。

子投向地面，而燕影却在地面奔跑，把影子投向天空。”我更想对燕影说的是：影子投向了天空，也就投进了雨云。

燕影的文字是快乐的，读着燕影的文字我也跟着快乐着。散文随笔辑里，《也说说我当兵的岁月》中的燕影，那么多好玩的事情，笑得我喷饭；《装修的“乐趣”》中的燕影，被她的先生纵容着，一而再再而三地挑选着喜欢的家私；还有她的可爱时尚的婆婆，出生大户人家的妈妈，爱动物养动物且烧着一手好菜的先生，酷且帅气的儿子，倾心的师友们，那么多的亲人朋友爱着她，难怪燕影会说：“我的糗事很多，我的回忆却分外甜美。”“做个温暖的人，时时将微笑写在脸上，温暖自己也温暖别人。”

燕影是感性的，她的那些爱情诗，写着写着就醉了人，那醉带着情颤，不小心就红了半边天。如这一首：“心之门是关得严严实实的／悄悄地，你就来打开了它／打开也罢，只是／又带进来许多风雨／心从此没了宁静／羞涩在把门关闭／朦胧的诱惑又把门推开／于是，门半开半闭／／半开半闭——／我恨你又不恨你”（《初恋》）如此形象，把少女初恋的心态写活了。

燕影也是俏皮的。因为我的散文集《温暖的味道》的宣传，博客上支持我的博友给我发纸条，留地址，买我的书。有一天，燕影竟然也在我的博文下留言：“快快寄书给我呀，发纸条了。”她的童心，让我忍不住乐。怪不得她有那么多的朋友，谁不愿意和燕影交往呢？因为那就是和毫不遮掩的单纯与快乐相伴呀！

燕影是性情中人，这一点她自己也坦承了。不仅如此，她还说自己是那种幸福甜蜜得常忘记自己年龄的小女人。做这样的女人多么好！燕影的梦想很简单，去某个喜欢的地方旅行，读几本好书，交几个好友，可以的话再拥有一个不必太大，却能观潮听浪属于自己的临海的家。而她的梦想已经实现了，就是她现在拥有的生活，祝福燕影！

《踏花拾锦年》[1] 是燕影继《燕影的天空》之后的另一本散文集，2011 年 11 月海南出版社出版。这本书我也很喜欢，文字一如既往地简练干净。《行走的快乐》辑，让我狠狠地跟着燕影畅游快乐了一把。在青岛怀旧，在丽江休闲，听情歌、看月亮、迷传说、沐阳光，做个迷路的小馋猫，这一切多么好！

《踏花拾锦年》的文字是亲切的，是舒心的，就像听姊妹谈心，不小心就看到了自己。《我生病了》中的燕影，把发烧感冒当作理所当然享受生活的机会，躺在床上听音乐、吃零食、睡大觉。我上周在学校被湿漉漉的走廊滑倒后，左脚崴伤了，也一点不可怜自己，边冰敷边把平时不舍得花时间看的电视从头看到尾，《光荣大地》《好女春华》《尖刀连》《甄　传》《金太狼的幸福生活》，逮什么看什么，还傻乐。

在《傻有傻福笨有笨乐》中，燕影说到她致命的路盲，东南西北越理越不清，只认前后左右。其实她比我还好，我还有更丑的事。1997 年第一次来厦门，带着我的小 Sherry 逛街。我们从思北路口往中山路走，一家店一家店逛，逛着逛着出来后就不分东南西北了。加上闽南的骑楼看上去都差不多，我带着 Sherry 转圈，不一会儿又回到思北路口了，连中山路影子都没见到。这事成了我典型的路盲标志，现在想来都觉得好笑。

做个快乐的女人，满怀感恩美好着，是生活中的燕影，是真实的燕影，多么好！燕影将影子投向了天空，也投进了雨云，多么好！我喜欢！

2012-06-21

[1] 许燕影：《踏花拾锦年》，南方出版社2011年11月出版。

正义与邪恶的争斗从未停止过

2011年春节，我引用所罗门王的“普天之下并无新事”这句话，写了篇《送年》的小文。我当时想的是，屋外的爆竹礼花打破了我的宁静，带来意想不到的寂寞与孤独。翻开秋沅的长篇幻想小说《以尼玛传说》[1]，看到秋沅的自序文《日光之下，并无新事》，让我又想起了所罗门王的这句话。“日光之下，并无新事”应该是由此演变而来。秋沅要告诉人们的，当然不是我这样的小情小绪了。

我花了两天时间阅读秋沅的新书《以尼玛传说》。说实话，《以尼玛传说》让我非常吃惊。阅读秋沅的《木棉 · 流年》[2]时，我只是感觉秋沅小说中有很重的历史感，源于她对鼓浪屿的熟悉与热爱。现在，我不得不佩服秋沅强大的叙事能力，还有重构历史事件来演绎人物命运的能力。

《以尼玛传说》由“神殿”“木雅”“长歌”“棋煞”“局殇”“天音”六部分组成，以人界兰馨“我”的梦开始，探寻图门滩木雅国之谜。叙述时，采用梦幻与真实交替出现的方式，让人手不释卷，欲罢不能。人首鸟护身符，木雅长歌，木雅神谕，被改动的木雅文字……围绕着木雅族人的复国之梦，一个个谜团被解开。原来，这一切只不过是以尼玛神——尧之子丹朱操纵的棋局。所有的人，都是棋局中的棋子。华夏国的朝代更替，每一场征战，都是因为棋局上黑子与白子的酣战。以尼玛

[1] 李秋沅：《以尼玛传说》，中国少年儿童出版社2012年6月出版。

[2] 李秋沅：《木棉 · 流年》，中国少年儿童出版社2010年9月出版。

神的好棋，就是人界的征战连连。无数的不知为何而战的生命，他们的鲜血滋养了以尼玛神操纵的灵棋。

小说中的“我”，有着以尼玛神山青鸟的记忆，是木雅人的雪域使者，有着双重的身份，既是以尼玛神为木雅复国准备的棋子，也是拯救人界的希望。作为棋子，就要听从以尼玛神的安排，以为木雅族人复国的名义，开始人界又一轮杀戮与征战，“一将功成万骨枯”。而要拯救人界，就要摧毁灵棋，与强大的以尼玛神对抗。小说最后，“我”醒悟了，明白世上最可怕的事，莫过于以拯救者的名义杀人。“我”终于寻得“澥溪骨笛”，奏出失传的“天音”，重现“大章”。以尼玛神的棋盘在乐声中崩裂，实现了人们礼乐止杀戮的美好愿望。

掩书，秋沅美好、浪漫的结尾并不能使我释怀。

佛陀说：“少数人渡过了河流，多数人却在河流的岸边跑上跑下，人们是如此匆忙，却又不知道要去哪里。”《以尼玛传说》要告诉我们的，不仅仅是一个故事，一个传说。正义与邪恶的争斗，从未停止过。历史，也许从未告诉过我们真相。正如秋沅书中说的：“真相”，都出自胜者的唇齿间，无中可生有，有也可化无。教科书上曾经熟悉的尧禅位于舜，舜禅位于禹的美丽故事，也只不过是一场场争权夺利、阴谋争斗的戏剧，循环上演而已。

现在想来，所罗门所说“普天之下并无新事”，实在是好。作为古代以色列王国的第三任国王，与所有帝国的开创者一样，所罗门也是必须是以武力维持自己的版图。可是善良的人们啊，多么渴望岁月静好。

“我不在乎这个世界会变成怎么样，我只要你安好。”小说中的母亲对兰馨说。这是世上最伟大的爱，失去了这样的爱，一切荣耀与伟大都是虚无。

作为已经三次荣获冰心儿童文学大奖的金牌作家，秋沅的笔触是娴熟的，手法是空灵的，大起大合间展开《以尼玛传说》的历史画卷，带给孩子们太多的启发，甚至有些沉甸甸的。就是我这个虚度几十年的成年人，也被秋沉对历史对人性的思索与悲悯感动。

谢谢秋沉，带给我们这么一本好书。

2012-07-15

不放，全舍不得放

秋沅总是让我惊喜。

打电话给秋沅，约她下楼喝茶。她不只是来了，还捧来了她的新书《唯有时光》[1]。毫无防备的我，被她又一次震住了。她却说，这本书已经准备了三年，是比《木棉·流年》还要早，只是坚持着要求出版社请她喜欢的绘画天才罗威彪画内文插图，反而出来得迟了。

翻开《唯有时光》内文，看《锦瑟》《茗香》《清桃》的精致插图，秋沅正好坐在我旁边。我突然发现画中的美人和秋沅有着非常相似的下巴，美得很。平时朋友们就称赞秋沅气质好，有着唐宋诗词古典美女的韵味，这回我真的感觉到了。

我常觉得庆幸，总是较早读到秋沅的新书。她的书也越来越让我感觉到，不只是写给孩子们的，更是写给我们这些迷失童心的成人的。秋沅的文字不只是美，更在于她对人生的思考，她把内心的真诚善良悲悯通过她的人物，一点点描绘出来，融合在她的文字里，让我感动。

《唯有时光》是秋沅的作品集，分为两辑，第一辑《宁有故人，可以相忘》，第二辑《寻找尼克深蓝》。《唯有时光》，单这书名就让我喜欢。对我来说，时光就是过去，过去就是回忆，都是不能回头的。可秋沅不，她不只是回忆，她要在心里，在文字里留住那些过往的人和事，留住时光，留住永恒。包括秋沅小说中叙述的人物，都有着和秋沅一样

[1] 李秋沅：《唯有时光》，浙江少年儿童出版社2013年4月出版。

的情怀，希望时光停止在最安宁的那一刻。

秋沅的小说总让我想起鼓浪屿，想起空了的院子，想起满是旧物的房间，这一切都与秋沅对鼓浪屿的记忆有关。而这记忆，现在刻在秋沅用文字描绘的木棉岛上，带着时光的印迹，还有回眸一望的寞寞感伤。如在《宁有故人，可以相忘》中，第一段只有一句话，就是：木棉岛上的林家园已荒了许久。一下子，就把读者的心抓进了她的故事里，急于想知道这座院子的主人，还有遥远的不一般的往事。就像古老故事的开场白：从前有座山，山上有座庙……简洁，却依然具有神奇的魔法，吸引我们读下去。

《唯有时光》书名取自书中的一篇同名小说，这篇小说 2012 年 5 月获首届“周庄杯”全国儿童文学短篇小说大赛一等奖。在《唯有时光》中，秋沅写了十三岁的“我”与租了邻家院子的阿磊、阿淼之间的情谊。阿磊租楼下，满院子都是他的陶陶罐罐。阿淼租楼上，满廊道都是他的花花草草。“我”一有空就往他们那儿跑，看阿磊用陶土打胚做雕塑，和阿淼一起做“时光流”蜡烛台，看阿淼影像里的时光。阿磊开始以“我”为模特塑像，他要塑二十八个玻璃钢男孩立在海边，结果只塑了十八个。阿磊的女朋友让台湾堂兄买下所有雕塑，想让阿磊别做不挣钱的雕像。阿磊将男孩雕塑拉回来，一遍遍地听恩雅的《Only Time》。阿磊说：“它们是从我们心里跑出来的。用心了，它们身上就沾了我们的活气。它能替我们活到天荒地老呢，我怎么舍得不要它们？”接下来阿磊出事了，他为了从劫匪刀下救人，自己被捅穿了肚腹。阿磊嘱咐阿淼将十八个男孩塑像全漆成红色。阿磊成了英雄，那些曾经无人过问的雕塑，一下子跃入大众眼中，“红孩儿”更是奇货可居。可是，阿磊死了，这一切荣光都与他无关了，也不能改变他生前的困窘了。有一天“我”去看阿淼，对阿淼说：“奶奶不在了。”我看见阿淼处的“红孩儿”，那个十三岁的“我”叉着腰抬眼望天嘻嘻地笑着，没心没肺。中学毕业北上求学前，我在储藏间找到阿磊留给我的“红孩儿”。“红孩儿”笑着看着“我”，无忧无虑，一如既往。“我”忽然明白了，“我”留不住自己的十三岁，阿磊却帮我做到了。“谁能说出道路伸向何方，岁月流向何处，唯有时光……”

秋沉的思考不只是讲一个故事，是是非非，恩恩怨怨，幸与不幸，还有大时代的印迹，全在人物的人生之轨中隐现。《锦瑟》中的姨婆，一个美好的女子，为了爱嫁作白家二太太，从此没脸回江宁旺族的娘家。一生滑过，晚年依然得不到谅解，而“我”对姨婆的情感从最早的信赖到旁人言语影响中的渐行渐远。《茗香》中的番婆好丹青，住在番仔楼里笔耕不辍，水墨画是出了名的。她还藏有去世番仔洪留下的一双许多人眼红的宋汝窑青瓷花瓶。日本人占领木棉岛后，她用字画支援抗日的血魂团。牺牲前将青瓷摔成碎片，也不交给日本人。《宁有故人，可以相忘》则由去世外公书房里的一幅画，引出爱画木棉岛上人和物的天才画家周裳，再引出林家园的主人林实，一名国民党的高级将领。而周裳的姐姐周晨正是林家园的女主人，爱穿翠色旗袍琴棋书画俱佳的林太太。1947 年周晨在林家园遭枪击身亡，随后林实在重庆失踪，年仅八岁的外甥被人刺死在家中。荒废已成危楼的林家园，在旅居海外的周裳画下找到了安宁，那里繁花似锦，阳光融融，鲜红的木棉花傲立枝头。周晨身着一袭白衣，神情安详，眼眸温和。

这样的故事读着读着，心渐渐地沧桑一片。

《唯有时光》最后一篇是《时光之井》，是秋沉的时光隧道。她讲到信奉基督教让她感受爱的外婆，伴着她的琴声喜欢唱西洋老歌的外公，与许斐平师从同一位启蒙老师逼她练琴的母亲，以读书为乐偷偷写着文字的自己，离开厦门去深圳的姐姐……这么多的亲人，每个人的位置都在秋沉的心里，一直没有远去。他们安放在鼓浪屿，鼓浪屿的老屋，老屋里的童年，那里有“三一堂”的钟声、美华海上的落日、高空坠落的木棉、庭院中的人心果树、琴灯下的老钢琴。她说：童年，（也）从未远离我。她还说：不放，全舍不得放。

“不放，全舍不得放。”这句话让我泪眶一热，不舍得放的何止是秋沉呀！我也想在她的《德彪西的〈月光〉》中，走进“23 点 61 分咖啡屋”，抚摩里面的每一件旧物，找回我的童年，消失的老屋，河里的虾蟹，父亲钓的鱼……

2013-4-27

抱紧自己，就多了一个亲人

这是我第一次集中读漫青的诗。

漫青的《失眠犯》[1] 是朋友相聚时，我讨来的。朋友说，只有一本，谁要。我赶紧说，我要。虽未与漫青谋面，我却是早已熟悉她的。在厦门写诗的群里，她是比较出众且独特的一个。常听朋友们谈起漫青，似乎都是她的好。安静，不浮躁。我不懂诗，不妨我也来读读漫青，找寻一些共鸣。何况我们五百年前就是一家人，有着自然的亲切。就这样，我走进了漫青，看到那个深夜失眠的女子，沾着回忆，带着疼痛，写着独属于她的诗。

《失眠犯》分为“浅色调”“失眠犯”“黑衣人”“我的礼义、廉耻”四部分，非常好读，不隔。诗里许多思绪有着平凡人的情结，读着读着就陷进去了，看到了自己。比如第 24 页《一个人》：“……一个人就是一个人／死活都是一个人／比一个人更少的／只有／无人／比无人更少的／应该是更高的境界了／目前我还不想／达到那个境界”。但又不仅仅是平凡人的共鸣，漫青的诗伴随着成长的回忆与疼痛，以至于我常常停下来，看着窗外熟悉又陌生的城市，愣一会儿神。比如第 60 页《从前》，比如第 37 页《我写诗的时候》：“我写诗的时候／找回家的路／暗处捡一些消息／有时也捡一捡自己／看远处冒烟的房子／慌慌张张收不住步子……”又如第 33 页《故人》：“在列东旧桥／我们谈到春雨／春

[1] 张漫青：《失眠犯》，大众文艺出版社2013年1月出版。

雨还没嫁人／见到你／就像在秋天翻到旧信／就像那年我在你家楼下／大喊郭枫郭枫／几年不见／列西那家牛肉店的老板／仿佛一下子苍老。”这诗里苍老的何止是故人呀，更是岁月，还有一颗曾经年少的心。

诗歌除了丰富的想象，更需要生命真诚的体验，才能打动人。漫青的诗就是她生活的体验，不娇柔，不造作，不虚伪，实实地砸向读者，看到光也看到黑暗，看到幸福也看到疼痛。如第 48 页《寒风瑟瑟的夜晚》：“比春风沉醉的夜晚／更晚／56 度二锅头委身于当归、党参、黄芪、枸杞……／任人猜忌的人生／加油加醋，不加思索……”记得我读到“加油加醋，不加思索”时，突然心头一紧，很痛很痛，看到了人类的不善良。没有人愿意被人猜忌，可又不断被人猜忌，哪怕你默不作声。因为总有些貌似高尚的人习惯了用自己的思维描绘别人的生活，还要加一把灰抹一抹。再如第 71 页《熬汤》：“……有时候／只是因为／试不出人生的咸淡／我整天足不出户／／那就熬些汤吧／你这样说／好吧，那就熬些汤吧。”这样的诗句实在耐人寻味，很多时候我也是这样熬着汤，只是连那个叮嘱的“你”也没有。我们的生命有时就像漫青描写的夜空，又高又大，缺少温暖。

关于从前，关于父母，可能是漫青诗回忆里的亮色，可又能怎么样呢？父母会老，会离开，越长大越独立越不安全。《失眠犯》第 129 页《遗物》中，怕冷的妈妈总说：“妮子，这些首饰留给你”“一定要看到远方，总会有个馈赠你温暖的人”，这是妈妈留下的希望，“我多么渴望奇迹发生”。这是漫青对生命失望而不绝望的一声叹息。

在漫青的诗里，我还读到一种坚持，那就是她自己，这是当今社会最最可贵的品质。再来读一读她的《浅色调的我》：“一辈子都不寻欢作乐／不爱人类／人类也不爱我／／黄种人肤色比我深／白种人和黑种人我不认识／花儿开得这么艳／我也没松过土／／肉欲蒙上灰／灵魂也隔着雨／人类逼近，气味弥漫／我只看得老远老远／浅色调的我／抱着自己／觉得自己比亲人还要亲。”诗里行间，我看到的就是一个坚持自己的女子，哪怕孤独得只能自己抱着自己。这是温和性格里的倔强与冷傲，不关任何人的事。村上春树的小说《挪威的森林》曾经风靡全球，里面渡边就说过一句话，没有人喜欢孤独，不过是不乱交朋友罢了，那样只能落得失望。“(我)不爱人类／人类也不爱我”，诗中的女子似乎漫游在人类之外。我特别喜欢漫青这首诗最后两句：抱着自己／觉得自己比亲人还要亲。我把这两句演绎一下，就是我这篇文章的题目：抱紧自己，就多了一个亲人。任何时候，内心坚强的人都不会放弃自己，因为始终有不放弃自己的自己陪伴。

2013-05-20

2012漂流的是路程，收获的是温暖

2012 年是温暖的一年，我的散文集《温暖的味道》[1] 出版后，以漂流书的形式从厦门出发，分别到达辽宁、黑龙江、河北、山西、北京、天津、浙江、江苏、上海、广东、海南、四川、贵州、新疆等省市，然后回到厦门，总行程约三万二千公里，漂流时间和路线标注如下：

东北地区（行程约 9748 公里）：厦门（5 月 16 日）——→辽宁鞍山（5 月 24 日）——→辽宁朝阳（6 月 2 日）——→辽宁建平（6 月 8 日）——→黑龙江绥化（6 月 12 日）——→哈尔滨（6 月 14 日）——→厦门（6 月 18 日）

华北地区（行程约 6476 公里）：厦门（5 月 16 日）——→河北唐山（5 月 21 日）——→山西晋城（5 月 26 日）——→北京东燕郊（5 月 30 日）——→北京昌平（6 月 5 日）——→天津开放区（6 月 12 日）——→天津南京路（6 月 20 日）——→厦门（6 月 26 日）

东南地区（行程约 5575 公里）：厦门（5 月 16 日）——→浙江湖州（5 月 25 日）——→江苏宜兴（5 月 31 日）——→南京（6 月 5 日）——→上海（6 月 10 日）——→广州（8 月 17 日）——→海南海口（8 月 22 日）——→厦门（8 月 23 日）

西南地区（行程约 5371 公里）：厦门（5 月 16 日）——→四川成都（5 月 31 日）——→四川阆中（6 月 4 日）——→四川自贡（6 月 9

[1] 雨云：《温暖的味道》，海风出版社2012年4月出版。

日）——→贵州贵阳（7月29日）——→厦门（8月4日）

西北地区（单程约5193公里，未返回）：厦门（5月16日）——→（5月22日到达）新疆伊犁——→

在漂流的过程中，我陆续记录了如下文字：

2012年7月12日：6月18日收到东北地区的漂流书，6月26日收到华北地区的漂流书。另外，西南地区的漂流书正在回厦门的路上，东南地区的漂流书滞留在广州，西北地区的漂流书滞留在新疆。时间过去了两个月，漂流书的大致情况如此。当初想到漂流书这个活动，一是为了配合宣传《温暖的味道》这本书，二是为了将博客这几年认识的文字朋友来一个串连，留着纪念。漂流的过程才发现，这实在是给朋友们添麻烦了。有的朋友两年没去邮局了，有的朋友工作特别忙，还要记挂漂流书的事，实在是打扰太多。在这里，一并谢谢所有参与漂流书活动的朋友，你们在我心里，雨云不会忘记的。

2012年8月4日：今日和茶友们喝茶，从岩茶老君眉开始，然后水仙、矮脚乌龙，再到下午的铁观音、老班章，又以岩茶佛手结束。傍晚回家，收到贵阳朋友寄回的西南地区的漂流书。扉页正反两面写满了四川、贵州朋友留下的字迹，王瑛教授的字只好写在封二了，这样满满的友情，让我感觉他们离我好近好近。书页还夹着一张“搁浅在时光村落里的‘蓝花’”明信片，印着美美的苗族蜡染画，不知是哪位朋友留下的。祝福朋友们，感激这一切！

2012年8月23日：今日七夕，收到东南地区最后一站海南海口漂回的漂流书。愿朋友们幸福，长长久久！

2013年的新年，我整理书柜，拿出回到厦门的四本漂流书，轻轻抚摩。上面朋友们的签名，就似一张张笑脸看着我，说着：好吗？要好好的！难忘5月16日《温暖的味道》以辐射的方式漂向东北、华北、东南、西南、西北，难忘6月18日收到哈尔滨漂回的书，难忘6月26日收到天津漂回的书，难忘8月4日收到贵阳漂回的书，难忘8月23日七夕收到海口漂回的书。太多的情意汇集在这几本书里。这些朋友大多未曾谋面，如今的他们，有一部分已经离开了驰骋的网络，但那份因文字相交的情意，曾经在一起的欢乐时光永远都在，永远难忘。

最让我感动的是帅好介绍的贵阳读书会的朋友们。2010年暑期去贵阳，还只认识罗宾汉，后来又认识了王瑛教授，现在收到的却是永乐读书会这么多朋友的祝福。王瑛告诉我，书漂到贵阳的时候，她正好在做《跨界》的画展，书放在举办画展的老房子，她顺手就放进了那张让我惊喜的明信片。明信片上美丽的蜡染，让我想起她的作品苗族古歌系列，浓浓的苗族风。她说，那天永乐沙龙的朋友来了不少，她很感动。更感动的是我呀。

除了漂流书漂过的省市，没有参与漂流的朋友也陆续带给我鼓励，《温暖的味道》又先后飞向河南、湖北、陕西、山东、江西等省。真应了漂流初始我说的那句话：有朋友的地方，就有《温暖的味道》，就有我们文字的缘分。

网络让我与文友们没有了距离，这样温暖的缘分总在我不知道的地方等着我，给我感动。2012年12月中旬，一位博友给我留言让我寄两本书给河南信阳的朋友，朋友再转寄给她。当时我只知她在欧洲，在比利时，回说转来转去多麻烦，我直接寄去吧。她说已经和朋友说好了。紧接着的圣诞前夕，一博友留下新加坡的地址，让我寄几本书过去，准备捐给国家图书馆，让更多的人阅读。我开始联系快递公司，打听寄往新加坡的费用，才知道朋友们付出的已不是书本的价值可以衡量的。我对比利时的朋友说："《温暖的味道》收获的温暖远远大于文字，你们太让我感动了！"我对新加坡的朋友说："我不太清楚这样的汇法，让你破费这么多，太惊人了……""只是一些性情文字，自知浅陋，谢友抬爱，感谢感激感动！祝福！”

还能说什么，太多的感动因为一本普通的文集汇集在一起，包裹着我，一个“谢”字太轻太轻。在厦门，5月12日下午莲坂外图静好散文书系的签售中，那么多的同事、朋友来捧场，每一个人都带来亲人般的温暖。还有5月26日的汇友悦读会，品读《温暖的味道》，那么多的茶友来捧场，也是浓浓的暖意。

《温暖的味道》出版后，还相继收到朋友们的评论文章，三万多字，收藏在我的“书缘分”中。每一次想起，都温暖如春。他们品读的已不仅仅是一本书，是温暖的友情和爱。2012年的平安日，又收到河上花的评论，刊登在《厦门文艺》第四期上。河上花读的是电子稿，她的评论早于《温暖的味道》的出版。我是在2011年底收到河上花的电子稿评论的，也是《温暖的味道》的第一篇评论稿，我一直收藏着。

我熟悉的河上花是和帅好忧国忧民的文章连在一起的，帅好曾介绍说是他多年的编辑朋友。在帅好的文章下，河上花常留下大段大段精彩的评论，常让我刮目相看。所以，我一直认为河上花是懂得帅好的，懂得他的思想他的忧患他的追求。河上花，还让我想起八大山人的纸本长卷《河上花》，河塘中的荷花或浓或淡，或直或曲，或藏或露，或荣或枯，呈现生命自然的状态。由帅好到河上花，用河上花评论中最后一段文字来概括，也许比较恰当。她说：“其实，许多时候，我们都在文字中相遇，在文字中结缘。写与读，有时会成为生命里的蓝调，一种共振。逢着了，就会心一笑吧。如茶与人，需性情相投，方有滋有味。”

2013-01-10

附录　碎碎念

终于要读书了

终于要读书了。知道自己的浅薄，不想让自己飘。报了名，交了钱，就没有退路了。

记得中师刚毕业的时候，同学们常常相会在自考考场。渐渐地，人越来越少。坚持的，读了专科读本科，读了本科读硕士，读了硕士读博士。我也只是跨了一道门槛就不愿动了。去年底去广州会一位中行工作的同学，他算是班上“读书改变命运”的实践人之一。现在，我的命运是无法改变了，只想让自己的心沉静下来。我很庆幸，还有机会选择家附近的电大，再来做一回学生，来排解生活的压力与困惑。

新浪锐博客[1]初建于2006年4月中旬，近一年的博客行，认识了很多良师益友。他们渊博的知识，飘逸的文字，让我叹服，也让我惭愧。我想，除了读书，更多地，我还会向他们学习。

看诗坛的闹剧，看德国汉学家顾彬先生对中国当代文学的定论，再看那些博客中的写作者，我很欣慰。我每天面对的不是裸露癖，不是垃圾。有很多博友参与了关于中国当代文学是不是垃圾的讨论。在诸多的讨论中我欣慰地看到这样一条评论：

> 应当告诉顾教授，当代文学好的文章在博客里。博客、国际互联网改变了文学领域的游戏规则。这是全球变化。原来只允许少

[1] 新浪锐博客：2008年7月新浪“锐博客”更名为新浪“草根名博”。

数特权阶层参加的游戏，现在谁爱参加谁参加。文学的样式也丰富了，爱怎么写就怎么写。如果说要在宽泛的范围里找，就不该忘记博客这个平台。

评论者是居住在慕尼黑，1919年诺贝尔文学奖获奖作品《奥林匹斯的春天》的译著者，多年来从事德国文学翻译工作的施岷。因为和施岷有一些互动，我在她的文字下跟言：

“什么问题一刀切当然不行，看到你说‘好的文章在博客里’，很感动！几个月的博客行，让我看到了许多怀揣文学梦、勤恳写作的人，其中不乏一些有一定知名度的作家。他们的态度是严谨的，写作是严肃的。对一些现象他们也愤慨，但他们依然坚持心灵的旅程。这是希望的大多数。对于市场经济对文学冲击带来的负面影响，是这个特定时代的产物，这是不能否认的。这就要靠一些学者、教授担起沟通的大梁，而不仅仅是抨击！”

是博客让文字新生，是博客让孤寂的心灵有了另一种旅途。在来来往往的博客阅读中，很多博友远远超出了阅读与被阅读的关系，成了朋友，有了默契。

辰雨奶奶：珞珈山武大教授，以她七十多岁的高龄在博海中行走。她对她的老年博友们说，时间对他们已经不多了，但只要能动，就一定要动，哪怕每天只写一点点，一点点诗词歌赋。他们互相关心，互相鼓励，搀扶地走着。他们的精神让我感动。喜欢她的真诚评论，还有一句：“因为是你，我才说的。”得到一位长者的关爱，是我深深的荣幸。

读书三味：推荐博文第一次走进三味的博客，我惊讶得不敢说话。这是一个真正读书人的博客。纵观历史风云，点评历史人物。通常地，坐在地板上学习也愿意。他的家庭生活文字，更是幽默风趣，让人忍俊不禁。在他的博客里，有读书的乐趣，还有生活的乐趣。用博友系海石的话说：三味是个好人。是的，好人，认真地写博，也认真地评博。亦师亦友。

静芬茶馆：博名，午夜的昙。遇上她，我相信，转个弯就会遇到奇迹。她是《厦门日报》的副刊编辑。在她之前，我也常投稿《厦门日报》，用的是副刊公众邮箱。因为怕人知道，笔名换了一个又一个。又要换笔名了，不好意思了，就改投静芬的个人邮箱。就这样，我们有了编者和作者的关系。然后，就有那么一天，发现了她的博客，非常惊喜。读了静芬的一些诗，还有一些流水的日子散记，越读越喜欢。喜欢诗的盎然，喜欢日子的沉静，直到真的见到她，我相信，她还有更多让我敬佩的东西。我也相信，她一定是快乐的。

少木森：临风听暮蝉。就像少木森在“每日一禅”中说的那样：以禅眼观物，以诗心生活。他的诗总在不经意间，给人们启示，让人们顿悟。听说，喜欢少木森诗歌的人很多，有的人干脆在自己家的厅堂挂上他的禅意诗。今年一月，收到《少木森禅意诗精选99首》，欣喜不已。象牙白的封面，很精致。放在床头，有空读一读。就像静芬的诗，说不出怎么的好，就是喜欢。于是，读着读着，就有了我们文字的缘分。

何葆国：当事人和旁观者，一个真正的成熟的作家，靠写作为生。还有，你想了解客家文化客家土楼吗？去他的博客。你会知道，文字是要有沉淀的，不是想写就写的。

泓莹：知道泓莹，是在何葆国的福建作家圈。因为她的博文总是被加精，于是有了好奇，也是为了推荐欣赏优秀的博文。泓莹是个坐不住的人，用她的话说，长久不出门，腿就难受，让我好羡慕。泓莹的博客内容丰富，有各地的风光照片，还有风土人情介绍，更多的是精彩的文字，异常丰满。她是一位编辑，工作很忙，业余写作。正要出版的长篇小说《鼓浪烟云》，描写一个闽南大家族的故事，很值得一看。

不知道还应该写谁，太多的人想写。太多的人，以为很遥远，走近了，才知道，是那么亲切随和。一剑、施岷、洛阳布衣、托地、程尚、木勺把、帅好、黑枣等等，还有同为新浪博客服务的弱水、与心情无关、大瀚、林总、东岸等等，还有同在新浪文学连载圈做管理的太阳以西、系海石、墨池、千情等等。

还有许多来了又走的朋友，有的还在链接中，人已走远。有的连链接都没有留下，无处可寻。这就是网络，聚聚散散中，也单纯至极。今日，又看到博友木勺把暂别博客的留言和公告。他曾是一名军人，是文学连载圈比较活跃的诗人。军人的阳刚加上诗人的浪漫气质，让他的博客熠熠生辉。

2007-03-12

旧书堆里淘旧书

物业费从 2008 年就没有交了。上午去物业管理处，一下交了近两年的费用，花了好几千。心疼。日子就是这么过的，该交的费用还是要及时交，拖到后面就成大山了。就像我们的生活，负面的东西积累多了，压力就大了，有时就走向了极端。

下午去莲坂外图，正碰上梁文道签名售书，人太多了。原来这几天海峡两岸文博会，外图是两岸图书文化交易会的一个分点。我躲开人群，在音像楼层挑了盘莫扎特的《安魂曲》。看看时间还早，决定去开禾路口的晨光旧书店淘书。以前很少买书，享受借书阅读的快乐。现在书架突然被搬空了，再不买书也对不起喜欢阅读的自己了。

晨光书店说是书店，实在不敢恭维。收到的旧书旧杂志塞满了屋，多两个人恐怕就很难转身了。每本书的后面都标有新的价格。小说的折扣比较低，较新的书就要七八折了，不算便宜了。靠墙的一面才是正经的书架，能清楚地看到排列的书信息、品相，堆在地上的书就没法搜索了，一本压着一本。想要，自己动手挪吧。我一会儿站一会儿蹲，挑了差不多一小时。反复取舍之后，就是这十一本的缘分了。分别是：美国马克·吐温著《百万英镑》，北京燕山出版社出版；英国夏洛蒂·勃朗特著《简·爱》，远方出版社出版；美国玛格丽特·米切尔著《飘》，海南文艺出版社出版；《张爱玲精品集》，南海出版公司出版；法国莫泊桑著《漂亮朋友》，译林出版社出版；英国丹尼尔·笛福著《鲁滨逊漂流记》，译林出版社出版；美国弗兰克·鲍姆著《绿野仙踪》，上海译文出版社出版；高渔等著《最厦门》，海潮摄影艺术出版社出版；高阳著《曹雪芹别传》（上、下），三联书店出版；洪文章等著《同安文化艺术志》，厦门大学出版社出版。不到百元，一大包的书拎回家了。

吃完晚饭，开始处理旧书堆里淘出来的书。先用干毛巾擦尘，然后用小刀轻刮书边。虽然是旧书，刮完书边就新了一两成。再找一块软布，洒上风油精，擦封面。这是今天刚刚在电视上看到的生活小窍门，关于如何清除蓝色圆珠笔迹。没想到这方法处理起旧书来效果特别好，除迹又除菌。封面一下就亮了，书又新了一两成。好几本书几乎恢复到九、十成新了。一边听着莫扎特的《安魂曲》，一边大赞自己：太有才了！那感觉，真是没说的，就一个字：美！

这几本书，除了名著，最珍贵的可能数《同安文化艺术志》了，1996 年出版，印数两千一百册，是第一本包含同安古今文化艺术的书。编纂小组 1986 年成立，到书出版，有的研究人员已经去世。同安是有着上千年历史的古城，厦门的许多古迹都是在那儿发现的。对于不熟悉闽南的我来说，了解一下脚下的大地，增加一点历史感，是很有意义的。

2009-11-01

做些简单喜欢的事

崴伤的脚还没大好，再不敢大意了，安静地养着，做些简单喜欢的事。瑜珈、游泳、健身运动，对不起了。对不起的还有我的腰，老不动，让她肥了粗了，不美了。

前几日在网上新华书店选购的书收到了，都很不错，分别是：黄裳著《嗲馀集》，花城出版社出版；《黄裳自选集》，人民文学出版社出版；上海书店出版社出版的有沈昌文著《书商的旧梦》和《最后的晚餐》，还有吕大年著《替人读书》，林行止著《说来话儿长》，陈子善著《爱黄裳》，傅月庵著《天上大风》。

网上买书就是方便，足不出户，还有折扣。前一批订购的三本书分别是：美国杰克·凯鲁亚克著《在路上》和《达摩流浪者》，上海译文出版社出版；德国赫尔曼·黑塞著《园圃之乐》，人民文学出版社出版。都是 7.8 折，看中的就是这个折扣。现在风行网上购物，我就来风行这个购书吧。不过不能太勤快，以前少买书就是担心买回来就放着了。不像借书，有一定的还书时间，看了再借。现在想想，书真是算便宜的。一件衣服随便也要两三百，那能买多少书啊！

这个周末搬把椅子坐在阳台上，边晒太阳边看书，看的是吕大年的《替人读书》。二百来页的小书，很有味道。从《替人读书》里可以看到很多英国 18 世纪的历史状况，其中谈得最多的一本书是《帕梅拉》。《替人读书》是其中的一篇，讲黄梅的新作《推敲"自我"：小说在十八世纪的英国》。

买了水鸭炖汤，虚火重，需要温补。洗了被单，晒了被子。傍晚铺床套被子，满满的，都是太阳的味道了，好喜欢好舒服。

晚上7点在华建大厦十七楼参加《厦门日报》海燕版与市作协联手举办的沙龙活动，主题是：国学思潮三人谈。主讲：厦大人文学院讲授杨春时、俞兆平、贺昌盛。这是沙龙的第一次活动，陈元麟主席开场白后，三位教授分述自己的观点，然后是大家畅谈。沙龙活动定在每月的第一个星期日晚举行。以前《厦门日报·海燕版》与《厦门晚报》读书沙龙合作，读书沙龙因种种原因暂停，现在与作协联手，不仅仅有了固定的场所，还有厦大文学院教授们的支持，不怕找不到人开讲了。

这两日还开始了一件事，就是给女儿Sherry织围巾。她在网上看到很长很宽的围巾，可以将整个脖子围住，就想要那种温暖。我买了两斤蓝青色的毛线，看来要织一段时间了。同事说，你真有干劲，我是没办法。我笑笑。街上的织物是永远比不上手工的织物，因为织的人把自己的情感织进去了。

2009-12-06

饮食周末

日子如果一周周地过，那是火箭了。

崴伤的脚还是不能走太久，久了就痛。周末还是比较老实地在家待着，看书、织围巾、犒劳我的胃，慢慢体会伤筋动骨一百天。

读沈昌文的《最后的晚餐》，书的前半部谈了很多出版界的人和事。20个世纪30年代到40年代出版自由，出版家多为文化人。五十年代起开始改变，出版机构负责人必须是党的工作者。《最后的晚餐》有好几篇谈到陈原先生。谈到陈原的著作，英语方面、地理方面、语言学方面等等，是学一门，精一门。不由得人不赞叹，以前的文化人真是了不起。谈得多了，沈昌文就不止一次谈到对陈原先生的愧疚。原来1958年的批“白专道路”，沈昌文跟着形势否定了陈老的一切教导，把陈老劝他多读书的事情也揭发出来。能看到这样的自省文章真的很少，大多数人都会藏着，或者单方面归咎于社会环境，忽略自身的修复。就是现在，我们回首六十年的路程，也跳过了许多不该忘记的事件，集体失忆了。

《最后的晚餐》后半部是沈昌文谈饮食，轻松活泼。我很喜欢。《带着臭豆腐去旅行》更是精彩。文中引用了沈宏非的南北臭豆腐的经典概括，是这么说的：“南臭热烈豪迈，排山倒海，臭而烘烘；北臭则阴柔低荡，销魂蚀骨，臭也绵绵。”沈昌文要带着旅行的臭豆腐是王致和臭豆腐，让我记住了王致和。到了超市就找王致和，不买臭豆腐也找王致和。

这个周末我也做饭犒劳自己了。早晨是杂粮米糊，有黑米、红米、薏米、小麦、芝麻、枸杞等；中午是水鸭炖黄芪、荸荠、薏米、百合等，还有青椒酿肉，红烧花蛤与豆腐等；晚上是米粥，还有西米炖木瓜牛奶做小点。青椒酿肉是网上看到的菜谱，一看到就非要做了，勾起了我的青椒情缘，家乡情缘，也不管上火不上火了，因为是真的好吃。

2009-12-13

鼓浪屿上平安夜

今天是平安日，收到一些圣诞祝福的短信。

重复收到的有这样一条短信：有两个“坏蛋”正在找你，圣诞说：要把你带去一个疯狂而浪漫的国度，折磨你两天。元旦说：要用幸福和快乐虐待你，直到永远。提前祝你双蛋快乐，平安夜幸福！

最有诗意的是广州文友肖和君的短信：一点两点悠游的思绪，一页三番绵绵的往事，用一杯清茶，冲泡出回忆的恬淡，用一下午安静的时光，与故往对读闲散。就在这一个下午，型帅肖和君磨一弯夜色，用几许时光流转，与君一起回味整幅人生，如同读写意画卷。装裱属于自己的圣诞，今晚记得开窗读心，听夜色一抹携乐意渐弥浅漫。

回家无事，去了鼓浪屿，看“鼓浪语看鼓浪语摄影展开幕”。认识了“鼓浪语”Q群管理者陈勇鹏，还有大梁、白毅，都挺热情的。闲聊中，他们跟我讲“鼓浪屿”的三种说法，并说都不要信。天快黑时，装裱的照片送来了，他们开始挂照片布置影展，我也就撤了。

一个人走在鼓浪屿的平安夜，虽然有不少的游人，还是觉得太安静了，静得听得见自己的心跳。于是，决定去三一堂看看。左拐右拐，一路询问，好不容易找到了安海路上的三一堂。教堂人很多，布道的大厅坐满了人。老的少的，有的还是全家出动。七点钟三一堂活动正式开始，按着节目单的顺序，布道、唱颂歌、祝福，最后又是布道，欢迎主的到来。十点还没有结束的迹象，我只好又先撤了。

虽然到家还有较长的一段路，路过岛上一家平时很少注意的书店，还是忍不住进去看了看。淘了两本书，一本是夏志清著《新文学的传统》，新星出版社出版；一本是赵景深著、陈子善编《新文学过眼录》，广西师范大学出版社出版。

抱着书回家，人不孤单，心也踏实。

2009-12-24

我的书，我的新年礼物

温度降得厉害，穿了最厚的大衣，还是冷。前两日慰劳自己的土鸡、巴浪鱼酱油水、豆泡酿肉，还是没挡住厦门的湿冷。我需要更多的东西，来温暖我的心。

在网上搜索《炎黄春秋》，发现在上面发表文章的都是国内知名的、对社会比较关注的人士，也是国外了解中国的唯一杂志。今年第一期上刊登了朋友帅好的文章——《大饥荒年代的茅台酒生产》。于是，特别留意了一下厦门的报刊亭，却发现报刊亭有分量的杂志非常少，《炎黄春秋》当然也没有。打电话咨询晓风书屋，也没有《炎黄春秋》。

昨日收到当当网寄来的谢泳著《杂书过眼录》和《储安平与〈观察〉》，当时还订购了谢泳著《没有安排好的道路》，结账时才被告知：缺货，只能买两本了。这是我比较集中地购买谢泳的书，虽然和他有些接触，也得到过一些赠书，总是不好意思。看到就买，也是对谢泳研究的敬重。

新年前订的几本书，因为修改了收货地址，反而是今日上午才收到。这才是我在当当网订购的第一批书，是我给自己的新年礼物，等得够久了。是旧年的最后一天下的订单，是跨年的订单了。不管怎么样，抱着自己给自己的新年礼物还是很高兴，感到满满地富足。礼物分别是林文月著《饮膳札记》，广西师范大学出版社出版；张中行著《柴门清话》，陕西师范大学出版社出版；奥地利里尔克著《杜伊诺哀歌》，同济大学出版社出版；简媜著《女儿红》，文化艺术出版社出版；美国帕特丽卡·劳伦斯著《丽莉·布瑞斯珂的中国眼睛》，上海书店出版社出版。特别是《丽莉·布瑞斯珂的中国眼睛》，厚实，装帧好。喜欢红色封面印着的这句话："在布鲁姆斯伯里，流言有着闪光的价值。"

没想到，送货的快递小伙抱怨了，说："一下订这么多，以后一本本订呀，我们可以多赚点跑路费。这么多书是一块，一本书也是一块。"呵，他们确实不容易，那就多买书多照顾他们的生意吧。

2010-01-08

越读越无知

前几日集中将广西师范大学出版社出版的谢泳的著作《书生的困境》看完了。这本书分析了现代知识分子的命运，发现早年知识分子追求科学与民主，结果自己的命运却陷在最不民主的时代。谢泳分析道：我以为中国现代知识分子的困境，主要在于他们自己对时代和历史方向的选择中有不清晰的地方。人，有时不得不相信宿命。

在《书生的困境》中，讲到那个年代对胡适的批判。他的书、他的日记、他的档案，都成为炮制的材料。而那些批判他的人，大多是他曾经的朋友，甚至是他提携出来的晚辈。人，在特殊时期表现出来的人性，真是可怕。

正在读唐德刚的《胡适杂忆》，广西师范大学出版社出版。

上下班的随身包里还装着董桥的《今朝风日好》，塑料硬皮的小书，在来去的车上读，正好。喜欢书里介绍的那些装帧精美的小书、插图、古画、古玩，带着浓浓的人情，带着繁华后的落寞伤感，述说着人世的变化。真应了那句话"又还秋色，又还寂寞"。

书是越读越想读，越读越无知，也越读越忧郁。

今天在当当网又挑了三本书，中午下的订单，晚上上去看，竟然已经发货了，三本书分别是：

沈从文著《湘行散记》，北京十月文艺出版社出版。因为太喜欢里面的湘行书简了，那么干净，又那么情深绵软，实在是好。1934年初，沈从文从常德至凤凰乘船回家，途中与张兆和往来书信，信中描写了浓郁的湘西民族风情和缠绵的爱情。沈从文给三三（即张兆和）写得最多的一句话就是：要是你在就更好了。可见朴实简洁才是最美最动人的。手头正在读的《湘行散记》是从学校图书馆借阅的，不舍得还，只好买一本送自己了。

董桥著《旧时月色》，江苏文艺出版社出版。接连看了两本董桥的书，极喜他的文字。《今朝风日好》和《旧时月色》，两本书的风格大体一致，都是讲一些古物。几缕清风，几晕月色，荡呀荡的。还有那一缕“花落春仍在”的暗香，动人魂魄。想起一位女友曾经经营的“旧时月色”的餐馆，也已是久远的事了，现在的她常常背着行囊在外漂泊。这本《旧时月色》不揽入怀是不心甘的。

胡适口述、唐德刚译注《胡适口述自传》，广西师范大学出版社出版。唐德刚的《胡适杂忆》极好读，时不时地幽默一把，把个晚年的胡适写活了，不只是高高在上的学者，更是一位可爱的老人。昨日洁净屋子后，坐在黄昏里读《胡适杂忆》，感觉特别好。很久没有这么闲适的感觉了，也许是因为天晴了，不再雨朦昏晕了。“序”书已买，那就继续买了。据说《胡适口述自传》里唐德刚的译注更好看，读《胡适杂忆》我能想象个大概。

2010-05-17

好花、好讲座与好书

同事说，忠仑公园的樱花开了，去看看吧！

26 日下午去忠仑公园转了转，拍了许多酷似桃花的花，显然不是人们常说的樱花。花柄短，且不是簇生的。但又不是桃花，桃花的叶是绿色的，而且是先开花后长叶；桃树的枝干不光滑，是疙疙瘩瘩的。我拍的花是花叶同生，叶深红，对生。枝干又有点像樱花的特质，光滑，有横纹。是不是樱花的一种呢？后来经朋友们帮忙解释，才知是近两年非常流行的碧桃，比桃花开得久一些。

“鼓浪语”文化社群成立两周年，26、27 日共举行了四场活动。因时间问题，我只参加了其中两场。其中一场是 26 日晚在轮渡升平路植物时光咖啡馆举行的，讲述鼓浪屿的百年沧桑，由詹朝霞主讲。另一场是 27 日下午，在鼓浪屿中德记别墅咖啡馆，由谢泳教授主讲。鼓浪屿中德记号称 20 世纪初“中国第一别墅”，是拥有传奇故事的爱国侨商、印尼糖王黄奕住的得意之作，是 1919 年重建的耗资近百万银圆的欧式私家花园。走进中德记，走进中德记咖啡馆，才知道什么是天风海涛，什么是日升日落。我一下子被别墅内大气的设计与装饰所折服。

谢泳的讲座没有固定的主题。先是谢泳谈一般文化研究的状况、方向、趋势，阐述现代社会中比较重要的三个问题，个人主义、市场经济与人文政治。还有关于社会知识的三大分类，一类是常识知识，一类是科学知识，一类是信仰知识。谢泳教授的一句话，我记得很清楚，也很有感慨，他说："凡是优秀的文化，一定是可以产生敢于否定这个文化缺点的人。"后来大家还围绕着鼓浪屿的申遗问题、门票价格，展开了激烈的讨论。

20日在当当网定购的五本书，今日终于收到了，都很喜欢。虽然等的时间有点长，但是值得的。分别是：

清朝沈复著《浮生六记》，长江文艺出版社出版。装帧极雅，海绿色的封面，浮花一丛。《厦门晚报》编辑黄秋苇说："80年代初看沈复的《浮生六记》，作者和妻子陈芸情投意合的闺房情趣很感人。然后，商品大潮汹涌而来，人变成不系之舟，如普希金诗'我忘了你温柔的声音，也忘了你天庭式的容颜'。"浮躁的我们，如果还有爱，如果还能爱，一定要读读《浮生六记》。

意大利法拉奇著《男人》，上海三联书店出版。纯黑的套封，白色邮票里的黑色浮雕肖像，白色的字体。里面还有一层纯白的硬封，字体就是黑色的了。里外皆黑白分明，干净简捷。推荐语说：这是一本所有男人都应该读的书。我想，女人更应该读，更应该知道什么是真正的男人。

古罗马马尔库斯著《沉思录》，上海三联书店出版。流传的经典不需多说，这本书精装，梅红色的软皮封面，烫金字，有凸雕的框花。摸上去手感好极了。放在床头，睡前翻一翻，不用刻意去读。人生需要点悟。

连阔如的遗著《江湖丛谈》就更不用说了，当代中国出版社出版，分为《江湖行当》和《江湖黑幕》两本。这套书好就好在内容上的传奇，对于生活简单的我来说，可以增长一些意想不到的江湖知识。苏叔阳推荐语说：这确乎是本奇书，而且我断言，从今往后没有人能再写出这样的书。能写这书的人，没了，没啦！说起这套书，最早还是因为阅读谢泳的书才知道的。这是我的一种阅读习惯，从一本书到另一本书，由此及彼。记得当时在当当网上找这套书，没有找到，缺货了。20日购书的时候不知怎么就搜索到了，高兴得不得了，而且是6.9折，赶紧定购，纳入囊中。

2011-03-28

立秋了，幸亏还有书

床头堆了十几本书，有的看了几页就放下了。近来书是越读越少，可还拼命想买书。不买，总觉得缺少了什么。书房也是一堆书码着，都影响练字了，只好时不时地挪一挪。下午得空，干脆整理堆积的书，也趁机调整调整书橱。才发现，有些书不是读旧了，而是放旧了。

整理完，床头还是留下了六本书。最上面一本是 2002 年插图版的沈从文《边城》，黄永玉、卓雅插图，北岳文艺出版社出版。书是 7 月 30 日和同事旅游，在凤凰古城，去看沈从文，在“听涛山书社”购买的。

薄薄的一本《边城》，放在床边慢慢地读。除了再次体会茶峒的民风民俗，更多的感受却是作者描述中透露出的那种平静的无奈和忧伤。很喜欢沈从文校注此书留下的一句话，他说：“一个人记得事情太多真不幸。知道事情太多也不幸，体会到太多事情也不幸。”

其实《边城》已经读过好多遍了，因为翠翠，因为总也没有归期的二老。可站在沱江边，看过沈从文的墓，还是忍不住又买了。喜欢上面的印章：“照我思索，能理解我；照我思索，可认识人。”“一个战士要不战死沙场便是回到故乡。”

关于沈从文，有很多可以说的，但似乎都被别人说尽了。也无法男人般坐在沈从文墓前，抽一根烟怀念。在我，只有默默地阅读与喜欢了。

逛博客读博文，读到北京作家鲁克的诗歌《第 42 个秋天》：

在秋天
母亲以失去的方式，收获我
而我以收获的方式
一天天失去母亲和故乡

这是我的骨头第 42 次立秋
在这寂静的子夜
一只看不见的蟋蟀，隔着窗玻璃
为我点亮一小片月光

我站在窗前，静静地听啊听
那只蟋蟀絮絮叨叨，絮絮叨叨
它的声音，露水一样苍凉。

突然有泪充盈，想起了故乡，想起了七十多岁的老母亲。走了许多路，回头望，只有母亲还站在那，温暖我们日渐秋凉的生命。

傍晚溜达去超市买西瓜，今天立秋。小时候，父母会在这一天买很多西瓜，滚到床底下。有朋友问：西瓜为什么滚床底下，有什么好处？我笑了。那时候，父母睡的是高脚的大木床，床底下空空荡荡的。偶尔我们捉迷藏，有的就轻易地钻到床底下了。床下的水泥地被我们磨得光溜溜的，清凉。

夏日，父母买的西瓜多，一买就是一二十个，用板车拉回家。空荡荡的床底很适合放西瓜。于是，一个个西瓜就滚到床底下了。想吃了，就钩一个出来。洗净了，剖开，凉爽得很。立秋这天买得更多，因为天凉西瓜就没了。

晚上和女儿 Sherry 一起吃西瓜，又想起母亲的话：秋老虎可厉害了，立秋吃西瓜，告别了夏，又阻止了秋老虎，一举两得了。

忽然又想起，6 月份当当网购书送书券，书券已经打进账号了，那就趁着秋凉再挑几本书回家吧，开始另一场书的缘分。这些书分别是：阎锡山著《阎锡山日记》，九州出版社出版；王力主编《中国古代文化常识》，世界图书出版公司出版；伍尔夫著《到灯塔去》，上海译文出版社出版；王小波著《沉默的大多数》，北京理工大学出版社出版；法国加缪著《置身于苦难与阳光之间》，上海三联书店出版；陈丹青著《笑谈大先生》，广西师范出版社出版；史铁生著《病隙碎笔》，陕西师范大学出版社出版。

立秋了，幸亏还有书……

2011-08-08

这两天淘的旧书

淘书有很多种方法，我目前的状态是比较简单的两种，一是当当网上淘新书，二是旧书店淘旧书。

新书现在不敢乱买，买到不好的，没看两页就扔一边了。只有在读喜欢的书时，记下作者文中谈到的书，然后去网上搜索。因为信任书的作者，连带着信任作者推荐的书了。比如读过几本谢泳教授的书，由他的书指引，我在当当网淘到连阔如的遗著《江湖黑幕》和《江湖行当》、罗常培著《苍洱之间》、雷海宗著《中国文化和中国的兵》等。其中《中国文化和中国的兵》买过不久当当网就断货了，许多人在当当网求购不得。

淘旧书我的经历不多，没什么故事。因为淘旧书最要知识。不过还好，我的藏书不多，要求不高，入眼了，喜欢了，就可以淘回家。这两天淘了两次旧书。

一是前天在当当网淘了本二手书，是谢泳著《没有安排好的道路》。这是我第一次在当当网淘二手书。前不久当当网才开通二手书交易，但交易的书必须是当当网所购，再转让的。我也申请开通了二手书买卖，但我只买不卖，有一天就看到谢泳著《没有安排好的道路》，就一本，售价十三元，加上运费六元，刚过书的原价。再到孔夫子旧书网搜索，吓一跳，《没有安排好的道路》已经卖到五十元以上了。还有一本签名本，售价一百五十元。看来，我这本超值了，幸好下手，目前正在来厦门的路上。

二是昨天去定安路的晓风书屋淘书。听说该店月底就要撤销了，转身美容店了，很让厦门一些常去淘书的人伤感了一回。昨天参加成人高考监考，结束后去了晓风书屋一趟。连续十四天没有休息，不能睡到自然醒，就用淘书来犒劳自己了。在晓风书屋地下室待了两个多小时，淘了十几本小书。

淘旧书有一个缺点，就是淘书后的整理，花费的时间更多。不过，这也是淘书带来的最大的乐趣。看着那一本本品相不是很好的书，在自己的手里新生，上升一两级品相，真是很快乐很满足的事情。

这次在晓风书屋淘的品相最差的一本书，是辽宁教育出版社 1999 年 5 月出版的《万象》杂志，是第一卷第四期。因为沾过水，有两页彩纸已经粘在一起，很小心地用小刀分开，才不至于缺了页。可能是在地下室待久了，书内都有了霉点，用干毛巾一页页擦。还好，基本都擦去了。再用厚书将其压平整，一本有些不堪入目的《万象》就复活了。

看中这本《万象》一是时间比较久了，二是喜欢封面的彩绘，三是里面有两篇喜欢的文章，分别是：张新颖的《俄国之恋－以赛亚·伯林与安娜·阿赫玛托娃》和张隆溪的《怀念钱钟书先生》，还有许多大家的文章，如王蒙、董桥、苏童、钟叔河、葛剑雄等等。再到孔夫子网去查该杂志的情况，发现第一卷的《万象》很少，有一本八品的第三期的要三十八元了。我的花费是四元。我不为买卖，就为了乐趣，这一发现让自己更开心了。

另外一本较超值的小书是许评著《梁山古道》，人民文学出版社 1995 年 9 月第一版第一次印刷，定价六元一角，晓风书屋两元购得，孔夫子网售价十八元。小书拿在手上，前后都有些脱胶了。回家粘贴好后，用毛巾蘸风油精擦净封面，感觉非常好。全书才八万多字，小三十二开，157 页，是我喜欢的小型书。

还有张静庐著《在出版界二十年》，是张静庐自传 1938 的影印本，上海书店 1984 年 9 月第 1 版第一次印刷，竖版繁体，定价八角五分钱，购十三元，是这次淘书与原价相差最大的一本书。因为封面设计一看就喜欢上了，不舍得放下。孔夫子网的价格还相对便宜些，但加上运费就贵了。

还有一本书也可以说一下，就是林群英著《忙里集》，新华出版社1991年7月第一版第一次印刷，定价五元八角，购八元，孔夫子网售价十二到二十元。看中这本书是因为作者是福建早期的新闻工作者，里面是一些20世纪70年代～80年代的文章，可以了解福建那个年代的一些人事，个别的文章还是50年代～60年代的。这本书还有一个特点，包有书封，书脊处用钢笔工整地写着书名。展开发黄的人工书封，是一张一九七几年的水合岗位操作记录表，分为三班，1－8班，8－16班，16－24班，有生产记事，有交班人接班人等等。书中夹着旧主人的一张信纸，随手写的钢笔字，其中有“小脚”“小孩”“小雨来得正是时候”“活着时可能不一样，大约死总是一样的吧”“文昌鱼”“虫＋寻（青蟹）”等等。

还淘有《丹霞吟草》1996年11月创刊号，是漳州丹霞诗诗词学会编印的，擦干净后品相还不错，购两元，可留用欣赏；《清代八旗贤官》滕绍箴著，中国社会科学出版社1992年12月第1版第1次印刷，看中的是蓝红的封面，很有味道；《清官启示录》张仁木等编著，江西高校出版社1995年5月第一版第二次印刷，定价四元，购一元两角；《西藏节日文化》林继富著，西藏人民出版社1993年4月第一版，1996年8月第二次印刷，定价六元八角，购四元；《山水之间》林斤澜著，东方出版社1998年4月第一版第一次印刷，定价十四元，购四元二角；《黄昏人语》陈原著，上海远东出版社1996年3月第一版第一次印刷，定价十七元，购十二元；《书前书后》钟叔河著，海南出版社1992年10年第一版，1996年5月第二次印刷，定价十五元，购十四元；《黑厚学》李宗吾著，求实出版社1989年元月第一版，1990年5月第八次印刷，定价七元八角元，购六元；《中国书史》郑如斯、肖东发编著，北京图书馆出版社1987年6月第一版1998年4月第六次印刷，定价十元，购三元……

2011-10-17

《大众诗书画》创刊号

放假前一日，收到《大众诗书画》创刊号，极喜。

《大众诗书画》是由湖北知音传媒集团主管，知音·新周报主办，新周报·大众诗书画编辑出版，坚持“艺术类、原创性、大众化”之主旨，是目前全国唯一的集诗、书、画于一体的大型综合艺术杂志。

翻开《大众诗书画》创刊号，一页页精美的书画立刻吸引了我。或简或篆或隶或楷或行或草或画，无不生动有趣，展示生命的丰富。而那些有针对性的点评，更是开启了艺术的精魂，让我不自觉地沉醉其中。

高洪波的《砚台意象》从两件很没面子的“买卖”说起，谈砚台的古今，今人的追捧，最后引用张中行老师马衡先生的名言道出了真与假的辩证关系：知道了什么是真，才知道什么是假；知道了什么是假，才知道什么是真！

刘洪彪的《正大气象，昂扬精神》则从“官员书法史”谈起，谈到毛笔实用功能的退出，当代书法演化成一个学科，一门学问，一种艺术，进而谈起杨斌庆先生的“楚学墨韵”。

我一篇篇欣赏着，品读着，感叹着：太多的美集于《大众诗书画》，满得都要溢出来了！更有幸的是，我的散文《茶人之爱》跻身于《大众诗书画》文学类。这是一篇旧文的底子，几经修改，最后只保留了韩老师的故事，定格在《大众诗书画》。在这篇文中，我把我的偏爱献给了庐山云雾茶，就像我在文中说的：“在我，那已不仅仅是茶，是家乡，是亲情，是爱，是庐山的青山绿水。”

可是，我的意义又不仅限于此。我出生在九江，我的祖籍却是湖北。我的父亲、我的母亲，他们的童年、少年在湖北。湖北，是我生命的源头。

记得十五岁那年，我被中师录取，父母非常高兴，终于有个孩子可以吃国家粮了。暑期，父母带着我们姊妹回湖北，接受亲戚朋友的祝贺。在九江，父母还托大姑在百货商场买了块手表，奖励我。这是我最隆重的一次湖北之行。之后，就很少回老家了。老家有什么事，都是母亲回去打理。在厦门，说到回去，常常回的是九江的家。

最近的一次，是2009年暑期，我陪母亲游三峡，坐船到宜昌，再坐车到武汉。在武汉住了一夜，第二日即返回九江。这一次，只是路过湖北。2011年暑期，差一点和大姐约着去了湖北襄樊，襄樊住着我的大姨。大姨爹是做工程的，工程到哪儿，家就到哪儿，退休后定居在襄樊。

感谢《大众诗书画》编辑的厚爱，把我从异乡带回湖北，让我想起我的生命之源。而且今日是端午节，是屈原给的节日。屈原是湖北宜昌姊归人，他的出现，标志着中国诗歌进入了一个由集体歌唱到个人独唱的新时代。这也是我谈到《大众诗书画》的另一个意义，在怀念屈原的同时，我祝愿《大众诗书画》不是独唱，有许许多多的知音，琴瑟和鸣，越办越精彩！

2012-06-23

品茶读书，不亦乐乎

瑞景商业广场后面有个汇友茶社，离我的住处近，闲暇时就去那儿喝茶，参加茶会，渐渐识得了一些茶，结交了一些茶友。汇友茶社主推漳平水仙。记得第一次接触漳平水仙，是2010年的圣诞节。云良兄组织文友们到漳平九鹏溪游玩，夜宿小木屋。寒夜，韶征兄嘱夫人亲自送来漳平水仙，大家品茶夜聊。再遇漳平水仙，就亲切如故友了。

没想到，我与厦门茶友们的接触不仅仅限于品茶论道。2012年5月26日“汇友悦读会”首期活动在汇友茶社举行，品读我的散文集《温暖的味道》，到场茶友文友五十多人。大家围坐在一起，品茶阅读，回忆平凡生活中的温暖与感动。此后，汇友茶社除了不定期的茶事活动，就是每月一期的悦读会了。

紧随《温暖的味道》之后，是6月30日作家金小刀的长篇小说《困局》悦读会，主持活动的智囊团成员们将小说中关于茶事的部分文字摘录出来，与到场茶友分享，可谓合情合景。接下来印象深刻的还有11月23日第七期：对话《武夷水仙》作者温建平；今日即12月29日第八期：阿里秘境——作家萧春雷采访秘境西藏阿里心得分享。

温建平现居香港，因喜爱茶而走遍了各大茶产区，遍访各个水仙茶地区，除了著有《武夷水仙》还带来了他的探秘武夷饼茶《方圆之韵》一书。他的到来，让茶友们分享了他寻茶的足迹，还让我们品尝到难得一见的武夷老枞水仙珍品。人们陶醉在久远的茶香中，品茶声“啧啧”不断，还有忍不住的相视一笑，场景美妙无比。

萧春雷的阿里分享，则是2012年汇友悦读会的最后一期。作为《华夏地理》2012年10月号“终极西藏——阿里的瑰宝”专辑的特约撰稿人，萧春雷前往西藏阿里采访，历时一个月，走遍史称“阿里三围”的三大文化重镇日土、札达、普兰，拍摄了一万多张照片。悦读会展示的阿里风光、岩画、壁画、古迹图片，金银汁书写的藏经，古老圣物擦擦，吸引着每一个心怀西藏梦的人。

我很喜欢萧春雷的文字，我读的他的第一本书是《我们住在皮肤里》。最早吸引我的，还有《厦门晚报》上萧春雷的“闽小记”系列散文。阿里分享悦读会结束后，我抢购了萧春雷的《烟路历程》一书。据说，有人窃取这本书的内容，窃取得非常巧妙。

汇友茶社的主人张列权，瘦削，谦和。他发起的汇友悦读会与传统的读书会不同，注册了微博账号，并充分利用微博的功能，将每一期的内容简介、海报招贴等，由喜欢阅读的博友们互相转发。悦读会现场也与微博同步，网上的博友也能同时感受到现场浓烈的气氛。同时，茶社还列有茶单，备有白茶、红茶、普洱、水仙、岩茶等佳茗，循序而进，可谓是书香茶香弥漫，不陶醉都难。

茶，我所欲也；书，我所欲也。二者得兼，人生乐事也。一转眼，这个爱茶爱书人分享快乐、交流思想的民间自由群落成立半年多了。无事翻阅茶友们的微博，总有一些茶事活动让我心里长草。这一日忽然看到华彩传媒的一则微博：“我在厦门汇友茶社门口抽烟喝茶晒太阳。忽然想到阿Q，如果来几个虱子藏衣衫里，翻翻是否也是雅事呢？”不觉哈哈一笑。

2012-12-29

后记

读出书的温度

我一直在学校，没有出过校门。不知道这是好事还是坏事，一个太单纯的人，生活一定无趣。幸亏有书为伴，为我打开了另一个世界的窗口，为我的生活增色，给我安宁与抚慰。

我一边读书，一边写博。真荣幸，博文得到了一位长辈的厚爱，她就是辰雨奶奶——武汉大学文学院教授王德震老师。2013 年春节，我开始整理多年的读书随笔，并希望王教授能帮我写序，给我多年的读书随笔画一个句号。王教授考虑到她的身体状况不佳，没有精力审阅我的书稿，委托李正西教授为我写序，让我有幸又结识了一位长辈。李教授在酝酿写序的过程中，通过电话不断地对书稿提出修改意见，耐心地指出我的不足，包括语言的规范。我明白我的阅读太随意，文字也欠严谨。两位长辈为我指出了今后阅读的方向。在他们的悉心指导下，我开始对书稿进行加工整理，包括重新编排目录、修改病句……这本书是我献给那些与我有文字交往的朋友们的，我必须认真对待。

关于读书，我个人侧重的是闲书，只要和我投缘，就被我纳入书房。所以这本读书随笔提到的书五花八门，不一定是值得推荐的经典。而由书牵引来的人和事，则是我感受阅读乐趣的根本。就像日本作家大江健三郎所说："我一直生活在一种感觉中，觉得书房里的书与自己的血管相接相连。”书，已成为我生命的一部分。

《邂逅一本书》说是读书随笔，我更愿意把它看成手记或书话，它和严格意义上的书评不同，更多的是通过阅读产生的感悟。这些感悟与我的生活有关，与我的经历有关。书，起到了桥梁作用，让我和作者有了心灵的沟通。

李教授曾跟我探讨读书的方式，王教授也在《读雨云》里列举了读书的几种方式，“感悟式读书”是两位长辈对我的评价，而“味外味”则是李教授对我阅读方式的提升，对我的奖励。由于李教授理解到我在评论朋友们的书时，会把我们交往的温情写进去，由书或书的某一点发散开去。更多的时候，我在阅读中找到自己的影子，领悟人生的真谛，也更珍惜现在的一切。这时候，每本书对我来说，都是有温度的。只要我用心阅读，就能感受到书的温暖，书的熨帖。读出书的温度，是我最大的享受。

《花下喝茶为读书》分成四辑。第一辑以读我国古现代的书为主，第二辑以读外国作品为主，第三辑以读女人话题的书为主，第四辑以读福建厦门的书为主。还有一些与书有关的内容比较碎，就放在附录了。

整理完书稿，我独自坐在阳台上，眺望沉没在夜色中的云顶岩，那儿曾经是浩瀚的大海。我不知道，接下来我会与哪些书邂逅，又会有怎样的书缘，但我知道，我已经走在与书邂逅的路上。

感谢厦大谢泳教授的提携，我曾说过，他的书打开了我阅读的窗口，让我有了思索。感谢厦门文史专家李启宇先生的答疑解惑。感谢因文字邂逅的每一位朋友。

雨云甲午年四月于厦门雲一斋

《花下喝茶为读书》勘误

第 001 页序中三处“《邂逅一本书》”更正为“《花下喝茶为读书》”。

第 032 页第二段第 1 行“给鹤雕两儿”更正为“给鹤、雕两儿”。

第 036 页最后写作日期为“2009−11−04”。

第 086 页第二段第 8 行“处理工业废料＼处理寄生虫一样”更正为“处理工业废料一样”。

第 117 页第一段第 2 行“显得更加地”更正为“显得更加的”。

第 156 页第三段第 3 行“小家伙”更正为“小伙家”。

第 173 页简媜的《女儿红》一文中 8 处“简 ”更正为“简媜”。

第 180 页第四段第 1 行第 5 字“在”删除。

第 191 页第二段第 1 行“ 母”更正为“崘母”。

第 194 页注 [2] 第 4 行“以纯文字为主”更正为“以文学为主”。

第 212 页最后一行注释，“谢泳”后加“：”。

第 227 页第二段第 7 行“误解、他否定他”更正为“误解他、否定他”。

第 244 页第二段“20 个世纪”更正为“20 世纪”。

第 253 页第二段第 6 行“《甄 传》”更正为“《甄嬛传》”。

第 277 页第一段第 2 行“瑜珈”更正为“瑜伽”。

第 279 页第三段第 2 行“20 个世纪”更正为“20 世纪”。

第 294 页第四段第 2 行“《俄国之恋一以赛亚 · 伯林与安娜 · 阿赫玛托娃》”更正为“《俄国之恋——以赛亚·伯林与安娜·阿赫玛托娃》”。

第 295 页第三段第 11 行“《黑厚学》”更正为“《厚黑学》”。

第 301 页第二段第 1 行“《邂逅一本书》”更正为“《花下喝茶为读书》”。

标注格式和全书不一致的日期有：

第 083 页“2014–4–8”改为“2014–04–08”

第 139 页“2008–4–27”改为“2008–04–27”

第 159 页“2004–7–18”改为“2004–07–18”

第 193 页“2012–4–24”改为“2012–04–24”

第 196 页“2012–1–23”改为“2012–01–23”

第 260 页“2013–4–27”改为“2013–04–27”

由于排版人员工作疏忽，造成以上错误，给读者阅读造成不便，特此更正，乞请广大读者见谅。